陶纯

著

仪仗兵

北京十月文艺出版社
山东文艺出版社

图书在版编目 (CIP) 数据

仪仗兵 / 陶纯著. — 北京：北京十月文艺出版社；
济南：山东文艺出版社，2023.12
ISBN 978-7-5302-2326-0

Ⅰ. ①仪… Ⅱ. ①陶… Ⅲ. ①长篇小说—中国—当代
Ⅳ. ①I247.5

中国国家版本馆 CIP 数据核字 (2023) 第 188041 号

仪仗兵
YIZHANGBING

陶纯　著

出　版	北京十月文艺出版社	
	山 东 文 艺 出 版 社	
地　址	北京北三环中路 6 号	
邮　编	100120	
网　址	www.bph.com.cn	
发　行	新经典发行有限公司	
	电话 010-68423599	
经　销	新华书店	
印　刷	河北鹏润印刷有限公司	
版　次	2023 年 12 月第 1 版	
印　次	2023 年 12 月第 1 次印刷	
开　本	850 毫米 ×1168 毫米　1/32	
印　张	8.5	
字　数	190 千字	
书　号	ISBN 978-7-5302-2326-0	
定　价	52.00 元	

如有印装质量问题，由本社负责调换
质量监督电话　010-58572393

目　录

第一章　傻大个儿

振杰十四岁不到个头就蹿到了一米八，与同龄人相比，简直就是鹤立鸡群，或者像是羊群里的骆驼，别提多扎眼了。沙岗子村的人都拿他当笑话，甚至把他当成一个"怪物"，每每遇见他，少不了取笑一番。按说他得收一下腰，装得矮一点，可他偏不，他常常是脖子一梗，眼皮一翻，腰板儿故意挺一挺，目不斜视，吹着口哨就从人身边过去了。

他娘赵亚梅直犯愁，夜里睡不着觉，摇醒他爹李恒年，自顾自地说："人都说傻大个儿，傻大个儿，他要真成个傻子，可如何是好？将来打光棍儿，咱的脸往哪儿搁？……"

李恒年打个长长的哈欠，半天才说道："傻是傻不了，就怕不学好。我看他学业越来越不咋样，调皮捣蛋的本事倒是长进了。"

真让他爹给说准了。在他上学的景芝镇中学，他似乎是最出名的，当然名气不是因为学习成绩好，而是他那么大的个头，跑操时不站在排头，却常常落在排尾——这自然是老师有意给他难堪。

别人在教室上课，读书声阵阵，他却常常站在教室外面——因课堂上惹祸而被老师罚站，大热天的，头顶烈日，汗流浃背。一个老校工拖着大扫把缓缓走过来，仰起脸看着他道："小子，滋味好受不？"

他眨巴几下眼睛道："还行，比上课好，不用动脑子。"

就这样，振杰成了沙岗子村人眼中的"熊孩子"，因调皮捣蛋而出名。十四岁那年，他娘辛辛苦苦忙碌一个冬天，搓黄烟叶挣到五百块钱，准备用这笔钱全家过一个年。哪料到让他神不知鬼不觉地顺出去三百，到镇上商店买了一支玩具手枪、六支玩具冲锋枪，带领一群小狐朋狗友，呼呼啦啦来到村外一座荒山下，指挥他们搞攻防游戏——他喜欢这种当孩子王的感觉，喜欢小伙伴们围着他屁股转，齐声喊他"李司令"。

胡闹的结果是，他多李恒年怒气冲冲地赶来，揪住他，好一顿暴打，然后气喘吁吁地怒骂道："狗日的！你像根猪大肠，拽都拽不直。人家孩子天天向上，你是天天向下。"骂完，揪着耳朵把他拽回家，晚饭是别想吃了，饿一顿算是轻的。

李振杰闯祸不断，但奇怪的是，尽管一次次挨打，他的头却始终不曾低下，他从来不会求饶。他娘赵亚梅哭红了眼睛，脸上写满了对他深深的失望。

十五岁那年的一天，他在镇里街上走着，路过一个室外台球厅，不小心又惹上了事，而且事还不小。有三个流里流气的小青年在那里打台球，过来一个穿着时髦的女青年，其中一个上前搭讪，人家姑娘不搭理，小青年上前拉扯。姑娘大喊大叫，却没人管。那时候的社会治安没现在好，人们都是多一事不如少一事，能躲则躲。振杰那么大的个子，路见不平，实在不好意思躲，便壮着胆子上前逞能，没说两句就和人动起了手。一个人打三个，当然打不过，结果被人打得鼻青脸肿，流血流涕，狼狈不堪。几个人都被叫到了派出所。

回到家里，他爹见状，可能是不忍心再下手，没有动手打他，而是罚他饿了一顿。他娘央求他，给爹说个软话。他个犟种，还是那一副死样子，不求饶，不低头，脖子梗得像叫驴。他娘悄悄塞给他一个馒头，叮嘱他以后千万不要再惹事，咱乡下人家，惹不起事。

十七岁那年，他上高二的时候，身高竟然蹿到了一米八八，每次进屋门都得低一下头，稍不留意脑袋就会碰出个红疙瘩。在同乡人眼里，这么大个头，简直与怪物无异，人人都看他不顺眼；他的学习成绩也没法提，想上大学几乎是下辈子的事，所以老师、同学、乡邻、家长都看扁他。偏在这时他又迷上了玩弹弓，树上的鸟儿经常被他射下来，邻居家的鸡也经常被他打得飞上房，落下一地鸡毛。

李恒年承包了一块果园，打算让儿子退学，回家跟他种苹果——既然考不上大学，还费那个钱读高三干什么！振杰不想退学，不是怕种地累，而是不想整天面对父亲。那一年李恒年挣到三千块钱，心情很好，就没太逼他。

一九九七年，要发生一件大事——香港回归。他爹李恒年虽然是个山区老农民，但很关心国家大事，家里的黑白电视机不中看，他打算拿出那三千块钱买台大彩电，想赶在七月一日那天看香港回归仪式。

学校放暑假，振杰不想跟爹到苹果地里干活，煞有介事地报名参加补课班。这天下过雨，路上有积水，他和几个同学放学往家走，一路打打闹闹。突然，一辆脏兮兮的桑塔纳轿车从他们身边唰的一声驶过，泥水溅脏了振杰等人的裤脚。振杰怒从中来，掏出弹弓对准远去的轿车射了一发。与此同时，和他一起的发小肖土平也拿出弹弓发了一弹。

只听砰的一声闷响，小车后窗玻璃被打花了。

小车吱的一声停下，两扇车门打开，一左一右下来两个警察——原来是一辆没挂警灯的警车。大伙一看吓坏了，顿时作鸟兽散，呼啦啦跑进了路边的苞米地，只余下振杰和肖土平傻站在那里。肖土平脸都吓黄了，振杰瞪他一眼，他才反应过来，抽身跑了。

那天的天很蓝。知了不停地叫。振杰一动没动站在那里，汗水打湿了他脏污的衣衫。

他被带到镇上派出所。电话打到村里，正在家中做饭的赵亚梅被叫了。她求情，说好话，差点给人下跪。按警察的说法，李振杰故意损坏公家财物，而且差点伤到人，合该治安拘留，外加罚款。考虑到振杰年纪尚小，拘留可以免，但赔偿是免不了的。

赵亚梅好说歹说，最后敲定，赔偿一千五百元。她嘴上说着感谢的话，泪珠子却禁不住一个劲地往下滚。

好事不出门，坏事传千里，娘儿俩还没到家，就被李恒年从胡同口截住了。他二话不说，拽上振杰先去了肖土平家。那肖土平和振杰同岁，身形和振杰正相反，个头小得踮起脚还够不到振杰的肩，圆滚滚的，人们背后都叫他"小土豆"；他爹肖作生是村里会计，算盘打得好，算起账来噼里啪啦的声音能传老远，人也鬼得很，绰号"小算盘"。肖作生素来跟李恒年不对付，可那小土豆偏偏喜欢跟振杰玩，活像是振杰的跟屁虫，撵都撵不开。

李恒年拽上振杰直奔小土豆家。肖作生仿佛已猜到李家会来算账，在院子里支个小桌子，摆上了茶壶和两只茶碗。他坐在那里，跷起二郎腿。李恒年刚一露头，他便先发制人道："恒年哥，我早听说了，玻璃窗上只有一个洞。"

李恒年哼一声道："你家小土豆也放弹弓了，没错吧？"

"恒年哥，坐下喝碗水，慢慢拉。"

李恒年并不坐下，也许是渴极了，不客气地伸手抓起一只茶碗，咕咚咚一饮而尽，然后重重地把碗一墩，说道："肖会计，啥也别说了，咱两家各出一半。"

肖作生冷笑一声，"是得说清楚，谁也别掏冤枉钱。土平，给我滚出来！"

肖土平从堂屋里战战兢兢露了头，站在小桌子边上。肖作生一拍桌角道："是你打的吗？"

肖土平仰脸看一眼振杰，嗫嚅道："我是放了一弹，但不知道打没打中……"

肖作生冷笑道："谁家小子本事大，恒年哥你还不清楚吗？"

李恒年用力拍了一下振杰的后背，吼道："你给我说说，谁打的？"

他的意思是，如果都说不清楚，自然是两家各出一半。几人都紧张地望向振杰。

只见振杰脖子一伸，仰起脸，一副好汉做事好汉当的犟模样，咕噜道："不是我打的，还能是谁打的？爹，别说了，回家吧。"

振杰扭转身子，走了。把个李恒年晾在那里，脸黑成一团。

肖作生哈哈一笑道："恒年哥，缺钱的话，你吱一声啊。"

回到家，振杰以为爹会暴打自己一顿，或者饿自己一天。但是爹黑着脸，没有动他一根指头。娘也没再有一句责骂。做好的饭，也没人动。爹娘显然已经对他失望至极。

这一回，振杰出人意料地缓缓低下了头，答应改。他爹冷哼一声，不屑一顾道："生就的骨头长就的肉，狗能改了吃屎？我还没见过不吃屎的狗！"

此后大约有半年时间，直到他快要离开家，倔强的父亲始终没和他说过一句话。

李恒年原打算买台大彩电的计划泡了汤，但又想，风已经放出去了，不买的话伤面子，便将就着买了一台十四寸的。

七月一日那晚，左邻右舍不少人聚到李家看香港回归仪式。平时不爱看电视的振杰，这会儿也躲到角落里看现场直播。令人想不到的是，肖作生也颠颠地跑来了，或许他内心有点歉疚，不抽烟的他特意揣来一盒好烟，先递给李恒年一根，然后格外大方地散给众人。李恒年本不想搭理他，但人家毕竟是村里有头有脸的会计，他登门也算是给自己一个面子，便客客气气地搬把椅子请他靠前坐。

电视里，香港会展中心，中国人民解放军三军仪仗队的风头完全盖过了英国的仪仗队，那位负责升国旗的升旗手卢天祥格外引人注目。肖作生突然哈哈一笑打趣道："恒年哥，你家振杰个子那么高，咋不去当仪仗兵？"

此话一出，众人都高声笑起来。振杰知道这是笑话他呢，脸木木的，低头不吭声。只听李恒年挥起大蒲扇啪啪拍打两下腿，满脸不悦地说："唉唉，烂泥巴扶不上墙，小算盘你臊我呢，不要哪壶不开提哪壶！"

人们又都笑了。肖作生不依不饶继续道："恒年哥！你当爹的，不要老瞧不起自个儿孩子嘛，给他个机会，没准他能行。"

众人不住嘴地笑。李恒年愈发感到小算盘是来捣乱的，气哼哼道："都说二十三，蹿一蹿，还有五六年呢，你家小土豆没准儿也能长到一米八几，赶上我家振杰，机会呀，还是留给他吧！"

话一落，便引来哄堂大笑。肖作生最怕别人取笑他儿子，脸上一阵红一阵白，找个茬口抬腿溜了。

角落里的振杰本也打算溜出去，但他这时被电视里中国仪仗兵的气势感染了，迈不开腿，随即对众人的冷嘲热讽也就不再当回事。

秋末冬初，迎来了征兵季。十一月初的一天，课间休息时，镇中学大喇叭里播放着一则征兵通知。班主任老师把振杰叫到一边，建议他与其混日子，不如当兵去。即使多混半年，领个高中毕业证也没多大用处，年轻人，总得选一条合适的路走。老师的话肯定没错，他又不想种一辈子苹果，没怎么犹豫，就去报了名。

其实他对当兵并不是多么迫切，他只是一个懵懵懂懂的乡下青年，对未来不敢抱有太高的期望。他想离开家，主要是不想再面对父亲。父亲已经四个多月不和他说话，母亲整天唉声叹气，家里像个冰窖一样。他合计，即使不当兵，高中毕业也马上进城打工，反正不能待在家里看家长的脸色。

当兵主要看身体。他身体条件没的说，别人学习好，眼睛用坏了，他学习不怎么样，眼睛一点不近视，也算是不幸中的万幸吧。

他参加完体检，结果全部合格，估计政审也不会有大问题。下面就等着定兵了。

有位驻省城部队的接兵干部对他表示出了浓厚的兴趣，主动来学校联系他。这让他很得意。其实人家关心的是他有没有体育才能，比如打篮球、打排球之类。每年征兵，总有部队愿意带走那些有文体特长的新兵。

那位接兵干部把他约到学校操场上，客客气气地聊了两句之后，冷不丁抓过一个篮球，扬手砸向他。他没来得及反应，砰的一声，正中脑袋。他愣在那里，像是傻了一样，引得操场边上的不少学生哈哈大笑。

接兵干部摇摇头道："小伙子，这么好的身板，可惜了！"说完便转身走掉了。

在别人眼里，振杰无疑就是个傻大个儿。大家都看不出他去部队能有什么前途。

第二章　不能当逃兵

自打报名参军，反正要走人，振杰更不顾学业了，三天打鱼，两天晒网，老师也懒得再管他。

那天，冷不丁挨了一篮球，让他脸面无光，脑袋也木木的。他没心思回教室，摇摇晃晃走出了校门。他不想这么早回家，就在街上瞎逛。镇子本来就不大，只有两条比较繁华的街道，他在这里上了三年初中和两年多高中，转悠了无数次，对每一个门脸都熟悉得像自己的手掌心。想到以后就要离开这里，不知道啥时候能回来，他还是蛮留恋的。其实他并没有必走的把握，毕竟不是每一个体检合格的人都能穿上军装，肯定还要淘汰一些。今天错过了一个提前招录的机会，他恨自己以前为什么不跟着别人玩玩篮球、排球，哪怕马马虎虎比画那么两下子，可能就可以被提前预定了！

他在镇街上瞎晃悠，像在梦游。他那么大个子，走到哪里都引人注目，都会被人指指点点。走着走着，不期而然碰到一个与他差不多同样个头，但明显要比他健壮的穿军装的男人。

难得！二人对望着，都笑了笑。

那人留着精神的板寸，穿着锃光瓦亮的制式皮鞋。他的身材高大魁梧，身姿挺拔，相貌堂堂，把一身绿军装穿得格外笔挺，从里到外都透着一股子威武，在人流涌动的大街上，可以说是真正的鹤立鸡群。

显然，这是个来接兵的干部。

"你叫李振杰，对吧？"那人笑着说。

刚才一碰面，振杰只觉得这人好生威猛，而他轻轻一笑，马上又露出一点点孩子气，显得很天真。他年龄要比振杰大十岁左右，双眼皮，眼睛不大，但特别有神。喉结鼓凸着，嘴唇有点厚，脸膛黑里透红。他说的是普通话，但带点外地口音。

振杰愣了愣神，吃惊地问："哎，我脑门上又没写字，你咋知道是我？"

两个大个头站在路中间，特别显眼，过路的人都喊喊喳喳地议论着他们。那人把振杰招呼到路边说话，说这个镇上，大概不会有第二个这么高个子的小伙儿，你不是李振杰会是谁？振杰听罢，难得地轻松一笑。那人发现他脑门上有个硬疙瘩，指指自己脑门，笑着说："和我在家的时候一样啊！家里、学校屋门都太低，搞不好就碰一下，都碰出老茧来啦！"

振杰立马就觉得这人和气，没架子，和别的接兵干部不一样。那人突然说道："李振杰，愿意跟我走吗？"

振杰问："跟你走，能开坦克、装甲车吗？能打枪打炮吗？"他喜欢这些兵种，感觉当着过瘾。

只见对方摇摇头道："不能，只发一支枪，还不能有子弹。"

振杰一听，有点犯傻——到你那里不能打枪打炮，这兵当的和在家种苹果有啥区别呢？于是他扭头想走。

对方用眼神唤住他，虎起脸来，严肃地说："哎，你想参加重大活动，见到重要人物吗？"

振杰不由得一个愣怔，把面前这个人和在香港升国旗的那些仪仗兵对上了号，好奇地问道："你是——仪仗队的？"

那人郑重地点点头。

"哎，那个去香港升国旗的，卢什么祥……"

"卢天祥。"

"对对！你跟他，认识？"

"嗯。他是我分队长。"

"真的？"

"真的！"

"你也去香港了？"

"去了。"

振杰莫名地有些兴奋，还有点犯糊涂，往下不知该说啥了。四个多月前，他们在电视上，现在，他们其中的一个突然出现在自个儿面前，简直就像从天上掉下来的一样啊！

只听那人又低声道："李振杰，我问你，想不想跟我走？"

振杰呆愣在那里，不知该怎么回答。人家仪仗队，能看上自己吗？……这个弯儿有点大，他一时还真转不过来。

顿了一阵子，那人这才想起介绍自己，轻轻拍了下脑门说："噢，我姓耿，名叫耿长明，是三军仪仗队的班长，你叫我耿班长就行。"

振杰搞不清班长算不算干部，心想，既然人家把大名都报了，一定不是糊弄自己玩的，便诚心地点了点头。

三军仪仗队派员到山东各地搞特招，耿长明来龙山镇转了好几天，没遇见一个满意的。仪仗兵要求高，既要有特种兵的硬朗身板，政治上要求也更为严格，还有身高、体重等基本条件的限制，三个条件都得具备才行。他先到具武装部查了下体检合格人员的花名册，发现全县兵员苗子共有五人符合仪仗兵的基本身体条件，随后摸了下情况，五人中有两人怕苦，不愿当仪仗兵，另外两人的直系亲属有问题，政审不合格，只剩下一个李振杰尚未考察。他是从县城特意赶过来的，没等进校门，就在大街上偶遇了这个苗子，冥冥之中他觉得这个有希望。

耿长明住在县政府招待所，离镇子二十多里远。当下他叫了辆电动三轮车，二人钻进车篷子。篷子太矮，直不起腰，二人只能将就着坐下。三轮车车夫一个劲儿地回头打量他们，咕哝说开了七八年车，头一回碰见两个大高个儿一块儿来坐他的车。

耿长明把振杰带到住处，让他脱光了，要目测一下他身体的外观，看是否有罗圈腿、文身、疤痕之类，还要看有没有痔疮等外科疾患。让振杰十分难为情的是，对方那么一个大男人，竟然把头伸到他腋下闻了闻，然后鼻子又凑到他嘴边——这是在检查他是否有腋臭、口臭。他稀里糊涂地配合着，闹了个大红脸，浑身不自在，甚至有点后悔跟他来了。

目测完，耿长明是满意的，告知振杰，当仪仗兵，很苦很累，问他怕不怕。振杰说："总不会比在农村种地更苦更累吧?"

耿长明笑笑说："两码事。"

随即，他又严肃地告诉振杰，去了那儿，动作量大，训练伤是难免的，有可能会对膝盖、脚踝、脚底造成伤害，甚至是终身的。他说这些也是想试试，看是否会吓退振杰，县上另外那两个苗子就是说到这份儿上之后给吓退的。

振杰想了想，回答道："你们都不怕，我怕啥！"

此时的振杰，想起电视里的卢天祥，表现出了从未有过的郑重、庄严和成熟，将脸上的顽皮相一扫而光。这些在耿长明眼里，是那么阳光、帅气、俊朗、英武。

耿长明认准这个小伙子，是块当仪仗兵的好材料。

但是为李振杰政审的时候，遇到了大麻烦。首先镇派出所认为他是个问题青年，调皮捣蛋出了名，挂了号，下河摸鱼，上树掏鸟，没有不敢干的，弄得姥姥不亲，舅舅不疼。接待耿长明的老警察说："镇上当然希望送一个苗子到三军仪仗队，但你们要求严，我们不敢乱送，出了事，谁也负不起这个责，宁缺毋滥嘛。"

耿长明有些发蒙。他不想空手而归，便又折回学校找李振杰。问题的焦点在于他曾经有过一次打架斗殴，还进了派出所。耿长明严肃地说："听说你打架，是因为争风吃醋。"

"胡说！"振杰急了，"我根本不认识那女孩。带头的那个杨三，他爸是副镇长，别人都怕他，就我不怕。"

"不认识人家，为啥管闲事？"

"他们欺负女孩子，我就看不顺眼。"

"以后再遇见，还管吗？"

"……管。"振杰胸脯一挺。

"打碎车玻璃，为什么不跑？"

"就是我打的……好汉做事好汉当……"

耿长明心里渐渐有了底，认定李振杰这个小伙子不会太离谱，马上返回派出所，坐下来仔细研究材料，搞得中午饭都顾不上吃。一个好心的警察看不过去，给他送来两个热馒头，还把他感动得够呛。看罢材料，他又寻访了几个知情者。最后得出的结论是，李振杰打架也好，打碎警车玻璃也好，都不是什么道德品质问题。

耿长明说服了县武装部的人，坚持要带走李振杰。回部队之前，他对振杰说，自己在北京等着他，并且给振杰留了电话号码。

李恒年听儿子说要去北京三军仪仗队当兵，扑哧一声乐了，以为他说梦话。他本来就反对儿子当兵，认为当兵又提不了干，白耽误两三年工夫，不如留在家里种苹果。种三年苹果，兴许就能把他的驴性了给治过来，让他变成一个老实孩子，将来好顺顺利利地娶房媳妇，不然，就他这德行，谁肯嫁给他？

赵亚梅却认为儿子出去锻炼一下是好事，都说部队是大熔炉嘛，坏的能变成好的，臭的能变成香的，黑的能变成红的，出去几年，兴许变好了呢？

但赵亚梅多少有些不放心，想起娘家有个远房表弟叫孔德玉，好像在县武装部当副部长，就去了趟县城。还好，没白跑，见上了孔德玉，她请人家给参谋一下，儿子当兵，好还是不好？孔德玉说，振杰如果考不上大学，当兵就是条好出路，当然好！

她又问，当仪仗兵好不好？

孔德玉熟悉部队，他给表姐说掏心窝子的话，建议振杰不要去仪仗队，那地方听着好，高大上，很风光，其实严格得很，练军姿一站就是半天，听说是贴树上、贴墙上练习，还会给衣领子上夹别针，给腿上绑沙袋。当几年仪仗兵下来，不仅学不到技术，身体没准还会落下毛病，复员回来啥用不顶，干保安看大门最合适，你说值不值？

尤其是他认为，振杰肯定受不了那个苦，调皮捣蛋惯了，能服管？到了那儿，要是一炮蹶子，跑了，问题就大了！就连县武装部都得跟着受牵连！这是个很大的隐患，出了事，对谁都不好，得提前堵上这个漏洞。

赵亚梅有点着急，说，振杰非要去，咋办？谁能管得了他？

孔德玉让表姐回去好好劝劝振杰，如果想去别的部队，早点过来说一声，他负责把振杰分到离家近的某集团军，想办法让他学点技术，比如开车、修车、做饭之类，复员后还能用得上。他还交代说，两手准备，先按仪仗兵部队的条件程序搞政审，他们很严，如果过了关，调整到别的部队就更没问题了。

回去之后，赵亚梅把孔德玉说过的话，一五一十传给了丈夫，先把男人的工作做通，让他放弃强留儿子在家种苹果的想法，好歹支持儿子参军入伍。以前她一直担心丈夫不同意，他不在入伍表格上签字，儿子是走不了的。

还好，李恒年的态度变了，同意振杰走，但不能当仪仗兵。他难得地跟儿子正经聊了几句——半年多来，这是他头一回主动对振杰张嘴，当然态度是恶劣的，他说："就按你表舅说的，咱不去仪仗队！万一你待不住，跑回来丢人现眼，我和你娘一辈子都在人前抬不起头！"

振杰当兵，原本只为离家走人，不是非要去仪仗队，是那姓耿的班长偏要带他走。既然表舅答应换个部队，离家近，还可以学技术，那么他也是不反对的。可现在，爹把话说得那么难听，他嘴上答应，心里却暗暗拿定主意：你不让去，我偏要去！

他不放心，跑到镇上邮电所电话亭给耿班长打了个长途电话，居然打通了。电话里，耿班长安慰道："小李，你属于特招，特事特办，他们改不了，除非你自己变卦。"

然而，一个多月后，振杰接到入伍通知，愣了——他要去的不是北京的三军仪仗队，而是离家百十公里的一个步兵团！

当年镇中学有六个学生应征入伍，那五个都要去外地，有一个要去新疆，一个要去西藏。别人都羡慕死他了，振杰却闷闷不乐，越想越来气，忍不住跑到邮电所给姓耿的打长途电话，责怪他说话不算数，骗人。耿长明电话里很想问明情况，但振杰不想再搭理他，气愤地挂断了电话。

村里有两个人对振杰当兵一事表示格外关注，一个是他的发小肖土平，另一个是肖土平的父亲肖作生。肖土平近段时间发愤用功，发誓明年要考上大学，几乎和振杰断了来往，但他对振杰去当仪仗兵是满心欢喜的。一次路上遇见振杰，肖土平说："换上我，这么大的个子，宁肯不上大学，也得去仪仗队。振杰，你选对了地方。"

而他的父亲肖作生一直不相信振杰真的能去仪仗队。他经常能在《新闻联播》里面看到仪仗兵，再看看眼前吊儿郎当的振杰，那差距何止十万八千里！听说振杰没当成仪仗兵，肖作生嘿嘿笑了，拍着巴掌说："我就知道他去不了，癞蛤蟆吃不着天鹅肉的，光有傻大个儿顶屁用，看人主要看素质。他要能去，仪仗队的大门也太好进了。"又说："部队能要他，还不是靠他表舅。叫我说，谁要他，谁倒霉，不信走着瞧。"

赵亚梅担心儿子想不开，不去步兵团，吓唬他道："你表舅说了，仪仗兵条件要求太高，八成是人家没选上你。这也没啥丢人的，咱县以前就没出过一个仪仗兵，谁还会笑话咱？再说了，你就是去了也待不住，太苦了，与其半路跑回来，不如直接去个离家近的部队。"

李恒年则眼一瞪，说："他不去更好，跟我种苹果，明年咱多承包二亩地。"

肖土平专门跑来劝振杰，说："只要能走，就行，管他啥部队，出去就比待在家里强。振杰呀，我要是考不上学，也想当兵。到时我去找你好不好？"

小土豆人小鬼大会说话，是小伙伴里面最有眼光的。振杰心里一热，说："土平，你脑子好，就别想当兵的事，考上大学，才叫有出息。"

振杰虽然情绪不高，但总算接受了现实——小土豆说得对，只要能出去，就是胜利。

七日之后就要动身了。新兵先要集中到县城广场上，县里举行仪式，县领导讲话，群众敲锣打鼓欢送，然后再分头奔向各自部队。去步兵团报到的新兵共有十八人。由于武装部没有合适的军装发给振杰，只有他一个人仍然穿着便服，土里土气的样子很扎眼。不少新兵在家长面前洒下了离别的泪。振杰的父母也来送了，但他并没有流泪。他不感到难过，反而有一种放飞了的鸟儿般的自由感觉。

送行仪式开始前，步兵团带队的干部发现，其他部队的新兵胸前都佩戴着红花，唯独步兵团忘了准备，实际上是干部们昨晚喝大酒，把这事给忘了。一名干部赶紧吩咐李振杰带一个新兵到附近的店铺购买。他们到了那里才发现，红纸花早都卖光了。振杰脑子一转，想起背街有一家殡葬用品店，可能有卖花的，就跑去问。结果人家不卖红花，只有白纸花。振杰脑子非常活泛，当即买下二十朵白花，又到对面文具店买来两瓶红墨水，二人把墨水浇到白花上，马上变成了红花。总算把事情对付过去了，步兵团带队的干部对振杰相当满意。

仪式一结束，步兵团的人立即登上一辆带篷子的东风牌大卡车。这时候，几乎所有的新兵都在哭，但振杰没哭。上车后，振杰望了一眼不远处的父母，看到娘在抹眼泪，他的眼睛也不知不觉有点儿泛潮。长到十八岁，他没少惹家长生气，尤其是娘，虽然她嘴上埋怨，但心里是护着他的。他觉得这样离开，对于他和家庭来说，都是一种解脱。他不想一辈子在父母的笼罩下。亲人不一定非要绑在一起，亲人分开一下，离远一点，感情上可能更亲近。

他在心里说，别了，亲人；别了，故乡；别了，苹果园……

正这么胡思乱想着，突然有一辆军用吉普车鸣着大喇叭开过来，吱的一声挡在大卡车前面。只见从吉普车上下来一位中校军官，冲大卡车吼道："李振杰！李振杰在上面没有？"

振杰伸出头来，恍惚记起自己应该叫这位军官表舅，前些年见过一两回。来人正是孔德玉。振杰压根不知道，定兵之前，母亲背着他来县城找到孔德玉，说他已经同意不去仪仗队。孔德玉说到做到，后边的事情一切由他来办理。

振杰懵懵懂懂伸出头来，怯生生道："啊，表舅，我在这儿……"

孔德玉黑着脸示意他下车，同时给驾驶室里的带队干部念叨起什么。这时候李恒年夫妇也挤了过来，孔德玉狠狠地瞪了他们一眼，把振杰推上吉普车，大声吩咐司机去火车站。

到这时振杰方才知道，武装部最后时刻把他调整到了北京的三军仪仗队。但他不知道的是，仪仗队和省军区、军分区、县武装部几番交涉之后，才有了这个结果。想到去了北京，有耿班长这个熟人，还能见到升国旗的卢天祥，他的心情一下子好了许多。

到了火车站，振杰在月台上等火车。孔德玉脸色缓和了些，并没有急着离开，而是说："小子，我再问一遍，去三军仪仗队，你是心甘情愿的吗？"

振杰说："表舅，本来我答应人家耿班长去那儿，谁知道让你们搞错了。"

孔德玉并未实打实告诉他是他父母的原因，而是含糊其词道，程序上出了点问题，幸亏纠正及时，否则就留下遗憾了。他趁机鼓励道："振杰呀，今年咱县就你一人当上仪仗兵，而且你是咱龙山镇开天辟地头一个，到那儿可要好好干，不要给父老乡亲丢脸！"

振杰不知该说啥好，只点头称是。火车哐当哐当进站了，车厢里人不少，连过道里都站着人，他提起行李匆忙上车。孔德玉似乎还不放心，又在他身后大声喊道："李振杰！当仪仗兵可是你自己选的，再苦再累也不能当逃兵！"

这话不由得让振杰眼圈红了，他把头一低，往车厢深处挤去。

火车哐当哐当启动，哧哧哧地加速，然后呼啸着远去了。对于振杰来说，往前走，说不上是逃避，还是向往。但既然选择了远方，就只能硬着头皮走下去。

第三章　有点后悔了

振杰乘坐的火车半夜到的北京站，仪仗队专门有人接站，十多个从各地来的新兵凑成一车，往驻地赶。路过天安门广场时，带车的老兵说："以后你们有机会经常上这儿来，不过还得看看你们有没有这个能耐啦。"

振杰忍不住好奇地问："班长，我们不住天安门这块吗？"

老兵打趣道："你还想住中南海？"

众人都小声笑着。有个山西口音的新兵，名叫陆纪超，说道："班长，升国旗，放炮，不就在这儿吗？"

老兵道："那是人家武警的国旗班、礼炮营住这块，和我们不是一回事。"

有几个人附和道："啊！还以为都在一块儿呢。"

三军仪仗队驻地在北京城的西郊，西四环外。那时节这周边靠外一侧还是一片片的荒地，有的地方也种庄稼，不过因为来时是冬天，满眼不见绿色，更显荒僻凋零。

营房还是老营房，门口是铁栅栏，从外面看上去像个监狱。院子里是一排排很陈旧的红砖房。这里条件比较差，大便要到外面的独立厕所，这条件比村里好不到哪去，让人怀疑这不是大名在外的三军仪仗队，而像是一个被人遗忘的小单位。

新兵们因为个头高，不少人来时像振杰一样，没领到合适的新军装。到了驻地，第一件事就是领服装。军装发下来，振杰穿在身上，感觉很好。在冬日的阳光下，他把袖子伸到鼻端，嗅闻着新军装的气味，那味道香香的，甜甜的，暖暖的，软软的，让他感到说不出的舒坦。

振杰分到了新兵连一班。碰巧，耿长明调来一班当班长。见到耿班长，振杰有点不好意思，因为电话里冲人家发过火。耿班长却夸他机灵，他说，要不是你那个电话，咱们一辈子都不会再有见面的机会。

耿班长做的第一件事，便让人意想不到——他要亲自给班里的每个新兵洗一次脚，并说这是仪仗队的老传统。仪仗兵靠脚说话，脚是最辛苦的，所以烫烫脚是很美的事。

天寒地冻，北风劲吹。耿班长亲自到院墙边上的锅炉房打来一大桶开水，一副来真的的架势。新兵们都不好意思，纷纷往后躲。班长盯上了振杰，让振杰把洗脚盆拿过来，然后挽挽袖子，倒上开水，兑上点凉水，第一个帮他洗。一坐到小马扎上，振杰也就不再扭捏，看着班长帮自己脱鞋、脱袜。班长目光柔和，面带微笑，一双温暖的大手握住他的脚，不轻不重地搓洗，他一副很享受、很陶醉的样子。新兵们围拢过来看，班长用他带着四川味儿的普通话道："干么子呀？没见过洗脚？都快脱了，自己兑水，一会儿我挨个过去洗。"

这样的经历，不仅对于振杰，对于所有新兵来说，都是不曾有过的，是他们来到军营遇到的最初的温暖，也是最让他们难忘的记忆。

振杰清楚，自己是班长带来的兵，认识班长比其他新兵早，不免觉得有点小小的优越感，不像别人，那么"怕"班长。可是，来队的第二天下午，他就迎头挨了一棒槌。

他去外面的厕所解手回来，刚一进门，班长便像换了个人似的，指着他问："干啥去了？"

他一愣，回答："班长，我去上厕所了。"

"请假了吗？"

"班长，厕所就几步远，也要请假？"他感到好笑，差点笑出声来。

"我没说过吗？外出必须请假！只要你走出这个门一步，就必须请假！回来还要销假！"

仅凭这一件小事，就可感受到三军仪仗队的严格。振杰受到了严厉的批评，一副灰溜溜的样子。陆纪超悄悄向他挤挤眼睛讥笑他。一到这里他就感觉到了，在三军仪仗队，这个山西兵将是他强劲的对手。

班长随即又转向众人道："你们都清楚了没有？我同意了，你们才可以出这个门！"

当众挨一顿训斥，碰一鼻子灰，如果换成别人，可能会偷偷哭鼻子抹眼泪。振杰还好，从小到大，他挨了无数的训和揍，皮糙肉厚，习惯了，脸红一下就过去了。但是经此一事，往后他心里不敢再把班长当"熟人"了，这些老兵油子说翻脸就不认人，自己还是低调一点好。

晚上开班务会，班长坐在铁马扎上，讲了一通让新兵们感到新鲜的大道理，他说，新兵连的日子对每一个军人来说，都非常重要，它可能是你一生中最难熬的苦日子，也是你进步最快的日子，当然这需要你吃大苦流大汗出大力，像扒掉一层皮，只有这样，你才会有质的飞跃和提升。今天我要求大家，在这里，流血流汗不流泪，掉皮掉肉不掉队！

班长讲得慷慨激昂，新兵们听得热血沸腾。振杰却觉得心里面有点凉凉的，他已经意识到，表舅当初说得没错，三军仪仗队真不是好待的地方。

这天，振杰和几个新兵排成一列纵队到军人服务社买东西，路上突然碰到一个半生不熟的面孔——天啊，是卢天祥！真的是卢天祥！他可是振杰这半年来的偶像！振杰相当地兴奋，脸皮一紧，脑袋一热，出了队列，上前搭讪道："卢……卢领导，你好！我很崇拜你……"

没料到人家卢天祥根本不接话，轻蔑地扫他一眼就大步走过去了。他很难堪，进退不得，心想，仪仗队的人，太高傲了，怎么都这样！同行的陆纪超嘴角挂着讥笑，更令振杰心里无端地窝火。

耿长明很快就知道振杰又出了洋相。卢天祥碰到他，说："听说你招来一个刺头兵。"耿长明猜到他指的是李振杰，笑笑说："兵嘛，不怕调皮捣蛋，就怕蔫了吧唧——哎，这可是你说过的！"

正式开训之前，除了政治学习，还要打扫卫生，在这里搞卫生要特别认真，排长带着几个班长挨屋检查，都戴着白手套在铁床架、窗台、玻璃上面摸，只要摸到灰，就得挨训。地是水泥地，用拖把拖过后还要用抹布擦，每周都要用洗衣粉或者消毒液把地板擦得能照出人影，真有点不可思议。

仪仗队要的就是这种精细的作风。

除此之外，还有一项重要的工作，就是练习叠被子。班长反复做示范，手把手教，每个人的被子都要叠得方方正正，要像豆腐块一样。他们的床边都放有一个专门整理内务的小铺板，用三合板做成的，用它来整理被角，打理铺面。

振杰这天叠了差不多一百次被子，累得像条狗，腰酸背疼，呼呼喘气。可是班长过来检查时，竟然说："你的被子叠得像肉花卷似的，扣个脸盆，插个扫把，就像坦克了，是吧？"

众人都哈哈大笑，振杰也跟着笑。班长瞪他一眼道："你还笑！你们没看到吗？炊事班腌咸菜的大缸都摆得那么整齐！"说完，伸手一拨，把他的被子扔到地上。

在水泥地上叠被子，振杰还是第一次。以前陆纪超的被子经常被班长扔地上，振杰嘲笑过他，这回轮到山西兵嘲笑自己了。他蹲在地上，一遍遍地叠，一直到腿脚麻得蹲不住，眼冒金星，还达不到班长的要求。他趁人不注意，往被子上偷偷地喷了点水，才好叠了些，晚饭前，终于把叠好的被子摆到了床上。

新兵们天天盼着快点上训练场进行正式的训练，可是一旦上了训练场，后悔都来不及。

第一堂训练课，练习站军姿——啥动作不做，就是立正站着，不让动。班长讲了要领——一个最简单的动作，有一大堆要求，总之头要正，颈要直，口要闭，下颌微收，两眼向前平视，眼珠子不能乱动。

大操场上，一百多个新兵一块儿练习。除了班长们此起彼伏的口令声，几乎听不到别的声音。以前光知道干活累，现在才发现，让你像根电线杆子一样站住不动，更累！而且别忘了这时节是寒冬腊月，北京的风本来就大，冷风呼呼刮过来，感觉脸上像小刀割过似的，睁不开眼，哈气扑到眼睫毛上，没一会儿就结了一层霜。老兵们习以为常，没事似的，新兵可就遭罪了，尤其南方兵，没经历过这阵势，一上来根本受不了。

不一会儿，就有人摔倒了。不到半小时，倒下一片，还有人吐了。振杰这时候也感觉快顶不住了，他不停地调整自己的呼吸，鼓励自己争口气，不能随随便便倒下。他主要是想做给班长看。之前因为没喊报告去上厕所挨了一顿剋，被子还被扔到了地上，这两件事让他觉得，班长小瞧了自己；而自己是班长带来的，如果不遇到他，自己是不可能来仪仗队的，所以首先不能让班长瞧不起，更不能让陆纪超这样的家伙瞧不起，不然以后的日子就没法过了。

大约又过了十分钟，一班的人全倒了，只有李振杰还在坚持着。奇怪的是，虽然冷风不减，但他脑门上竟然全是汗，汗珠子流到脖颈里，冰凉！班长踱过来，上上下下打量他，然后点点头道："不错。"

能从班长嘴里听到"不错"两个字，已是很大的褒奖。长这么大，他似乎是第一次受到表扬，心里欢喜，本来不想坚持了，又咬牙站了一分半钟，才瘫坐在地上。下了课，班长问他："你小子可以呀，告诉我，有啥子诀窍。"

振杰嘿嘿一笑，摸摸脑袋道："在学校经常罚站，练出来了。"

班长笑道:"歪打正着,你小子赚了。"

下午继续练习站立。虽然是同样的动作,但是要求的标准可不一样,越来越严格,姿势上也更挑剔。

仅仅一天的训练,就让人尝到了仪仗兵的滋味,这滋味不好受,但是已经没有了退路。

振杰心目中的偶像卢天祥,调来担任新兵连的连长。卢连长出任务多,来训练场的次数不固定,但大伙发现,只要他一来,训练量就会加大。他满操场转,看到谁动作不到位,就亮开大嗓门纠正,隔着老远都能听见。他说话很幽默,让人想笑又不敢笑。比如某个新兵翘下巴,他看见了,就说:"喂,你钓鱼呢?收下颌。"再比如正步练习时,某个兵脚尖压不下来,他便说:"哎,看你的脚尖,打飞机呢?"如果某个兵站在队列里偷懒,他远远地眼皮一翻就能瞅见,有时还会冒句粗话:"看你松的,跟蛋皮似的,给我挺起来!"

有一次,他三转两转,转到振杰面前来了,振杰有点怕他,紧张地一收腹。他扫一眼振杰的两腿,发现没夹住,便说:"看你的两条腿,跑火车了!"

振杰便赶紧自我纠正。

第四章　惩罚

一般部队新兵连训练是三个月，仪仗队是六个月。其他部队的训练是跑跳投加摸爬滚打，仪仗队的训练主要是队列，往操场上一站就是半天，中间一般只给十五分钟休息时间。站在队列里，眼珠子绝对不能乱转。三种步伐一走就是一天，简直像个机器人。夜里，睡觉一律仰卧，不要说枕头，连个枕头包都不能垫。这跟人们想象中的部队生活完全是两码事。卢天祥采用的魔鬼训练法，让新兵们普遍吃不消，还有不少人在私底下埋怨。

每天拖着像棉花一样的身体回到宿舍躺在床上，大伙很快就能睡着，因为太累了。

振杰不怕吃苦，心理素质也过硬，不怯场，这让班长很满意，时不时还会表扬他一下。但是，振杰更渴望得到卢连长的表扬，因为谁都知道卢天祥是仪仗队里最棒的，他表扬一句，能让振杰高兴三天。

振杰发现，训练场上那些爱出汗、浑身是汗的兵，特别容易受表扬，而他偏偏不爱出汗，尽管动作也不错，但受表扬的机会少。这让他颇有些苦恼。当然这难不倒他，他有办法。有一回，出操前，得知卢连长要到场，他一口气喝下四大缸子热水，到了操场上，汗水像小河一样，流得比谁都带劲。卢连长过来夸了他两句，激动得他半宿没睡着。

没想到这事后来不知怎么被卢天祥知道了，把他叫过来，劈头盖脸一顿训，警告他训练场上务必老实，不要搞讨巧玩虚那一套。这么一来，他以后就不敢用这招了。振杰怀疑是陆纪超告的密，因为他留意到，陆纪超的一双小眼睛老是盯着他。他觉得应该找机会教训这小子一下。

对于仪仗兵来说，不光是动作重要，队列里，战士们的眼神也很重要，传达的应该是自信、威武的精、气、神。但有的人就是死鱼眼，不传神，看上去不带劲。耿长明认为，振杰的眼神还是不错的，有较大的提升潜力。

振杰站军姿、练习步法都很卖力，要命的是，卢天祥偏偏看不上眼。耿长明慢慢琢磨出了问题所在：振杰有一点点罗圈腿，虽然乍看不很明显，但和其他人仔细一比，就隐约显露出来了。一天晚上睡觉前，耿长明拿出背包绳，不由分说，把他的双腿给捆上了。从那以后，每天晚上让他捆着双腿睡觉，一直坚持了一个多月，情况才有所好转。

陆纪超总感觉班长偏向振杰，有一次，他话里有话地说，班长去你家乡征兵，不晓得得啥好处了？振杰气得挥拳要揍他，把他吓跑了。

新兵们每天都在进步。振杰的军姿、枪法、齐步动作，都是班里的标兵级别。这可是他刚来时绝对没想到的。他忍不住给家里写信报喜，父亲用他歪歪扭扭的字体回信说："这才刚开始呢，有啥可骄傲的。我种苹果，春天有的树花开得好，但到了秋天，这棵树并不一定结果子多。"还说，听说小土豆学习成绩上来了，他爹小算盘到处吹，说他儿子考大学很有希望。如果小土豆都成了大学生，端上了铁饭碗，你这个大头兵还是超不过他。振杰明明想写信报个喜，却被泼了一盆子冷水，在那之后，振杰有两个月没给家里写信。

一个班就一个标兵，一段时间里，振杰基本保持着全班第一。即便如此，父亲还是不看好他。战友陆纪超也不大服气，认为他是班长的关系兵，受照顾多。队列动作，陆纪超经常是全班的中间位置，不冒头也不拖后腿，业余时间他加班加点拼命追赶，还是赶不上振杰。东方不亮西方亮，陆纪超热衷于内务，尤其是被子叠得好，全班第一，也常受表扬。振杰瞧不上这个，认为仪仗兵要用动作说话，而不是内务。

这天又要检查内务，振杰使了个小坏，趁人不注意，悄悄往陆纪超叠好的被子上洒了一杯水。当过兵的都知道，叠被子洒上一点水，容易整理，而且不起包，但这是不被允许的，算作弊。户大祥过来检查，一眼就看了出来，于是当众批评陆纪超弄虚作假。陆纪超不服，说不是他干的。

不管怎么说，一班的内务流动小红旗丢了。晚上，班长召集班务会，命令全体不准坐铁马扎，都半蹲着开会，上身保持直立，腰挺起来，手放在膝盖上，下身不许抖动。就这么个姿势，坚持十分钟都难。班长却让大家一直咬牙坚持。这时候振杰有点后悔了。

陆纪超怀疑是李振杰所为，私下告状。班长说："你没证据，别瞎怀疑。"

其实大伙心里都猜到，李振杰嫌疑最大，全班就他跟陆纪超不对付，不是他又是谁呢？

班长不去追查谁干的，只说："班里出了事，新同志做不好，班长更有责任。我不罚单个人，我要罚全班，包括我自己。也许不应该全体受罚，但我们是一个集体，一根绳子上的蚂蚱，所以今天我决定这么干！"

于是全体罚蹲，半小时才结束，除了班长，所有人都累瘫了，纷纷倒在地上喘粗气。大伙看到，班长气不喘脸不红，一直稳稳地半蹲着，这么一比，大家才看出来差距。

陆纪超的被子还没干透，熄灯时，班长把自己的被子换给了他。

大伙私底下认为，班长有点"袒护"李振杰。卢天祥当然更是看得贼清，他对耿长明说："人狂要出事，狗狂挨砖头；宁给个好心，别给个好脸。老耿，你得注意点，别护得太过。"耿长明道："连长放心，我有数。"

周末，难得休息一下，除了到大澡堂洗澡，洗衣服，还可以看看报纸，写写家信。战友们都把写家信看得很重，有的写着写着就抹起泪来。大家每逢收到信，都会激动得跳起来，有人晚上还会躲在被窝里哭，振杰能听到睡在他身边的陆纪超有时哭得呜呜的。振杰很少给家里写信，父母文化程度不高，对写信不热衷，信上的话往往也不中听，别人一月能收三四封信，他顶多收到一封，而且没几行字。不过这样也好，别人写信看信，动感情、哭鼻子、心里难过，他可以置身事外，放松心情。

这个周末，振杰要洗一大堆衣服。天气还是那么冷，要到室外的水龙头那里洗，没有一点热水，振杰的手冻得通红，清鼻涕一个劲地往下滴。他想凑合着赶紧洗完，根本顾不上是否洗干净，只把衣服摁到脸盆里涮一涮就捞出来了。

没想到，班长在窗户后面盯着他呢。他刚把衣服挂在晾衣绳上，班长就冲过来检查，发现上面残留了很多洗衣粉，领口袖口还是黑乎乎的，看上去很恶心。班长非常生气，责令他重新洗一遍。他没办法，只能把滴答着水的衣服拿到水龙头那里仔细漂洗，风好像更大了，冻得他鼻涕像清水一样，滴滴答答流个不停。他的手都肿了，浑身发抖。他边干，边听班长批评，说你做事情没一点认真劲儿，那是你自己的衣服，都那么马虎，要是公家的事，还敢指望你吗？将来上场执行外事任务，面对外国总统首相，一大堆记者在场，国家对你能放心吗？

耿长明想一点一点地教他们规矩，干脆把全班集合起来，说："我早就发现，不光是李振杰，还有不少人，做事都是这么不认真，连自己的衣服都洗不干净，让上级怎么相信你们？从今天起，大家必须养成一个好习惯，先把身边的小事情做好，否则训练场上再优秀，你也不是合格的仪仗兵！"

不仅耿长明盯着振杰，卢天祥的目光更是锐利。

一次开饭，桌子上有一头蒜，爱吃大蒜的振杰没想别的，手一探就把大蒜霸占了。在另一张桌子吃饭的卢天祥像后脑勺上长了眼睛似的，吩咐一个兵去拿两头大蒜来。他起身走到一班桌子前，把两头蒜扔到振杰盘子里，用低沉的声音道："给我吃下去。"

大伙都愣了。振杰不敢看卢天祥，心想不就是吃头蒜吗，有啥难的。于是拿起蒜头，开始剥皮。

卢天祥又低声喝道："给我带皮吃！"

振杰愣了一下，脑袋一歪，硬是把两头带皮蒜咬碎，吞进肚里，辛辣味直冲天灵盖，让他眼冒金星，后背都湿了。

整个过程中，耿长明一言未发，冷冷地望着他。

还有一次，训练间隙，大伙回房间喝水，振杰不管别人，抢先把班里凉好的开水一饮而光——又被卢天祥逮着了，逼他当众喝了半脸盆自来水。

卢天祥最反感没有集体主义精神的士兵，仪仗兵要的是集体荣誉，而不能光个人逞英雄，他要让李振杰长点记性。

虽然对卢天祥心有不快，但振杰还是接受并记住了卢天祥的惩罚。

入伍三个月后，举行新兵授枪仪式。仪式庄严而神圣。振杰领到了属于自己的一支礼宾枪。以前，他是那么喜欢枪，为了玩枪，小时候不知挨过多少打，如今，终于有一支真枪到了他手里，虽然这枪里不能放子弹，但他一样激动不已。他终于感觉到这兵当得有点味道了，值了！

每支枪的枪号都是六位数，这时刚好给新兵办下了工商银行的存折，每月三十几块钱的津贴费要放在里面，振杰就用枪号做了存折的密码。他发现，不少新兵都这么做。

春天不知不觉来临了，仪仗队的院子里树木不多，更少见花，但是春天的味道，春天的气息，却是无孔不入，绵绵不绝。战士们每天在操场上挥汗如雨，虽然太阳远没到毒辣的时候，但是他们的面皮早已黑得不像是自己了。

一直到走连续正步之前，振杰一面受表扬一面挨批评，大体上还算风光，主要是他各项动作都过硬，这个才是衡量仪仗兵最重要的标准。他的表现，愈发让耿长明感到这个兵招对了。他认为这批新兵中，李振杰第一批参加编队，上场执行任务，是没有问题的。部队里有个不成文的规矩，谁招来的兵有出息，谁就有面儿。他当兵九年，两次外出征兵，只领来李振杰这一个宝贝，当然希望他进步快。

振杰自然也很乐观，每每受了表扬，就悄悄冲陆纪超伸舌头"挑衅"。

在关键的节点上，问题突然来了——走连续正步时，振杰老"松"膝盖，也就是踢腿的瞬间，膝盖不如别人绷得那么快捷，感觉总是慢一点点，有那么一点点的拖泥带水，在队列里不协调，影响编队效果。这个毛病一般人看不出来，卢天祥火眼金睛，隔老远就能察觉到。他叫停，单独训练了一下振杰，下来后脸色不大好看，责怪耿长明："白长一双那么大的眼睛，每天都在看什么？"其实耿长明早发现了，一直在悄悄观察。他知道振杰不是偷懒，更不是基本功不行，至于什么原因，一下子说不清。

动作差的要往后面挪，因为膝盖问题，他被从排头挪到中间，又从中间挪到排尾。一米八八的大个子，站在一米八的人后面，让他浑身不自在。陆纪超一米八五的身高，站在中间位置，虽然隔着几个人，但他胸挺得比谁都直，像是专门气振杰似的。

振杰这时候突然有点厌烦训练，想逃避，便想了个辙——装病。他"感冒"了，咳嗽，喉咙疼。耿长明向卢天祥报告，打算让振杰休息两天。卢天祥过来一看，便明白了八九分，客气地拍拍他肩膀说："不怕，我有办法帮你治，一会儿就好。"

卢天祥的办法是，让振杰做俯卧撑，身子下面铺上一张报纸，什么时候汗水把报纸都打湿了，感冒就会好。振杰不敢违抗，咬紧牙关做俯卧撑，不知道做了多少个，不能停，直到身下报纸的水印显出人形，全都湿透了，卢天祥才罢休。振杰累瘫在地，半天没爬起来。卢天祥上前笑眯眯地问："感冒好点了吗？"

振杰喘着大气说："连长，好了，好了，以后不会感冒了……"

全班人都哈哈大笑，陆纪超更是笑得前仰后合。

受到一回惩罚，以后他再也不敢装病了。

卢天祥总感觉李振杰品质有问题，对耿长明念叨说："一个人的能力是可以提高的，一个人的品质，我认为很难提高。"耿长明一听，有点急，拿出架势想和卢天祥吵架，说这个兵道德品质绝对没问题。他还揭露卢天祥，当年为了逃避训练，不也装过病号？耿长明就是这种人，你可以骂他，但不能小瞧他手下的兵。

膝盖"松"其实是新兵容易出的毛病，只是李振杰这个毛病比别人顽固。他回忆，小时候跟人打架，可能伤过膝盖，是不是那时候落下的毛病？但是两只膝盖平时都不疼不痒，没有任何感觉，耿长明带他到医院拍了个片子，也是啥问题都没有。

找不出原因，只有加练。从耿长明到卢天祥，都反复给他纠正，就是没有效果，他怎么也改不过来，越踢越拘谨、别扭，越踢越没有信心。耿长明比他还急，晚上带他单练，一帮一，费尽心机，仍然是没有长进，搞不准原因，把人急死了。

这是振杰此生遇到的头一个重大挫折，成了他的"死穴"。他也因此成为全班的"死穴"，拖了后腿。他如坠冰窖，越来越感觉自己不是当仪仗兵的材料，心里有了当两年兵就退伍的打算，回家低低头跟爹种苹果去。爹不是早就说过吗？种好苹果，比什么都强！他变得在班里抬不起头来。内心纠结的他，有一天忍不住落泪了。近来一向好脾气的耿长明难得发火，黑了脸骂他是个无用的蛋，还指着他的鼻子怒吼道："真后悔把你龟儿子带来！你就不能长点志气？陆纪超都过关了，就你没种！"

骂也没用，他倒希望班长打他一顿算了。

新兵连训练结束，大队领导前来检阅，振杰没有上场，和几个有伤的兵躲在一旁看着，他的心里颇不是滋味。可惜世上没有卖后悔药的，他后悔来了仪仗队，真不如当初听表舅的，到家门口的部队学一门技术。

新兵下连，最后一道程序是分兵。一百多个新兵，往四个中队分配，振杰是各单位眼中的问题兵，早出名了，没人愿意要他。各中队、各班都想抢好兵，都不想要孬兵。不得已，只好采用"抽签"的办法分兵，由卢天祥主持，大队一名副大队长坐镇监督。

耿长明担任班长的三班，是大家公认的一中队最好的班，样板班，也是全大队最好的班之一，新兵们都想进三班。陆纪超幸运地"抽"到了三班，兴奋到躺在地上打滚。

振杰当然非常想跟耿班长到三班，做梦都想。但他却被"抽"到了一班。一班长本来就不大服气三班，老想把三班比下去，指望借新兵入队补充点有生力量，哪想到手气这么不顺。一班长不想要振杰，找卢天祥闹情绪。卢天祥训他道："有本事你把生铁炼成钢，这时候了还闹腾，滚一边去！"

一班长迟迟不来领人，耿长明看到失魂落魄的振杰，心有不忍，知道这样下去他就完了，于是不顾班副和几个老兵的反对，用抽到手的新兵马小伟，和一班做了交换，把振杰换了过来。

振杰说不上是感动还是感激，他脑袋木木的，像小时候挨过父亲的打，母亲过来抚慰他一样，此时的他更像个木偶。六月的天气已经很热，他却感觉不到热，只觉得心里面躁动。自己这个熊样子，以后还有机会吗？如果没有机会，来三班更丢人，不如到别的班混日子，因为三班是中队乃至全大队的样板班，拖三班的后腿，就是拖班长的后腿。他知道班长当了九年兵，是三军仪仗队最优秀的班长，可能还有最后的提干机会，如果受自己连累，这事泡了汤，怎么办？

　　这些问题缠绕着他，没几天，他瘦了足有三四斤。

　　振杰来到新兵们心心念念的三班，整个三班唯有陆纪超高兴，他笑眯眯地对振杰道："兄弟，纪超真心欢迎你。你来三班，狗熊就吃不到我了。"

　　他所说的"狗熊吃人"，是三军仪仗队独有的段子：一个班里，有更差的进来，他就不是那个最差的了。就像狗熊追着要吃人，刚开始时他是跑在最后的，狗熊自然先追上他，现在来了更差的，狗熊就会转而吃这个最差的。

　　振杰只感到脸上一阵发烧，无言以对。

　　六个月的新兵连训练，毕竟打下了坚实的底子，下连之后，在老兵的带动下，新兵们普遍进步飞快。就连不大被人看好的陆纪超都加入了编队，很快就有机会到天安门广场亮相，执行重大外事任务。然而振杰虽付出了不懈的努力，踢腿却总也不见起色，他一直无法加入编队，实打实地沦为全班的拖累。

　　你是仪仗兵，却无法上场，就好比一名运动员不能上场比赛一样，要多尴尬有多尴尬。这一段日子是振杰有生以来最难熬的时光，每天抬不起头来。男怕入错行，女怕嫁错郎，自己真的不是干仪仗兵的材料，爹没说错，苹果花开得再好，最后也不一定结出大果子。

他就是那个结不好的果子。

振杰愁，中队也愁，不可能老让他拖三班这个尖子班的后腿，中队有领导提出，不如跟大队报告一下，把他调整到炊事班去，对于二者来说，这都是解脱啊！

耿长明不干，他不相信振杰训不出来，他把振杰的失败看成自己的失败，一直坚持认为振杰还有机会。他认为让振杰去当炊事员，可惜了这么好的身体条件。他不同意放人。

中队给的准话是：这周必须搬走！

他想找卢天祥说说情。卢天祥从香港回来后，一时风头无两，成了仪仗队最耀眼的新星，前途不可限量，刚刚被任命为副中队长，年纪轻轻就成了副营职干部。如果他肯帮振杰说句话，估计中队会给他这个面子，让振杰在班里多待一段时间。如果不离开这个小环境，耐心调节一下动作和心理，或许他还能走出来。

但是振杰本人却在班里度日如年，待不下去。一次受阅，终生光荣，陆纪超都已经去过两次天安门了。这天陆纪超又对他打趣道："兄弟呀，下午咱要跟法国总理对眼神去，请你提前帮我倒一杯白开水凉着，好不好？咱回来好润润嗓子！"

终于，振杰心一横对耿长明说："班长，我愿意下炊事班……你为我操心够多了，不能没完没了，对吧？再说，不能因为我一个，毁了三班，影响大家。"

这让耿长明很犯难。

就在这个时候，吴青江回来了！

第五章　转机

时光回到一九八六年。

一九八六年十月，英国女王伊丽莎白二世到中国访问。在天安门广场精彩纷呈的检阅仪式上，女王第一次目睹了举世闻名的中国仪仗队，近距离感受到了中国军人特有的魅力——士兵的目光清澈有神，身材挺拔威武，步伐雄壮整齐，一切都无可挑剔，完美极了。

女王意犹未尽，向外交部提出一个特殊的要求：希望能有一名中国仪仗兵作为她访华期间的礼宾卫士，伴随她完成中国之行。

女王乘坐她的专用游艇"不列颠号"到访上海，停泊在上海港。这条皇家豪华游艇上，装载着女王的全部生活设施，除了上岸参观、出席中方举办的宴会外，女王的活动就安排在了这条宽六七十米、长达百米的游艇上。

这天晚上，女王举行了一个答谢宴会，一直到晚上八点多，宴会才结束。女王出来送客时，惊奇地发现，在陆地与游艇连接的那块浮水平台上，那个从下午两点起就站在这儿的中国仪仗兵，仍然一丝不苟地挺立在那儿，已经六个多小时。这可不是在陆地，而是在颠簸晃动的船上，他姿势没变，表情没变，落脚的位置也没变，像钉子一样纹丝不动，宛若一尊精美的雕塑。当女王与中方领导人通过时，他举枪行礼，动作挥洒自如。女王感动了，脱下手套，向这名年轻的中国士兵挥手致意……

这次访问，女王带来了英国皇家仪仗队，上百名气派非凡的英国仪仗兵就在这条豪华游艇上举行活动，整整一下午，他们目睹了这名中国仪仗兵顽强屹立着，丝毫未动的身姿，感到简直不可思议；有的过来站在他身边合影，还不断有人冲他伸出大拇指……

他就是吴青江，那年他二十岁，已经当上了班长。

当吴青江完成陪同英国女王中国行的礼宾任务后，外交部领导为他请功，三军仪仗队的答复是：这样的战士，我们有很多啊。

后来，吴青江由士兵直接转干。进军校短训期间，他参加体育活动，腰部意外受伤，造成了严重的腰椎骨挫伤，住进了医院。等他出院时，医生告诉他，他已经不适合再当仪仗兵。仪仗兵吃的是力气饭，凭的是持久的身体耐力，上身主要靠腰部力量支撑，腰不顶用，你能站多久？

本来有着大好前程的他，因为一次意外，彻底告别了阅兵场。军校毕业后，他回到三军仪仗队，当过司务长，当过参谋，当过干事，还当过一中队的副教导员，卢天祥和耿长明都曾是他手下的兵。一年前，他到西安政治学院进修，传说他毕业后不再回仪仗队，而要去卫戍区机关坐办公室，上面都来人考察过了。

谁也没想到，他竟然又回来了！

吴青江刚把行李搬进教导员宿舍，耿长明就来敲他的门。他以为耿长明要说自己的事——这位老兵骨干哪方面都不错，要在以往，直接提干都问题不大，但到了现在，已经不是从前，士兵提干有各种各样的限制条件，耿长明的前景不太妙。

没想到，耿长明不说自己，自始至终都在说李振杰。他右手扼着左手的手腕子，道："一米八八的个头，七十八公斤的体重，相貌也好，没别的毛病，就是踢腿时膝盖有点松，我觉得是暂时的。让他去炊事班他就完了。教导员，小耿就求你这一回，帮他想想办法，再留他一个月，行不行？"

吴青江当时没表态，只道："三班长，你先回去，我先了解下情况再说。"

耿长明也搞不清他怎么了解的情况，到了周六，中队通知三班，李振杰先不去炊事班，而是来中队当文书。只要留在中队，就有希望。耿长明不用做振杰的思想工作，他很想得通。耿长明亲自送振杰到中队部报到，到了才发现，振杰被安排跟卢天祥住一个屋。

后来了解到，吴青江推荐中队文书小黄去了大队公务班，给振杰腾出了位置。小黄原先住中队部守电话机，吴青江说，电话不用守，铃一响都能听到，战士不能单独住。他去做卢天祥工作，说："天祥呀，你刚升了官，不能住单人间搞特殊，对不对？屋里放个人，有人给你擦皮鞋，给你端茶倒水，给你揉揉腰揉揉腿什么的，多好的待遇！"他认为，卢天祥是最好的老师，振杰整天跟他在一块儿，耳濡目染，一定会学到不少东西。

卢天祥碍于情面，不好反驳新来的教导员，况且这人以前曾是他的上级，便含含糊糊答应了。吴青江知道卢天祥心里不乐意，拍拍他肩膀道："天祥，这样吧，给他几个月时间，再不行赶紧让他到炊事班喂猪去！"

就这样，振杰搬到了卢天祥房间。整天面对着这位大偶像，振杰说不上是喜是忧。去年在电视上看见他，或许就是那时，自己心中萌生了当仪仗兵的种子。当时做梦都想不到，如今自己竟与他睡一个房间，两张床之间的距离只有一米半。然而，此刻的心境却不同了。振杰想，在他眼中，自己成了废人一个吧？

夜里，听着卢天祥的小呼噜，振杰常常醒来，再也睡不着。想到自己的处境，他往往忍不住淌下眼泪。趁卢天祥不在时，振杰打开他的衣柜，看到那两套漂亮的礼服，还有那把场上执行队长使用的青光闪闪的指挥刀，他的眼皮子止不住地狂跳……看上一阵子，他便不敢再看，赶紧掩上柜门。

文书不需要佩枪，振杰要交出自己的那支礼宾枪，他不禁感到心中凄然。这支半新半旧的枪，他没怎么使过，只有正式进入编队的士兵，才有更多的机会与枪合练。都说人枪合一，是最高的境界。他辜负了这支枪。他依依不舍地把它抱在怀里，与它作别——这辈子，或许他再也没有机会摸枪了……

当上了文书的振杰，像换了一个人，话少了，饭量小了，歪点子也没了。一有了空闲时间，他便偷偷对着镜子练踢腿，可仍是不见起色。他彻底绝望了，不再想上场的事，而是一心一意当他的文书，接接电话、拿拿报纸、发发通知；每天把值班室、门口走廊和领导宿舍打扫得干干净净。

这天得到消息，他最好的发小、同学肖土平考上了省农学院，成了小山村十年来第一个大学生。他爹肖作生没有吹牛，儿子给他争脸了，平时抠抠搜搜的小算盘居然摆了十桌酒席，还请了戏班子。他给李恒年发了帖，李恒年不想去，又不能不去，只好厚着脸皮去了，三杯酒下肚，李恒年竟然喝多了，回来就给振杰写信，把小土豆考上大学的事告诉了他。让振杰感到奇怪的是，爹这回丝毫没有责怪他，说的都是软话。爹说，仪仗队不是好混的，如果不如意，就早些复员回来吧，这两年苹果行情不错，咱爷俩咬咬牙多种几亩，很快就能挣够盖新房的钱，给你盖四间红砖房，娶媳妇生子，这可是大事。又说，小土豆考的是农学院，上这种大学毕了业，很难找到好工作；咱种好苹果，不一定比他上大学差。你学习不好，爹怪过你，可爹小时候学习也不好，这又能怪谁呢？认命吧……

爹没有埋怨他，这让他心里更不平静。肖土平毕竟是大学生身份了，最要好的伙伴，就这样和他拉开了人生的距离。

一九九九年春的一天，天气晴朗，碧空如洗。卫戍区司令员亲自来到仪仗队，宣布国家要搞新中国成立五十周年大阅兵，三军仪仗队将组成护旗方队，走在全体阅兵方队的最前面。

国家已经有十五年没搞大阅兵，这次将是新中国成立后第十三次大阅兵，全社会都很关注，有媒体称之为"世纪大阅兵"。消息传开，仪仗队的院子里一片欢腾，有人高喊：终于赶上好时候了！那些天，人人都憋着一股劲，谁都想进编队，做梦都想走过天安门。

全院子里似乎只有振杰是个闲人，这让他的情绪更加低落。母亲给他来信，说如果坚持不了，她就去求表舅想想办法，把他调回离家近的部队。三军仪仗队经常有人调走，当然都是在这里没啥前途的人。这时他已经当了一年半的兵，算了算，离复员还有一年半呢。于是他给母亲写了信，同意调走。

但是信没有及时发出——往邮箱里投放的时候，他犹豫了——他想到了父亲那张老脸，如果就这么灰溜溜地回去，爹指不定怎样嘲讽自己呢，别看他信里说的都是软话！反正离复员时间只有一年半，熬吧，熬到时间走人，当然不能回家种苹果，不能上爹的当，一旦脑袋扎进苹果园，想出来就难了。他早就想好了，要去南方打工。听老兵说，仪仗队不少人复员后到深圳、东莞，那边的大老板看重门面，愿意招收仪仗队下来的，干保安、保镖什么的，收入都不菲。

这天，吴青江拉了个单子，派振杰到营院外面的百货商店购买一批文具等用品，搞大阅兵，少不了拉横幅写标语营造热烈的气氛，吴青江现在每天练毛笔字和美术字，营区里的小卖部只卖笔记本、信纸、信封、小号的自来水笔，满足不了大搞宣传的需要。

好不容易出来一回，振杰感觉像是从铁笼子钻出来的小鸟，可以自由飞翔，心情很好。他一个农村孩子，当兵以前跑得最远的地方就是县城，离家不过三十多里地；来北京一年多，除了公差外出，数得过来的，一共出过三回营区：去过一趟天安门——是去参观游览，不是出任务；去过一趟医院；还去过一次王府井。今天，他特意选了一家稍远点的大商店，骑自行车过去。大街上的一切，在他眼里都是那么新鲜，春天的阳光是带着香味的，春风是带着甜味的，连汽车的噪声都那么动听。

他去的地方是位于公主坟的北京城乡贸易中心，据说那地方东西齐全，骑车过去也挺方便。他寻到那里的文具柜台，偏偏赶上两样文具缺货。他穿夏季常服，高大帅气，英气逼人，在仪仗队不显眼，但一出门可就完全不一样了，女售货员格外热情，执意让他留个电话，改天来货后马上通知他。这是最好的办法，免得再白跑一趟，他把中队的电话号码和自己名字写在一张字条上交给对方，又在商店里面转了转，发现所到之处，不少人盯着自己，便有些不好意思，准备往回返。

那天罗澜和程菲没上课，也到这里闲逛，她们不期然留意到了这位身穿合体军装、高大威猛的大帅哥，而且一眼认出是三军仪仗队的，于是悄悄嘀咕了好一阵。振杰感觉到有人议论自己，浑身不自在。其实，经过一年多训练，他都不会正常走路了，看上去怪怪的，一走路就习惯性地像在操场上训练一样，只是臂没有摆得那么高，腿踢得没那么标准而已，但依然是脚跟先着地，腰板明显地挺直。即便他刻意放松也没用，别人一眼就能认出他是三军仪仗队的兵。

两个姑娘在他后面，说到兴起，你推我一下，我搡你一把，打打闹闹，嘻嘻哈哈的。不一会儿，跟着振杰上了下行的滚梯。然而一不留神，罗澜的高跟鞋踩空，不慎摔了下来，她和程菲同时发出了惊叫声。在她们身前的振杰听声辨人，眼疾手快，转过身来，在罗澜摔倒的一刹那，伸出大长胳膊稳稳地托住了她，他手中的文具顺着滚梯稀里哗啦地散落了一地……

幸好罗澜没有受伤，只是惊吓得不轻，一身冷汗，浑身哆嗦，差点哭了。程菲赶紧叫来保安，一块儿帮忙把文具捡起来，交给振杰。罗澜缓过神来，追着振杰表示感谢。振杰倒像个做错事的孩子，脸通红，没说出一句完整的话，大踏步地溜掉了。

第二天上午，人都去了训练场，楼道里十分安静。十点半左右，中队的电话响了。振杰拿起电话筒，那边传来一个女生的声音。她自称是商店售货员，找李振杰同志。她的声音十分悦耳，说文具到货，请他赶紧过来取。放下电话，振杰下楼找教导员请好假，推上中队的自行车出了营门。骑出没多远，被一个女生喊住了，仔细一瞅，原来是昨天遇险的那位姑娘。

罗澜是中国人民大学新闻学院新闻学专业的二年级学生，按后来的说法，她是个典型的"白富美"，生性浪漫，见多识广，热情大方。原本她就对仪仗兵印象很好，昨天兵哥哥飞身救了她，却连个谢意都没收下，她感觉自己被"闪"了，有点闷闷不乐。

程菲比她点子多，振杰走掉之后，她拉罗澜来到仪仗兵刚才买文具的柜台，声称要写感谢信给那个救下她的士兵，于是从售货员那里顺利讨要到了振杰的联系方式。

刚才那个电话就是罗澜假冒售货员打的。她还带来了他所需要的两样文具，连发票都开好了。说实话，昨天要不是被他救下，她肯定摔得不轻，如果顺着滚梯脸朝下，搞不好还会破相，甚至要是头发给卷进去——想想都后怕死了！昨天回到学校后，她想过给三军仪仗队写一封感谢信，又觉得一封薄薄的信不足以表达她的感激之情，在程菲的怂恿之下，她鼓起勇气，到学校门口的商店买了那两种他所需要的文具，打算以这个理由约他出来。

和昨天不同，今天的振杰不再腼腆，嘴巴也好使了——他本来就是个天不怕地不怕的"坏小子"，嘴巴并不笨，只是来军营之后一时给管得有点"犯傻"。罗澜以感激他相救之名，提出请他吃饭。他想，反正请了三小时假，时间多的是，不吃白不吃，假意客气了两句，便随罗澜进了路边一家烤肉店。

这天中午，美丽而谈吐不凡的罗澜仿佛给振杰打开了世界的另一扇门，使他暂时忘却了烦恼。吃了一年多连队食堂的他，胃口大开，竟然把她要的六个菜吃得干干净净，而她却没吃几口。这更让罗澜感到这个兵哥哥朴实可爱，让她觉得好玩极了。罗澜提到即将举行的世纪大阅兵，全世界都会关注，问他能否上场。振杰不想被她瞧不起，硬着头皮说当然要上场。言谈之中，罗澜流露出对仪仗兵的崇拜之情，说很小的时候就到天安门广场看过升旗仪式，说她的偶像是香港回归仪式上的升旗手卢天祥，简直太帅了。振杰说，自己就和卢副中队长住一屋，每晚听他打呼噜，烦死了。

罗澜的眼睛睁得大大的，说："你还烦，别人想跟他合个影都难。"

振杰一时忘乎所以，竟然夸口道，自己将来一定能超过卢天祥。罗澜对他更加刮目相看，她一笑，一对月牙儿似的眼睛格外明亮动人，一口亮晶晶的小白牙，也发出了温润可人的光泽。

振杰获得了一种从未有过的满足感。

回到宿舍，说不清为何，他把那封没发走的信从抽屉里取了出来，撕碎之后，丢进了垃圾桶。

第六章　又见转机

　　兴奋只是一时的，没过多久振杰重新陷进了失落之中。他的空闲时间很多，趴在窗户上，看别人训练，心里好生羡慕，心里也真不是滋味。开饭了，打饭的兵，端着盘子走正步；有的头顶帽子踢正步，走出好远，帽子就是掉不下来。营院里的气氛热烈，天天都像过年。

　　就连他一向瞧不起的陆纪超都加入了阅兵方队。早晨，陆纪超打扫卫生时，拿着小扫帚，模仿着执行官挥刀的动作，一阵甩，动作优雅，然后立定，面向一棵树，高声吼道："总统阁下！中国人民解放军三军仪仗队列队完毕，请您检阅！"

　　那副样子振杰真是看不下去，只能砰的一声关上窗子。

　　这天在楼道里遇见陆纪超，他想躲，陆纪超上前一个身位卡住他，皮笑肉不笑地冲他道："兄弟呀，还是当文书好啊，风吹不着雨淋不着的，弟兄们好羡慕你……你看我这条老腿，都快踢折了……唉，什么人什么命，没法子啊……"

　　振杰又羞又气，两个拳头都攥紧了。刚想动手，想想不对，只能脑袋一低，手一松，赶紧低头溜进房间。

这天，罗澜打来电话，说是几个同学如何如何崇拜仪仗兵，想和他照相，请他务必想办法出来一趟，不用多久，两个小时足够，定下时间后，她开车来接他。

振杰愣了好一阵，觉得谎言像肥皂泡，撑不了多久，于是不想再隐瞒，脸皮一紧，牙一咬，鼓起勇气道："嗨，大学生，给你说实话吧……我是仪仗队里最没用的人，可能永远都上不了场……"

罗澜不相信，以为他骗人，说："能到三军仪仗队，就不是一般人，你呀，不要太谦虚嘛。"

既然话说到这个份儿上，他索性一不做二不休，把实情原原本本端了出来，并诚恳地向她表示歉意："那天、那天我说了大话，吹了牛皮，骗了你，真对不起……"

电话那边，罗澜愣了，吃惊、失望，似乎还有些生气。她啪的一声把电话扣了。可过了没一会儿，她又打过来，换了副口气，鼓励他不要泄气，这次不行，下次还有机会。

他苦笑，讷讷道："过去十五年才阅一次兵，下次要到猴年马月？我不会再有机会了。"

"不能参加阅兵，不是还有其他任务吗？一样可以到天安门，只要别放弃，坚持下来，总会有收获。相信假以时日，你能行的。"

这是一个柔弱的女孩子对他说的话。以前类似的话，班长说过，教导员好像也说过，他总觉得有点安慰，甚至带点讽刺的意思，越听越麻木。但是今天不同，他听出了另一种味道。他放下电话，抱住脑袋愣了半天，渐渐感觉身上的力气在一点一点回来。

事后回忆起来，罗澜此时的鼓励，给了他极大的温暖和勇气，他脑子少有地清醒，快速地理了下思路。虽然参加大阅兵已没机会了，但是参加其他外事活动任务的机会还是有的，他不想当了一回仪仗兵，结果连一次上场的机会都没抓住。

他决心振作起来，迎头赶上。

卢天祥是全仪仗队最年轻的标兵，练就了人人羡慕的铁腰杆、铁脚板、铁嗓子。他是检阅场上的灵魂，是执行任务时的"定海神针"，这些年，据说他所踢的正步加起来相当于走了两个两万五千里长征，踢破的马靴足有三十多双。可就是这样一个响当当的人物，每天临睡前仍然要练习踢腿、练习嗓音、练习刀功；夜里说梦话，说的尽是阅兵场上的术语。

振杰终于意识到，卢天祥才是自己最好的老师，也因此明白了教导员把他安排到卢天祥身边的良苦用心。

为了不让班长、教导员和罗澜失望，也仿佛为了惩罚自己，振杰悄悄加大踢腿训练，拼命练习。别人在操场上练，他关起门来在房间练，丝毫不偷懒，流的汗也不比别人少。

这时候已经是春末，天气渐渐热了，为了防止训练把衬衣衬裤湿透，让自己没有换洗的衣服，他在宿舍只穿裤衩，扎腰带，穿皮鞋，面对墙壁，自己喊口令，练踢腿摆臂，一二，一二，不一会儿就全身是汗，像洗澡一样。只要没别的事，一般他踢腿的时间会保持三个小时，中间只是左腿换右腿，右腿换左腿，不间断地练习。他咬牙坚持着，每踢一次都要使出全身的力气，努力使踢腿速度达到最快，然后在墙线的高度——这条线是卢天祥早就刻上去的——迅即停住，保证每一次踢腿带风，高度准确。他大汗淋漓，踢腿摆臂的时候，汗珠子会顺着脚尖和摆臂的方向甩出一条水线，不停地飞溅到面前的墙壁上，点点汗珠联结成片，形成水流，无声滑落到墙脚，好像是墙也在出汗。因为有不少汗流到皮鞋里面，当训练结束，脱下鞋来时，常常能倒出一摊水。

他总感觉自己身板不直，于是他先是站墙根，后来又自制了一块小木板插在腰里，练挺胸抬头。木板左右晃动，硌破了他尾椎骨上的皮肤，血水粘着内衣，时间一长就结痂了。每次训练完，他的内衣几乎都是从身上撕下来的，十分痛苦。

一天，这一幕被卢天祥发现了，像是不认识他似的，卢天祥认真盯着他看了好一阵，弄得他很不好意思，弯腰端起脸盆去了水房。

也就是从这天开始，卢天祥对他另眼相看，有意无意地甩给他几句要领，其实是在悉心指导他。夜里，他在睡梦中，经常出现突然踢腿，把被子踢掉的情况。

隔壁房间住的就是吴青江。吴青江也早就发现振杰变了，为了多给他留点训练时间，自己的房间不再让振杰打扫，偶尔还会向卢天祥唠叨两句："天祥啊，有本事把李振杰带出来，我请你喝酒。"

卢天祥则道："死马当活马医吧。"

吴青江没忘了告诉耿长明，浑小子有点上道了。

然而不久之后，吴青江察觉到他与驻地女青年私下来往。基层单位的干部对这种事情特别敏感，稍有苗头就逃不过他的法眼。仪仗兵更为特殊，社会关注度高，地方女青年经常有写信或打电话套近乎的情况，战士不是不可以谈恋爱，但绝对不能服役期间在驻地谈，这是高压线。为防止出问题，各级领导对此事的警惕性都非常高。

吴青江选了个时机，亲自找振杰谈话。原以为他会矢口否认，甚至会抵赖，没想到他当场就痛痛快快承认了——他把怎么认识的女大学生罗澜，以及见面、打电话的情况，原原本本地端了出来。

　　吴青江挠头苦笑："看来是我给你创造的条件啊，我也有一份责任，对吧？"

　　振杰原本坐着，忽地站起来说："教导员！怎么能怪你呢？全是我不守纪律，你怎么处置都行，就是先别让我去炊事班。"

　　看他态度相当不错，吴青江没有发火，只是严肃地提醒他，不要触雷，战士最要得的就是这种破事，违反纪律不仅害自己，更害单位，害关心你的人。

　　耿长明很快也知道了。这天，晚点名之后，耿长明把振杰约出去，瞅瞅左右无人，一声未吭，抬腿一脚，把他踢翻在地。振杰摸着屁股爬起来，耿长明少见地暴怒，抬脚又要踢。振杰示意班长不要动，红着眼睛，哑着嗓子道："班长，我想好了，和女方断绝往来。我自己这个熊样子，也没有资格和人家来往，人家喜欢的是仪仗兵，我算仪仗兵吗？我不过是顶了个仪仗兵的虚名而已，一次任务都没有上过，说出去丢人。"

　　为了不再接罗澜电话，躲开罗澜的"骚扰"，他要求搬到炊事班去，这样罗澜就找不到他了。

　　阅兵人员马上要进阅兵村驻训，进村的人，都在忙着收拾东西。这天，陆纪超碰上振杰，喜气洋洋地说道："文书兄弟呀，再见面得十一以后了，好几个月呢！哎，我告诉你呀，大阅兵那天，你可一定好好守着电视，好好看看本人的光辉形象。"

他以为李振杰会生气动手，话音未落就闪到一旁。没想到振杰认真地对他说道："纪超，好好练，我等着看你上电视。"反而弄得陆纪超有点不好意思，打个哈哈走开了。

这一年全大队有八个战士考军校，要从方队里面退出来，这样就需要补充八个人进入方队。先前担任替补的队员们都盯着这八个宝贵的名额，眼巴巴盼着转正。

吴青江向大队长成敬捷建议，要给所有未进编队的战士一个机会，包括那些炊事员、司机、打字员、烧锅炉的、养猪的、种菜的、文书、保管员等，既然他们是仪仗队的战士，就不应该把他们排除在外，只要愿意来，就让他们试试，谁过谁上。

大队采纳了这个意见。

振杰收拾东西要搬家，吴青江鼓励他先试一试再搬。

振杰怯声道："教导员，我行吗？"

"没人告诉你吗？卢天祥副中队长曾经在农场养猪种菜，也是抓住了一个机会，才成了现在这样。"停了停，又道，"我们仪仗兵就要有一股永不服输的劲头，永远争第一！"

振杰猛地一个激灵。

这话点燃了他那颗不死的心。

接着，教导员又对他说了一句令他终生都不会忘记的话："小李，请你记住，最后成功的人往往不是最先取得成绩的人，而是那些在失败之后，奋起直追的人！"

这话说得多好啊！振杰的眼泪都快要下来了。在一中队，也只有教导员能说出这么中听的话。

这天晚上，临睡前，卢天祥对他说道："李振杰，如果你这次过不了，马上给我土豆搬家——滚炊事班去！"

这是卢天祥的风格，他很少说好听的话，他每一句话都想刺激你，就像狠狠抽你一鞭子，让你肉疼心也疼。

话虽不中听，但卢天祥和教导员的心是一样的，希望他迈过这个坎。

不少闲杂人员都在跃跃欲试。振杰晚上一个人在操场的角落里加练，耿长明过来默默地陪伴他。其实耿长明内心里已经不对他抱什么希望了，毕竟他有好久没参加正规训练了，他只是希望振杰借机振作起来，为以后重新回到班里铺路。

考核那天，耿长明把自己的枪和锃光瓦亮的马靴借给振杰。穿上马靴的振杰格外有精神。振杰上场之前，吴青江和耿长明怕他有压力，有意躲得远远的，不让他看到。

为了公平公正，大队长成敬捷和政委等几位大队领导亲自登上检阅台打分，不让各中队领导参加。四十多个选手，拉开距离，一个一个过堂。

轮到李振杰上场了。

吴青江、耿长明都紧紧地盯着他的膝盖。不知怎么搞的，这一次，他的膝盖没有松！其实卢天祥以前曾经多次暗中观察过他，感觉到他的毛病好得差不多了，他主要是心理问题。这一次，在紧张的状态下，他内心反而是松弛的。无意中，他的毛病，居然全好了！

考核结束，成绩还没有公布。振杰不看好自己，卷好铺盖，要搬到炊事班去，临出门时，吴青江和卢天祥进来。卢天祥难得一副笑模样。吴青江道："小李子，你过关了！"

他是闲杂人员中唯一一个过关的！

真像一场大梦。李振杰如同被电击一般，这个巨大的幸福几乎将他击倒。他一个人躲进水房，打开水龙头，把脑袋埋到水盆里，哭了个够。

这是他入伍后头一回痛痛快快地哭鼻子。

他重新回到三班，耿长明代表班里弟兄热烈欢迎他归来。陆纪超上前捣了他一拳，得意地说："老李，你能回来，有我一份功劳呢！"众人不解，振杰更是不解。陆纪超道："人都喜欢听好话，对不对？我偏不说好听的，每次见他，我就拣难听的说。李振杰，是不是受了刺激，你才咬牙追上来的？"

振杰一听，多少有点道理，便点头道："老陆，你说的话，比屎都臭，确实对我是个大大的刺激。"

众人大笑，整个三班像过年一样热闹。

紧接着，振杰收拾东西，进村！行前，振杰特别想打个电话告诉罗澜，他进了阅兵方队。但当他拿起电话，一边拨号码，一边想起自己对教导员和班长的承诺，便犹豫了。当罗澜的声音传来时，他一言未发，烫了手一般地丢下了电话。

坐在夜晚的操场边上，他使劲掐着自己的大腿，直到紫了一大片。他决心以后不再和罗澜联系。

进了阅兵村，训练异常艰苦，自不必说。振杰很快便融入了方队。他是陆军第三排第十三名，后来进到了第六名。

第七章　晴天霹雳

李振杰编入阅兵方队的第二天，吴青江就带领着一支二十八个人的先遣分队，马不停蹄地进驻了沙河阅兵村。那儿有飞机跑道，各徒步方队都要去那儿集中训练。

此时的沙河阅兵村，除了路刚刚铺好、板房刚刚盖好之外，其他设施半半拉拉的，均不到位，各方队需负责各自营区的后续建设，比如清理建筑垃圾、安装床铺、打扫卫生，以及营区的绿化等杂务。

大客车七折八拐地到了目的地，一下车，吴青江立刻就傻眼了，他不敢相信自己的眼睛——分配给仪仗队的五排宿舍，屋里地面上满是建筑垃圾——碎砖碎石、水泥沙子烂木屑、破纸袋子，简直是一塌糊涂，难以下脚。而按照计划，三天后，大队人马就要全部进驻！

大队领导给先遣分队布置的任务是：三天之后的早晨，大部队进驻时，必须能喝上热水，吃上热面条，宿舍内部硬件设施必须全部到位，一样都不能少！

谁都知道，先遣分队的活儿不好干，甚至有可能出力不讨好。作为堂堂第一中队的教导员，吴青江最愿意干的事情当然是组织和参与方队的训练管理与考核事宜，坐下来和战士谈谈心，聊聊天，做做思想工作，多么惬意啊！当大队领导找到他，希望他带领先遣分队打前站搞后勤保障时，他心里虽然有些不太乐意，但还是接受了。

三天！三天！太紧张了！他摸出一支烟来，抽了两口就掐灭了，他觉得抽烟太浪费时间了。他都顾不上喘口气，就立即开始布置方案，安排人员，先动手清理每个房间的建筑垃圾。发现带来的工具不够用，就赶紧到旁边的单位借铁锹、小推车、扫把等。人家本不想借，一听是三军仪仗队用的，也就同意了。

仪仗队名声在外啊，这是作为仪仗兵最为自豪的。

吴青江带头干。先遣分队的这些人员，都是不能上场的，心里都窝着火呢！你不带头，他们的劲头上不来。吴青江领头一趟趟把堆满小车的建筑垃圾往垃圾站运。这儿叫沙河，字面上的意思，就是沙子的河。在垃圾站，小车哗啦啦一倒，大风吹过，一层层沙土碎屑打着卷儿扑到他们脸上、头上，灌进他们嘴里、脖子里。吃沙子的滋味，不好受啊！

不大一会儿，士兵们一个个都成了"土人"。

五十个房间的建筑垃圾，他们清理了整整一天，这还不算完，晚饭后还要继续干，十一点多才全部清理完毕。见教导员抢在前头干，比谁都积极，士兵们心里的气顺了，干起活来你追我赶，谁也不愿落下。吴青江的心里也踏实了许多。

午饭和晚饭，都是从外头小饭店订的包子，没水洗手洗脸，想坐下也没个地方，二十八个人站着吃，几分钟就囫囵着把包子吞完了。没热水，就喝矿泉水。深夜来临，外面风呼呼地刮，气温降了。大家都干不动了，有人还站着打起了瞌睡，吴青江吩咐大家找个干净点的地方躺下。小伙子们裹上毛毯倒头就睡，吴青江却难以睡着，老毛病，腰疼得翻个身都难，一层毛毯根本挡不住水泥地渗出的凉意，他只能爬起来找到几个水泥袋子垫在身下。十年前落下的腰伤，毁了他前途不说，十年来每当受点累，就疼起来没个完，何况像今天这样干活，简直要了人的命。他艰难地翻个身，趴下睡。毕竟太累了，到后半夜，他迷迷糊糊睡着了。

第二天天刚亮，他第一个爬起来，招呼大伙继续干活。建筑垃圾清理完了，地面、墙面、窗台还不到位，必须搞得平整而光滑。大伙用小铲子，一点点细心清理掉那些凝固的水泥渣子，有的地方还得用砂纸打磨，再用白漆把过脏的地方涂饰一遍。这都是细活，五十个房间，每人差不多承包两个。第二天三顿饭吃的还是包子，喝的还是凉水。第二天晚上，满打满算每人只睡了三小时。吴青江从来没这么累过，但他不能不带头硬撑下去。

两天下来，谁都没有洗漱，又没带来可换的衣服，二十八个人变成了二十八个"泥人"，如果不张嘴说话，都认不出谁是谁来，都那么大的个头，像从土里钻出来的一样，还把小饭馆来送包子的师傅吓了一跳。

第三天，大队副政委过来检查准备情况，吴青江拍打着衣服过来迎接。他嗓子哑了，说了一句什么，副政委没听清，更没认出他来，把他当成了在这里干活的民工。过了好一会儿，才认出是吴青江。副政委一脸愕然，走了一圈，看到还有不少活没完，问吴青江：“不会耽误明天的进驻吧？”

吴青江嗓子疼，说话不利索，只好握起拳头挥了挥，意思是没问题。

五十个房间的主要物品还没有安置好，二百多张铁床要放到位，要安床板、铁皮枪柜、衣柜等，还要打标签、编号等，工作非常琐碎，也十分耗时间。

这天下午，自来水终于通了，有了水，大家可以好好洗把脸了。

晚上干到十一点，大家才顾得上吃晚饭。还是包子，还是喝矿泉水。虽然很饿，但吴青江吃不下太多，两个包子下去就感觉十分饱胀，这是累过头的表现。他喝口水，努力把话说清楚，对大伙说：“还有东西没摆放到位，还要擦一遍窗户，拖两遍地。咱们一鼓作气，再加把劲，干他个通宵，一定保证大部队明早顺利进驻。”

士兵们一直干到东方发白。吴青江几次顶不住，出溜到地上，眼皮像涂了胶水一样。他命令自己，你不能睡，因为战士还在干活。他把风油精、清凉油给了别人用，自己口袋里还有几个干辣椒，就留到这时候用，他把一个干辣椒塞到嘴里嚼，那种辣，呛死人，能瞬间冲进鼻腔，直钻脑门，呛得他一把鼻涕一把泪，想睡也睡不成了。

他拖着沉重的身子，扶着腰，挨个房间检查，发现有的兵干着干着往墙上一靠就睡着了，有的怀里抱着扫把，有的手里拿着抹布。他心疼，但又不能不狠狠心叫醒他们，干哑着嗓子给大伙鼓劲：“伙计们，再干一会儿，天就亮了。”

第四天早晨八点，大部队进驻，吴青江带领先遣分队列队迎接。这时候，提前到来的炊事班已经做好了面条，所有房间的生活设施都已归置到位，每个房间的两个暖水瓶里，都灌满了开水。

大部队进驻后，吴青江更是闲不着，每天都有一大摊子事等他办理。要种树、种花、种草，他带着大伙，把树和花草栽种得行是行、列是列，远远看去，像整整齐齐的方队，另外的十几个徒步方队，海军的、空军的、陆军的、武警的，天天都有人过来取经。

他发现偌大的晒衣场显得很乱，不正规。本来买来很多衣架，但这地方的风格外大，叫风一吹，衣服都顺着铁丝跑一边去了，挤在一块儿，长长短短的，十分乱套。阅兵村规定不许用夹子，怕把衣服夹出印子来，不美观。

他站在晒衣场上琢磨了半天，想出了一个办法：从炊事班搞来一些旧筷子，锯成一小截一小截的，用细铁丝分别绕圈固定在晾衣服的粗铁丝上，再放上衣架，这样不怕风吹，衣服就不会乱跑；又将上衣、裤子、袜子等分类，分开晾晒，从远处看，晒衣场就非常整齐划一了。

住房的地面铺着红砖，很粗糙，刚来时他就看着别扭，但是来不及处理。大部队进驻后，人手多了，他动员人家每周拿出一个晚上的业余时间，找来红砖，砖对砖磨地面。赶巧，其他方队的人从仪仗队宿舍门前走过，听到"哧哧哧"的声音，探头一看，兵们都蹲在地上磨砖呢。有人带头，就有人学，没多久，整个阅兵村，房间的地面就都变得光滑了。

这天晚上，吴青江正在食堂转悠，卢天祥过来找他，说有个想法，想先听听教导员的意见。

受阅那天，仪仗兵方队将第一拨通过天安门，接受党和国家领导人的检阅，是全体阅兵方队的排头兵和标兵，责任重大。走在仪仗兵方队最前面的擎旗手（也称军旗手）和护旗手，无疑是最吸睛的人。每次大阅兵，擎旗手和护旗手的选拔总是特别引人注目，这一次也不例外。

从军区到卫戍区，各级首长都要层层把关，务必要把最优秀的选上来。按照惯例，旗组三人全部要由干部担任。经过层层挑选，卢天祥有惊无险地被选定为擎旗手。

仪仗队代表三军，旗组三人的着装也要代表三军，擎旗手着陆军服装，那么他右边的护旗手着海军服装，他左边的护旗手着空军服装。

卢天祥找吴青江，是想说，他认为，如果选拔一名战士出任护旗手，会更加有意义，对占全军大多数的士兵们来说，都是一种鼓舞。

吴青江很赞同这个想法，鼓励卢大祥借机向首长们建议。此时的卢天祥，风头正劲，他提的建议更容易引起上面重视。卢天祥先找到大队长成敬捷，成大队长是所有大阅兵徒步方队的总教官，一九八四年新中国成立三十五周年大阅兵，他就是军旗手，前年去香港，也是他带仪仗队去的，在三军仪仗队，他才是人人敬仰的"天下第一兵"。人们都把卢天祥当作他的正宗传人，卢天祥最服气的也是他。

成敬捷听了卢天祥的建议，愣了一会儿，说："我支持。明天开碰头会，好多首长要来，我在会上提出来。"

很快，上级采纳了这个建议。

当大阅兵的护旗手，无疑是士兵最高的荣誉。消息一传出，全大队至少有十个班长盯上了这个位置，顿时能感觉到阅兵村里的温度都上升了。

从身高、形象、动作、资历等各方面衡量，耿长明都有着很强的竞争力，是重点考察的人选之一。三班的士兵们认为自己的班长是最棒的，护旗手非他莫属，晚上议论起来，都兴奋得睡不着觉。

虽然对手一个个都很强大，但是耿长明有信心，他想抓住这最后的机会，不给自己留遗憾。

由于分列式时军旗手和护旗手走在所有队伍的最前面，无人引导，没有参照物，双手需要擎旗或握枪，又不能摆臂，所以对步幅、步速的要求非常高，因此选拔是极为严格的，成敬捷亲自主持，像过筛子一样，每过一道关都得扒层皮，绝不会轻易让你过。耿长明过五关斩六将，最终咬牙挺过来了，而且让别的对手心服口服。

成敬捷代表大队，宣布耿长明为空军护旗手。那天晚上，他一个人跑到大操场的一角，找了个没人的地方，静静地坐在那里，像入了定一般。

熟悉他的人都知道，为了这一天，耿长明付出了太多。

他老家在川西北的大山深处，一个只有几十户人家的小山寨，那地方很偏僻，抬头见山，祖辈们很少有走出大山的。他上完初中，就回家干活，繁重的体力活没能把他压垮，反而使他长得又高又壮。十八岁那年，他去县城卖草药，被县武装部的人看到，打量了他半天，告诉他北京的三军仪仗队来这儿招兵，你可以去试试，先去乡里报上名。他没跟家长商量，便去填了表，很顺利地过了体检关。领到新军装的时候，全寨子的人都跑来祝贺，他父亲把当年刚打下的新粮卖了一半，买来酒，宰了羊，请父老乡亲们尽兴喝了三天。他走的时候，姐姐代表父母送他到县城，看他坐上长途客车，挥挥手，不见了人影。

当兵到第二年，他才有机会进入编队，那时候外事活动少，不像后来，进编队相对容易些。当兵第三年，可以回去探亲了，他因为有任务，暂时回不了。突然有一天，他收到家里一封信，打开一看，是一堆姐姐的病历。他搞不清怎么回事，跑到市里的大医院，请医生帮忙看看。人家看过之后摇头不语，问了好几遍，医生才道：你姐得的是白血病。

他愣住了，慌神了，不敢相信。身体那么结实、那么活蹦乱跳、里里外外一把抓的姐姐，他唯一的姐姐，怎么得了这种恶病！他想请假回去，但任务没完，回不去。等到三个多月后，他带着从北京大医院买的药物和从大商店买的营养品，拎着大包小包，赶回耿家寨，走到自家小院门口，大声喊姐姐出来接他，父母却踉踉跄跄出来告诉他：姐姐一个月前，就没了。姐姐走之前，一再说，不要告诉弟弟，他回来也没用，让他好生在外面干……

抱着给姐姐买的几大包药，他蹲在地上，像个孩子一样，呜呜地哭，几个人都拉不起来。

这以后，差不多有六年时间，他只休过一次假。站在检阅场上，他脑海里有时会冒出姐姐年轻的身影，总觉得姐姐在天上看着他，督促着他把每一个动作做到完美无缺。姐姐临终前留话，让他在外面好好干，自然是希望他能在外面扎下根。

进入旗组，是他最后的机会吗？他说不清，只想着把这次任务完成好，剩下的交给老天爷吧。

大阅兵的日期一天天临近。在一次大合练时，行进中的耿长明突然身子一晃，差点摔倒。他咬牙坚持了下来，但右腿明显肿得很厉害。大家都以为是一般的水肿，休息一下就会好。可是第二天，更肿了，根本上不了场。大队长、政委等领导，还有吴青江、卢天祥都跑来看他。吴青江亲自带人把他送到阅兵村卫生室检查，卫生室怀疑是疲劳造成的韧带断裂。

耿长明的伤情牵动着大队乃至卫戍区首长的心。成敬捷是所有方队的总教练，每天忙得昏天黑地，还特意抽出时间来看望他，并明确说道：如果半个月之内伤情能够好转，护旗手的位置一定给他留着。吴青江亲自护送，把他送到三〇一医院检查。怕搞不准，又到协和医院检查了一遍，最后都确定，右膝韧带严重断裂。

这仿佛晴天霹雳，一下子把耿长明打蒙了。他是全中队乃至全大队最好的班长，入伍九年，等的就是这样一次机会。但是，命运却如此捉弄他。突然被"废"，让他欲哭无泪。全班闻言，都很难过。这一天的晚饭，三班的人几乎都没去食堂。

傍晚，收了场，卢天祥不顾一天的劳累，过来陪他，二人相对而坐，默默无言。他二人是同年兵，也是曾经的"对手"。卢天祥天生是块当仪仗兵的好材料，很快便在班里脱颖而出，惹得别人羡慕忌妒恨。他身上有一个故事，被《解放军报》的记者挖了出来：那时他刚下连不久，一次，参加上级组织的歌咏比赛，当走到座位前准备坐下时，才发现自己的座位上没有座板。就在这时，带队干部下达了坐下的口令，于是他马上以同样的动作蹲好，并一直稳稳地坚持到比赛结束。当他吃力地站起身来，座位下方已被汗水滴湿了一片……

耿长明有一段时间不太服气，暗中和他比，但渐渐发现，就是自己累死，也不是他的对手，遂打消了超越他的念头。

第二年年尾，卢天祥当了班长，耿长明当上了副班长，二人配合默契，被中队认为是最好的搭档。那年，有一个湖南新兵分到班里，仗着家里有关系，不听话，说话还挺横，耿长明管不了。卢天祥一怒之下，踢了他两脚，被他家长告到卫戍区。大队很生气，把卢天祥分配到丰台农场养猪种菜，打算让耿长明接替班长职务。耿长明却坚决不接手，宁愿只做代理班长。半年里除了任务和公差，他只请假出过一次营门，拿着全班每人写的一段话，骑了两个小时的自行车，去农场看望卢天祥，把卢天祥感动得稀里哗啦。

正是全班战友的鼓励，使得卢天祥没有沉沦——要么认命，要么拼命。他选择拼命。偌大的菜地，他种的白菜、萝卜，像拿尺子量出来的一样，不论横看竖看，还是斜看，都成行成列，整齐划一，壮观极了；每天，不论下雨下雪，他都要雷打不动地练习四个小时的队列动作。

吉人自有天相。一天下午，下起大雪，北风呼啸，四野无人，天地一片苍茫。刚刚升任大队长的成敬捷没打招呼，便坐着吉普车前来暗访，看到大雪中一丝不苟地练着踢腿的卢天祥，浑身冒着热气，脸上的汗水和雪水混在一起往下流淌，像条小河，头发上居然还挂着冰锥！

成敬捷深受震撼。赶上选拔一批队员完成一项重大外事任务，便推荐他回大队试试。离开队伍半年，都以为他难再翻身，可是他一亮相，技惊四座，丝毫不比别人差。从此，卢天祥告别菜地，重新回到了班长位置上。从那时起，他的训练日渐精进，百炼成钢，无人能挡，成为同一拨仪仗兵里面毫无争议的佼佼者。

有一次，他对耿长明说："班副，我忘不了，是你帮我度过了最困难的时候。"

这次大阅兵，他向上级建议，最好上一名战士护旗手，焉知不是他心中瞄上了耿长明？尽管他嘴上不承认，但耿长明多多少少是心知肚明的。

此时离国庆大阅兵已很近，耿长明已经不可能再回到场上，上级决定，让耿长明退出阅兵方队。

在振杰眼里，原本十分强大的班长一下子成了弱者，仿佛老了五岁。三班弟兄想方设法安慰他，没有用，班长的情绪还是极度低落。振杰嘴上没说出来，但他心里非常难过，觉得自己能走到今天，班长是他最大的恩人，没有班长，他也许还在家种苹果呢。他幸运地进了编队，班长这时候却要退出去，老天爷太不长眼了！如果有可能，他宁愿自己退出，换回班长，圆他的阅兵梦……半夜，振杰醒来，想到班长的这个结局，眼泪就在眼眶里打转转。

按照约定时间，阅兵村卫生室的医生送耿长明到三〇一医院住院治疗。他得知接韧带、打钢钉至少要卧床休息半个月以上，如果手术，恢复期比较长，不做手术并不影响站立，于是在上手术台之前，耿长明选择了不辞而别。

第八章　意志的较量

耿长明空出的位置再一次成为焦点。有领导提出，不行再换干部担任算了，仪仗队可以胜任这一位置的干部有好几个呢。成敬捷不同意，他认为开弓没有回头箭，我堂堂三军仪仗队，好几百个战士，难道连一个护旗手都选不出来？笑话！他坚持继续从士兵里面选，而且要在全体编队战士中遴选，实行淘汰制，最终选出一人，接替耿长明。

消息一传出来，阅兵村顿时群情激奋，一个名额竟有六十多人报名角逐，够个头的几乎都来竞争。那时还没有"海选"这个词，但过程与方式无异于海选。

听说要重新选拔空军护旗手，耿长明以收拾东西为由，当即回到阅兵村。他要求班里一米八六以上的统统报名。

振杰没有报名。耿长明提醒他赶紧报名，他说自己能进入编队，已经是烧了高香，知足了！再当护旗手，简直连做梦都不敢想。还认为自己与班长相比，差太多，自己这个熊样子去报名，别人还不笑掉大牙！

眼看截止期到，振杰就是不去报名——他性格本来就很倔强，有时轴得很，一旦犯起驴脾气，谁都拿他没辙。耿长明劝不动他，很生气，冷静了一下，便悄悄去找吴青江。

吴青江把振杰叫出去，两人坐在飞机跑道上，谈了一次话。吴青江作为政工干部，很少像别人那样高高在上讲大话，因此他说出来的话，战士爱听。他对振杰讲了两层意思，一是：小兵，就是要事事争先，这样才能实现大理想。二是：报名竞选，不光是为自己，应该想着为三班争荣誉。三班是最棒的集体，应该努力去争取夺回耿班长的护旗兵位置。这样的话，耿班长才没白操这份心。

最后他用力拍拍振杰的肩膀，说道："小李子，再说一遍：我们仪仗兵，就是要永不服输，永远争第一！"

振杰顿时感到心头沉甸甸的，他站起身来，含泪点点头。

可以想象，筛选的条件有多么严苛。

第一轮测试的场地设在训练场边的一个大沙坑里，报名参选的各路高手逐个下沙坑，踢二十步正步，然后由考官拿尺子量脚印，标准步幅七十五厘米，只要有一步相差一厘米以上即淘汰出局，误差在一厘米之内的步子过多，也要出局。

竞争是残酷的。从沙坑里走上来，六十多人就只剩下了五个。振杰并没抱什么希望，他反而没有压力，情绪平稳，最后以较小的误差通过，出人意料地成为五人之一。须知另外四人，全是像耿长明那样饱经风雨的老班长！

第二轮测试的要求更加苛刻，在一百米的距离上每隔七十五厘米画一条步幅线，然后用毛巾把应试者的眼睛蒙住，踢正步，落地时鞋后跟与步幅线正好圆切才算合格步，合格步数多的胜出。

测试之前，振杰心理压力突然增大，饭量突然减了。他希望自己落选，尽管班长已经退出，从内心里他还是不想去占班长曾经的位置。他真的不想在班长最伤心的时候，自己享受成功的喜悦。耿长明摸准了他的心理，夜深人静，把他叫到外面，指着他鼻子低声骂道："小崽子！什么时候你超过我，才算你有种！"

他四下看看，不知该说什么。远处的树上，知了有一搭没一搭地叫着，衬托着夜晚的寂寥。天气炎热，一丝风也没有，两人都是一身的汗水。路灯下，他看到班长的眼睛红红的，像传说中的赌徒那样。班长把全班的希望，全部寄托在他身上了，他不由得握紧了拳头。

测试前的头一天晚上，耿长明拽着振杰来到场边，教他招数。耿长明说道："振杰，闭上眼睛，你就会看到，面前有一盏灯，就在你的正前方，它引导着你……盯住它，放开走你的，不想别的，就盯那盏灯，它在你的正前方……迈过这道坎，以后没人能挡住你，懂不懂……"

振杰为班长的话感到入迷，他下了场地，闭上眼睛，试探着往前走去。

最后一轮测试，定在晚饭后，仪仗队几乎所有的人都跑来观看，大队领导都在，卫戍区也来了领导，场面一点也不输大比武。

轮到振杰出场，他想着班长的话，仿佛真的看到正前方有一盏灯，为他指引着方向。他坚定地、一往无前地、舍我其谁地往前迈进……

耿长明不敢看，悄悄躲开了。

这天的测试，在众人的目光之下，振杰自信满满，走得顺风顺水，除了个别步子落地触线，其余分毫不差！

最终振杰胜出，他打败了四个王牌班长！这是所有人都没有想到的，堪称一个奇迹！这后来成为这次大阅兵的一个说之不尽的小花絮，载入了三军仪仗队的历史。

耿长明比振杰还激动，不管不顾，上前紧紧搂住他的脖子，竟然哭了。这是振杰头一回见班长哭。一个大男人，哭起来感觉很别扭，很特别，给人一种说不出的感受。

第二天，耿长明把空军护旗手的军礼服拿到阅兵村的干洗房洗干净，熨平整，然后神情肃穆地交给振杰，眼里依然含着泪水。振杰无声地接过来，像接过一副重担。

班长默默地盯他一阵，神情有点悲凉，说："你小子用了不到两年，就把班长打败了。祝贺你！"

这话让振杰心里无比地酸楚，眼窝里瞬间盈满了泪水——他希望自己一辈子都不要超过班长，他希望自己永远都是班长手下的兵，他希望班长再陪他一程……但是，明摆着，班长的使命已经完成了。

他扭过脸去，飞快地抹掉眼角的泪珠。

班长双目炯炯，仿佛看穿了他的心思，左右看看，低声道："小子，今天你超过班长，不算啥，将来还要把他卢天祥的指挥刀，夺过来！"

振杰一个愣怔，定在那里。

耿长明从医院逃出来，其目的是想当阅兵场边的标兵。他问过医生，自己的伤腿不影响站立。卢天祥看出来了，试图阻止他。他发火道:"我的老班长,请听我说——我耿长明不能走着上场,但我要站着上场!请不要干涉我,好不好!"

这让卢天祥一时语塞。

大阅兵,需要选拔六十名标兵,阅兵时均匀分布在天安门前的东西华表之间。他们不像阅兵方队那样引人注目,但要想当好一个标兵,吃的苦或许一点也不比方队里的人少。按照大阅兵对标兵的要求,需要站六个小时以上。对于站立者来说,这是极为严峻的考验,若想成功,你得变成一座凝止不动的山。

阅兵村淘汰下来的人要返回营区,参加标兵遴选。耿长明临走前,反复叮嘱手下的兵们,说你们谁也不能当孬种,必须确保最后的上场,尤其是李振杰,不是代表一个人,不是代表三班,也不是代表仪仗队,而是代表全军士兵,这是战士的最高荣誉,务必高质量地完成任务。

大伙约定阅兵场上见。

返回营区后,耿长明同一百多个标兵苗子一起,开始训练。烈日炎炎,几乎要把人烤焦,地面温度时常接近六十摄氏度,为防止烫伤,标兵们都要持枪站立在特制的木砖上。为了确保站得住,站得稳,早晨上场前,按要求只能吃一个鸡蛋,喝一斤牛奶——吃饱了不行,怕恶心呕吐;因为上场后不能上厕所,也只能减少吃喝,中间还不允许补水。

为了确保高标准站立,每个人衣领上都别着大头针——这是强制性的要求,如果你头部动作大一点,针尖就会扎进肉里去。

为了防止身体晃动,还有一个强制性的要求:站立时垂着的双手和裤子间,各夹一张扑克牌,两腿之间也夹一张,一共三张;一次站立，如果牌掉地上三次，就得被淘汰。

站立者从一个小时，到两个小时，不断加时间，最后要到六个小时以上，才算合格。这也是一个比较漫长的训练过程，非一日之功。刚上场时，头两个小时，所有人都可以纹丝不动，像钉子一样，差不多过了三个小时，就有人开始骚动，有的人被大头针扎破了脖颈，黏糊糊的液体往外渗。从这时开始，便不断有人倒下。有人站吐了，站晕了，扑通一声倒地，摔破了下巴。有人站着站着，竟然睡着了，最后也会摔倒。当你醒来的时候，会发现自己躺在操场边阴凉的地方，还有战友不停地用帽子给你扇着凉风，有人给你灌矿泉水，你手里还是会紧紧地抓着枪的背带。这样的场面天天都有。

有人被淘汰，哭着下去了。领导希望你早倒下，因为倒下了，说明你不合格，赶紧淘汰掉。到后来，倒下的越来越少，目的是确保大阅兵那天，绝不能有一人倒下。

军人最锐利的武器不是钢枪，而是比钢枪还要硬的意志。耿长明一直靠着非凡的毅力，带伤咬牙坚持着。大队分管标兵训练的副大队长过来巡视，伸手接他手上、衣服上滴下的汗水，一会儿就把手心接满了。这样站一次下来，体重要减四五斤。流汗流到最后，汗流不出来了，身体仿佛干涸了，像沙漠一样。双手贴住的两张扑克，会出现数个圆洞，那是被手指的汗水击穿的。除了毒辣的太阳，还有蚊蝇的袭击，蚊子叮在脸上，让人钻心地痒，即使这样也不能动。耿长明他们的脸都晒烂了，花了，一搓一层皮，嘴也烂了。他们摸索出了经验来：早晨起来不能洗脸，脸上隔夜分泌出的油脂管用，抗晒，等到下了场再好好清洗一下。

参加训练的标兵中，耿长明年龄最大，其他的大多是新兵，他的腿还有伤，所以他付出的最多。等到能够站立五个小时的时候，操场上剩下的人已经不足一百名，有些人越战越勇，最后的胜利也就属于他们。

这天，预定的目标是过五小时三十分——通过者，继续；通不过，淘汰！

士兵们从早晨七点开始站立，约莫过了中午十二点，耿长明就感觉无法坚持下去了，胃里特别难受，饿得心里发慌。头顶的大太阳像个烤盘，照射得头皮早就麻木了，脑袋似乎也没了知觉。士兵们脚上穿着马靴，因为马靴是黑色的，吸热吸得厉害，脚面感觉很烫，像有一把烙铁按压在脚面上。他坚持着，一遍遍在心中发誓：操场上有一百名战友，倒下去九十九个，剩下的那个，一定是我，一定是我，一定是我……

耿长明一分一秒地坚持着，腰早已僵硬了，右腿膝盖以下已经没有了任何知觉。他摇晃了几次，脖子被大头针扎了几下，黑血滴落了下来。他恶狠狠地想，扎吧，扎吧，多扎几下，才叫舒服……他按照长期站立的诀窍，不停地活动前脚掌，也就是用脚趾抠着马靴底，有多大力气就用多大力气，目的是活动一下，让血液回流一些，这是全身唯一可以活动的地方。再就是眼睛可以眨一下，间隔三十秒眨巴一次，不能太频繁，否则会头晕眼花得厉害，更容易摔倒。

这是意志的较量！不能倒下，倒下就完了，三班的弟兄，谁还瞧得起他们的班长？

但是有时候，人的意志是战胜不了这种生命极限的。有一个瞬间，他感觉要死了，眼前是黑的，灵魂轻飘飘地从身体里面飞了出去，这时候，他仿佛看到了姐姐的面容，姐姐朝他微笑着，缓缓地朝他招手……

当新兵的时候，他也晕倒过几次。晕倒的感觉记忆犹新，就像死亡的感觉一样，刚开始的时候是不停地出汗，然后两眼发黑，眼冒金星，开始耳鸣，再然后是呼吸困难，手开始抽筋，不停地想往一起攥，似乎想抓住一根救命稻草。紧接着，身体会开始抽搐……

然后就什么都不知道了。

他像一截没有生命的木头，直挺挺地倒下了。

然而，顶多倒下半分钟，他就清醒过来，睁开眼，哆嗦着说："我没事，我还能站。"

有个过来搀扶他的新兵小声告诉他："班长，你通过了五个半小时，没有被淘汰。"

他又闭上眼睛，想哭，但因为身体极度缺水，流不出一滴眼泪。领导让人把他抬回宿舍。回到宿舍他便开始发烧，说胡话。

第二天，得到消息的卢天祥打电话过来，劝他不要站了。他像疯子一样吼道："我就是站死也要站！"

休息了一天，他便继续去站立了。每天会固定损坏三张扑克牌。他把穿了洞的扑克牌全攒着，摞起来一大堆，摊开了可以摆满床铺。

死过一回，就会顽强三分。他终于能够高标准站立超过六小时了，训练到最后，甚至感觉站立六小时很轻松。

振杰在阅兵村的训练也不是一帆风顺，由于连续的高强度训练，汗水的浸泡让他的脚烂了，拔起正步时疼得钻心，这让他的动作有点变形。卢天祥不管不顾，冷着脸道："我不管你什么原因，站在这个位置上就应该做到万无一失，不能有任何瑕疵，从平时的训练，到最后的上场，每一次都不能有任何理由做不好，否则你给我下去！"

振杰想起班长的叮嘱，关上房门，咬紧牙，心一横，把脚上的烂肉哧的一声撕掉，疼得他跳起来，汗如雨下，只能捂住嘴惨叫两声。以后他只能加大训练量，一直到卢天祥对他满意为止。

他并不知道，这期间罗澜往中队打过好多次电话。非常时期，中队没什么人，电话很少能够打通，经常无人接听。她不死心，跑到三军仪仗队大门口打听振杰的下落。哨兵告诉她，李振杰去阅兵村了。她问振杰是不是加入了方队。哨兵说，这个不清楚。她很想去阅兵村继续打探，哨兵告诉她，地方人员不可能进到阅兵村，还是死了心好。

这天，耿长明训练下场，晕乎乎地拖着沉重的双腿回到房间，路过中队部门口，值班的新兵小苗叫住他道："班长，有个女的，老打电话找李振杰，你来给她说两句？"耿长明过去拿起话筒，粗声粗气道："姑娘我告诉你，如果你真希望他好，就应该忘记他。否则你会毁了他！"不等对方说啥，他就把电话一扣。

老找不到李振杰，罗澜闷闷不乐。越找不到，越想找，她都快抑郁了。她本来是个生性活泼的人，嘻嘻哈哈，常常给人没心没肺的感觉，现在突然变了个人，变得伤感悲凄，整天可怜兮兮的，宛若林黛玉再世。

和她最要好的同学程菲劝她道："急什么呀！国庆那天，你打开电视看阅兵，兴许就能看到他。迟到的惊喜更让人惊喜，对不对呀？"

也只能这样了。她合计，如果他能上场，过后再想办法联系他；如果他不能上场，那么他们此生或许都不会再相见了。

想到这里，她心里不由得哆嗦了一下。

第九章　心结

一九九九年十月一日。

凌晨两点开始，参加受阅的各个方队就起床、吃早饭、准备装具、登车，数百辆东风141大卡车沿八达岭高速浩浩荡荡向天安门广场进发，四点到达广场集结。

广场上，此时已是人山人海。

战争年代看打仗，和平时期看阅兵。天安门广场，将在最美的时光里，拥抱中国最美的士兵。

仪仗兵方队一百五十六人，肩挎九五式自动步枪，喊着口号、唱着歌，排着整齐的队列进入广场。无数人的目光，聚焦在他们身上。卢天祥、李振杰等旗组三人走在最前面。在这个心怀激荡的时刻，振杰第一次体会到了作为一名仪仗兵无与伦比的责任感和自豪感。

和平时期的军人，也许最自豪的就是接受检阅的这一刻。

也就是这一刻，他们才觉得自己长大了。

八点整，受阅各方队列队完毕。仪仗兵方队站在最靠近天安门的位置，届时它将引领四十二个方队和十个空中梯队，率先通过天安门。

检阅开始，检阅车缓缓开过来。振杰感到高度紧张，毕竟是头一回经历这么大的场面。但是他瞬间无比地清醒，随着直入云际的口令声，敬礼摆头的瞬间，所有的精、气、神骤然凝聚到他如炬的目光中。全方队的激情也在这一刻迸发出来，炽热如火，不绝如缕……

分列式开始。齐步走，由旗组三人引领，一百五十六人护卫着"八一"军旗，排山倒海一般滚滚向前。从东华表到西华表，九十六米，正步行进要走一百二十八步。振杰眼角的余光看到了东华表，看到了天安门城楼……

随着"敬礼！"的激昂的口令声，正步开始，他踢出了第一步，方队所有人也在同一个瞬间踢出了第一步，整齐得像一道闪电凌空划过。九十六米，一百二十八步，整个方队如钢浇铁铸一般，气势如虹。为了这一刻，整整半年，士兵们说不清流了多少汗，受了多少苦，甚至还流过泪——班里的弟兄，他熟悉的弟兄，上场的或者没上场的，他印象中都流过泪，那是男人的泪，不是软弱的泪水，而是刚强的泪水！为了更刚更强，才会流泪，就像钢要淬火，淬过火的钢才硬！而那淬火用的水，就是泪！他们到了这一刻才明白，所有的付出因为有了这一刻，都是那么值得回味、值得拥有，都是那么无怨无悔！

九十六米，一百二十八步，这短短的时间里，振杰的脑海里涌现出很多人，有把他死死顶上场的班长耿长明，有引着他往前走的卢天祥——他就在他侧前方一米处，他手中的"八一"军旗此刻是那么艳丽。有春风化雨一般默默帮带他的教导员吴青江，有在山地里辛苦劳作的父亲、母亲，还有女大学生罗澜——是的，有罗澜，如果没遇到罗澜，他会少许多心气。而仅仅在两年前，他还是个愚顽无知的山村青年。不到两年的时间，他就出现在这样一支钢铁般的队伍里，而且走在前面，难道这不是命运的眷顾吗？命运的转机，其实就在坚持之中……

当"礼毕！"的口令声传到耳边，振杰右脚猛地一抓地，这是最后的一步正步走。九十六米，一百二十八步，走过这一程的时间，太短了，他真想就这么一直走下去，不论有多远……

就这样，旗组引领着方队，以"走百米不差分毫，走百步不差分秒"的惊人标准，率先通过天安门，顺利完成了护旗任务。

而此时，耿长明站立在金水桥边最显眼的标兵位置上，尽管面前地动山摇，一个个方队依次通过，他却像焊在了那儿一样，纹丝不动，卓然挺立，目不转睛地注视着前方。

事实上，标兵是单个军人受阅的一种展示，是方队不可分割的一部分，能够增加阅兵现场的庄严氛围。六十名标兵全部出自三军仪仗队。阅兵仪式开始的第一个环节，就是标兵就位，标兵不仅是导引受阅方队的一个个标志，也是一个个标杆。分立东、西华表下面的标兵，是敬礼线和礼毕线，当受阅方队到达东华表下的标兵位置时，开始敬礼正步行进，接受天安门城楼上党和国家领导人的检阅，当正步行进到西华表下的标兵位置时，就此结束敬礼，改为齐步走。对于这个方队来说，受阅到这儿就结束了。

标兵目睹所有的方队从面前经过，这时间是相对漫长的。此时的耿长明，内心五味杂陈，难以平静。命运之神曾经眷顾过他，把他一个川西北大山里的穷孩子带到北京城，带进三军仪仗队这支全军独一无二的队伍。近十年来，他数十次来到天安门广场，完成各项外事任务，无一失误，他付出了所有该付出的，得到了几乎所有该得到的荣耀，唯一的遗憾就是因伤告别方队，将原本得到的护旗兵位置拱手让人，这会成为他终生的遗憾，无以弥补。还好，他没有沉沦，以不怕死的心志，最终站在了标兵的位置上，目睹铁的方队、钢的洪流，从面前隆隆而过。好多个空中梯队，从他的余光中掠过……这样的感受，世上没几人能够获得，他终究是光荣的、无悔的……

渐渐地，一个个方队过去了，游行的群众队伍过来了，他能看清人们的脸庞和花一样的笑容，但愿这些能解开他的心结。

这"漫长"的时间，让他不由得再次想起去世七年的姐姐。姐姐走的时候，还不到二十三岁，定了亲，但没结婚。一晃，他都快三十了。作为游子，今天过去，他在这里的使命，就该结束了。他会带着遗憾，开始另一种生活。家里早在好几年前就为他定了亲，女方是他初中同学，姑娘一直默默地等着他，不要他家出一分钱彩礼，人家眼看也奔三十了，这个年纪还没出嫁，早就给人戳脊梁骨了。此刻，他决定，回去就结婚。一个男人，不能老让自己心爱的女人，无休止地等下去。还有父母，他有三年多没探亲了，父母会比以前苍老了许多吧……

早在一个多月前，李恒年从儿子的来信中得知他要参加大阅兵。开始他不信，以为儿子骗自己。还是赵亚梅心思缜密，说："你不想想，这么大的事，振杰他敢说假话？八成是真的。"

想想是这个理。如果是真的，那可争回大面子啦！振杰当兵走之前，村里没几个人正眼看他，都拿他打趣说笑话，连带李恒年两口子人前灰头土脸的。别人家有儿子的，腰杆都硬，独独他，腰杆直不起来。

现在不一样了，既然是真的，那就得好好念叨念叨。从这天起，李恒年走到哪儿说到哪儿，不出几天，全沙岗子村没有不知道的：振杰要去天安门，能见到国家领导人。

家里那台小电视才买了两年多，李恒年早就看不顺眼了，想借机换个大的。小土豆考上大学后，小算盘就换了个大的，说是三十多寸。李恒年想，要换就换个更大点的。他便放风，要把这台小的，折价卖出去，有好几个邻居感兴趣，最后给了对门的三叔家，当然，折扣价低得很，如果不是振杰要上电视，他不会做这个赔本买卖。

李恒年在村口"碰"到小算盘，聊了几句收成，"顺便"告诉他，振杰国庆节那天要去天安门，欢迎过来一块儿看电视。他想，你家小土豆考上大学，是光彩；我家振杰能去阅兵，至少也能抵得上半个大学生吧？

肖作生笑笑说："恒年哥，咱以前也不是没看过大阅兵，天安门那里人山人海，想露个脸，不容易，到时候就怕看不到振杰呢。"

李恒年给他说愣了。

大阅兵那天，李恒年把家中里里外外打扫得干干净净，院子里洒了水，猪也喂得饱饱的，防止它瞎叫唤，还让女人烧好开水，摆好香烟、花生、瓜子，再泡上了一壶好茶。来家里看电视的人可真不少。李恒年既盼着小算盘来，又有点怕他来——担心像他说的，振杰不露面，那多败兴！

小算盘笑眯眯地来了！李恒年赶紧把他迎进屋，安排个好座位让他坐，把一杯热茶端给他。电视上，天安门那里确实热闹得很，密密麻麻的，人挤人，人挨人，跟过大年之前县城的自由市场差不离，想看清一个人的面孔，真好比大海捞针。

李恒年心里一直吊着，担心看不到振杰，眼睛瞪得溜圆。某个瞬间，镜头一闪，他似乎看到了振杰。别人也觉得有个面孔像他。小算盘认为不是，说："恒年哥，你家振杰明明当的陆军，我怎么瞅着那孩子穿的是空军服？"

李恒年疑惑了——对呀！振杰以前的照片，都是穿陆军服，看来小算盘说得没错，仪仗队长得像的人很多，八成不是振杰。

直到分列式开始，解说员提到李振杰的名字，李恒年终于看清楚，穿空军服装的那个人，正是振杰！解说员特别提到，他是一位还不到两年兵龄的战士……

是振杰！是振杰！李恒年感觉从心窝子里冲出一团热气，直冲脑门。他的眼圈霎时红了。他一拍大腿，身边的茶杯都震翻了，跳起来说："我就说嘛！他不露个面，对不住老子这台大电视……"

振杰所在的队伍走过去之后，乡邻们都转向李恒年两口子，夸振杰有出息，两年不见，变化太大，再回家就认不出来了。肖作生更会说话，他喝了口茶，抹抹嘴巴道："恒年哥，要我说，你们两口子不得了啊！儿子参加天安门大阅兵，还走在前头，这样的人，我敢说，咱这地方再过一百年出不来第二个！我家十个土平，抵不上你家一个振杰！"

见肖作生谦虚，李恒年呵呵一笑，也谦虚道："作生兄弟，要我说，还是你家土平好，大学毕业，能端上个铁饭碗，一辈子吃穿不愁。我家振杰呢，过去今天，明天谁还认得他？他呀，我看再大的鞋，也当不了船；嫩竹子做扁担，只怕挑不起重担。就他那点能耐，上一回阅兵场，还是个大头兵。有本事呀，你就别回来！"

李恒年这话，说到最后，像是说给儿子听的。

整整半个上午，振杰的母亲赵亚梅就没说上几句话，她不停地给人端茶倒水递瓜子。儿子出现在电视上，她紧张得不行，两手哆嗦，脸发木，死死盯住已经完全变了样的儿子，眼泪不知不觉淌了下来，嘴巴发麻，一句话也说不出来。

没等看完阅兵，赵亚梅就起身下地收玉米去了。

在这个特殊的时刻，还有一个人也在关注振杰。

罗澜盼天盼地，盼星星盼月亮，终于盼到大阅兵这一历史性的时刻。平时很少看电视的她，早早地坐到客厅里，她还把父母亲拉过来一起看。她父亲罗炳鑫是个成功的商人，只对生意感兴趣，对政治、军事不大感兴趣。罗澜"教导"父亲道："爸，您得多关心点国家大事。您想呀，国家、军队不强大，您的钱袋子能捂住吗？"罗炳鑫道："我跑外国去。"罗澜道："真没觉悟。跑国外你也是二等公民啊，还是在国内有尊严。"

她心里七上八下，盯着电视屏幕，盼着快点开始。

第一个方队，就是仪仗兵方队。罗澜眼尖，一眼就看到了李振杰。振杰站在卢天祥身侧，他们所有人都是那么英姿勃勃！分列式开始后，长镜头好几次给到仪仗队，至少有两次给到旗组三人的特写镜头，他们走得帅极了！

她激动得热泪盈眶。

确定了李振杰在队列里，罗澜心中的一块大石头终于落了地。她兴奋得又喊又跳，像个疯子，一会儿又泪流满面，说哭不像哭，说笑不像笑。

父母吓了一跳，她母亲于素琪悄悄对丈夫道："这丫头，犯癔症了不是？"

受阅部队在检阅结束之后，一律返回阅兵村善后，要搞总结，也借机休息两天。

坐在回程的卡车上，奇怪的是，无人说话，更无人唱歌，所有人都很平静，或者说所有人都很疲惫，仿佛把力气都用完了。那是大战之后获得的片刻安宁，人人都很满足，很陶醉。这一页已经翻过去了，还想着它干什么。

撤离阅兵村前，有人向吴青江提议道："教导员，再磨一回砖吧。"大伙都附和，嚷嚷着磨砖。

吴青江心头一热，说："好。"最初他提议把地砖磨平，不少人是有意见的，认为搞形式主义，每天训练量那么大，还增加战士负担。结果，磨过好多回后，原本五厘米厚的红砖，都被磨成了薄片，而原本很不平整的红砖地面，也变得和水泥地面一样光滑平整，让住在里面的人平添了成就感，到最后，大家竟然有点舍不得了。

他望了一眼李振杰，心想，人的性子就跟磨砖一个道理，多磨一磨，去掉棱角，就会变得更成熟。

于是，不少房间传出了磨砖声；有的人拿起水管，最后为花草浇一次水；有的人拿起扫帚，扫着门前的空地。

更多的人，想到飞机跑道上走一走。

一中队的兵，跟吴青江和卢天祥上了跑道，他们围成一堆，唱起了那首大家再熟悉不过的《军营天晴也下雨》——

　　军营天晴也下雨，
　　那是战士汗水滴。
　　湿了你的圆帽檐，
　　湿透我的绿军衣。
　　浇开朵朵英雄花，
　　洗亮钢枪和军旗。
　　军营四季都下雨，
　　那是战士汗水滴……

大阅兵结束，有一个消息令卢天祥、吴青江等人感到特别失落：大队长成敬捷要调离。

成敬捷一入伍就在仪仗队，干了接近三十年，他带出了一拨拨仪仗兵，像卢天祥、吴青江这些人，可以说都是他一手带出来的，尤其是卢天祥，对他佩服得简直五体投地。最早被新闻媒体誉为"天下第一兵"的也是他，后来才变成了常见的说法。有一回地方一家大报的记者称赞卢天祥为"天下第一兵"，卢天祥很不高兴，当着很多人的面说："我告诉你，只要成大队长在一天，你这顶帽子就不要随便戴在别人头上！"

仪仗大队的级别只是个副师级，在这里，即使你再努力，成为大队长、政委，也只能是个副师级军官，而在这之前二三十年间，仪仗大队就没产生过将军。

大家都以为成大队长离开是因为职务原因，想去别处当官。临撤离阅兵村的头天晚上，成敬捷把卢天祥、吴青江等人叫到一块儿，提前把自己要走的消息正式透露给大家。别人都向他表示祝贺。卢天祥情绪却不高，突然脑袋一热，闷声道："大队长，你是嫌官小，才走的吧？"

大概卢天祥说出了别人想说而不敢说的话，气氛一下子僵住了。成敬捷愣了好一阵，才抬起头来道："说心里话，我想在这里干一辈子，一直干到退休，都毫无怨言。为什么要走呢？因为身体不允许了，快撑不住了。再说，一代人有一代人的使命，我的使命完成了，得给别人的成长腾出空间。我说这些，不知你能不能接受。"

说罢，成敬捷的眼里泪光闪烁。

吴青江感到鼻腔里一热。他最理解成大队长这份心情，他自己何尝不是如此？卢天祥意识到自己刚才太浅薄了，向成敬捷敬了个礼，说："大队长，我是舍不得您走，才说这话的，希望您别生气。"

成敬捷伸手给了他一巴掌，说："小兔崽子！要是生你的气，早气死了！"

众人都大笑了起来。

第十章　大王扑克

回到驻地不久，振杰被任命为三班副班长。同年兵里，他是第一个当上副班长的。

耿长明治好了腿，打算年底复员。卢天祥很想挽留他再干一年，下面紧接着是澳门回归，他想带耿长明到澳门走一趟。耿长明说，自己去过香港了，阅兵场也算上过了，一个瘸腿的仪仗兵，留下还有什么意义？还是把去澳门的机会留给别人吧。他坚持要走。

振杰大阅兵任务期间表现抢眼，大队照例要给他记三等功。他思前想后，打算把这个功让给班长，班长回家找工作也许用得着。他去找教导员，说："我自己小兵一个，能够上场，担当护旗手，已经得到了太多，够荣幸了，还要立功？我不好意思伸手接啊！教导员，我就免了吧，能不能让给老兵？"

在仪仗队，让功让奖的情况比较普遍，总有些人发扬风格，愿意为别人着想。吴青江立马猜出他想让给谁，摇摇头说："你的心意，别人未必能领。你想让给谁，跟他本人说去，我不支持，也不反对。"

振杰本来想让教导员帮忙做班长工作，结果此路不通，只好硬着头皮找班长，吭吭哧哧地把意思说了。耿长明听罢，笑笑说："振杰，要搁以往，能够进入大阅兵旗组的人，直接提干的可能性是比较大的。现在给你个三等功，那是你该得的，不要再让了。你想，班长要是接过来，成什么了？咱们是做交易吗？别人会小瞧班长的。再说，班长可不是为这个来当兵的，如果为了它，兴许就不来了。振杰，听我的，你留下更有用。"

振杰还想说点儿啥，耿长明摆摆手，表示不想听，扭头走了。

每年退伍的季节，都是伤感的季节，平时顾不上的战友情，似乎都是这个时候爆发出来的，让人难以承受。老兵复员，振杰第一次尝到战友分别的滋味，心里酸酸的，十分不好受，老想流泪。去年老兵复员的场面，他也经历过，但是要走的人，没有他熟悉的，所以他感受不深。今年不同，班长要走。耿班长是他从军路上的引路人，也可以说是他的启蒙老师，对他情深义重，他实在舍不得班长走。班长走了，以后还能再见面吗？说不准啊！班长家在川西北，那么老远，来一趟多不容易！而且班长走后，谁还能帮助自己呢？……

振杰有两个晚上没怎么睡觉，脑子乱糟糟的，一想到班长要走，就想流泪，眼睛老是模糊一片。

三班的弟兄，心里都不好受。陆纪超本来是对班长有意见的，因为他总觉得班长偏心眼，后来他终于理解了班长，感到班长就像鸡窝里的老母鸡一般，对哪个兵都好。班长格外关照振杰，肯定因为他感到振杰是可造之才，不说别的，竞选护旗手时，振杰一飞冲天般的表现，让班里的人，不论老兵还是新兵，从内心里都服了气，认可了班长对振杰的照顾。护旗手的名额最后留在了三班，更成为全班的光荣。

耿长明临走前，给全班每个弟兄都送了礼物，有的是一个笔记本，有的是一本影集，有的是一支钢笔，有的是一副手套。陆纪超的膝盖不好，耿长明送了他一副护膝。

他给振杰的礼物，是一张磨出了两个洞的扑克牌，而且是一张大王。

班长虽没明说，但是振杰悟出来了。班长的意思很明确：希望他做仪仗队的大王——成为最好的仪仗兵！

班长还对他说："振杰，我回四川老家后，会在电视上关注你，希望能经常看到你的身影。"

举行老兵复员仪式那天，场面很隆重，卢天祥亲自为耿长明摘下了军衔。轻易不流泪的卢天祥，终于再也克制不住，眼睛里闪烁着泪光，与耿长明紧紧拥抱——仪仗队里所有人都知道，他们两个是最要好的战友，却要从此天各一方。

回到房间，耿长明恋恋不舍地、无比仔细地擦拭着那支陪伴了他十年的礼宾枪。全班的人都默不作声，尽量不打扰班长。他用擦枪布把枪里里外外的每一个零件，都反反复复擦了好几遍。他太爱这支枪了，这支枪陪着他用正步走了差不多三个两万五千里长征，他也从一个懵懵懂懂的新兵，成长为一名接受过无数次检阅的饱经风霜的老兵。枪成了他生命中的一部分。他忘不了有一次，自己还是个新兵蛋子，训练完解散的时候，脚下被一块方砖绊了一下，摔倒了，为了不磕碰刚领到不久的新礼宾枪，倒下的瞬间，他伸出右肘护住了它，礼宾枪没有着地，他的右肘却擦伤了，出了好多血。

当晚的防事故班务会上，虽然因为不注意，他还是挨了批，但他心里是高兴的，因为他心爱的礼宾枪没有受损。

这支枪的枪号是550106。这个号码深入了他的骨髓，令他终生都不会忘记。把枪擦拭干净，组装完毕之后，他深情地吻了一下枪刺，拿到库房上交了。

夜里，熄灯之前，他又来到操场上转了转，走了走。空无一人的大操场显得格外寂静。这块并不太平坦的操场上，承接了他无数的汗水，哪些方砖上有几处裸露出来的石子，他都能记清楚，耳畔仿佛回响起排山倒海般的脚步声，泪水，再一次打湿了他的面颊……

振杰很想陪伴班长，又怕打搅他，只能远远地站在一旁。

班长离开时，上车之前，三班的兵们都抱着他哭。一个男人哭，你可能会觉得别扭；但一群男人哭，你只会觉得悲壮。振杰没觉得自己在哭，但是脸上全是泪，凉凉的，都流到了脖颈里。

班长走了，振杰感觉像生了一场大病。他把那张大王扑克放在钱夹里，时常拿出来看一眼。

年底，振杰去澳门参加回归仪式，又立了一个三等功。正是这两个三等功，改变了他后来的命运。

好事一桩接一桩。转过年来，春暖花开的时节，他入了党；没多久他便当上了三班班长，成为全大队最年轻的班长，而且是公认的尖子班班长！这风头，甚至盖过了当年的卢天祥。

又有传言说，作为大队的骨干，今年他有可能从战士直接提干。

振杰心中暗喜——这么一来，一辈子都不用回家种苹果了！

因为担当大阅兵护旗手，加之在澳门回归仪式上再次露脸，振杰的事迹登上了全国的大报小报，还上了《人民画报》《解放军画报》，大幅照片一登，英俊的帅小伙一跃成了"明星人物"，外出时，走在大街上都很容易被人认出来，身后不少人追着讨要签名，这热度一点不比当红的影视明星差。

那段时间，他收到了全国各地大量的来信，有时一天能收到半麻袋，大多是女孩子的来信，不少人在信中流露出爱慕思恋之情，有的信写得还挺露骨，令人脸红心跳。吴青江一怕他陷进去不能自拔，二怕他尾翅膀骄傲自满，于是对文书小苗下令，一切可疑信件，一律不得交给李振杰，先封存再说。

信件可以封存，物品却难免漏网。春节前夕，振杰收到了一个小包裹，落款是中国人民大学。打开包裹，里面是一部新款的诺基亚手机，而且还装上了SIM卡——他立刻猜出是罗澜寄来的。那时候的手机还是稀罕物，战士不得使用。他犹豫了一阵，没有上交，私藏了。

床头柜里藏手机，令振杰感觉像埋了颗地雷，老惦记它。一天，他实在忍不住，趁房间没人，打开手机，琢磨着怎么使用。就在这时，手机哇哇哇地响了，吓了他一跳！

接通后，那边传来了罗澜的声音。这个声音虽久未听到，但还是那么熟悉，那么动人心魂。自从寄出手机后，罗澜有空就打那个电话，从未打通过。她担心振杰没收到，琢磨着再寄一款。谢天谢地，老天开眼，今天终于通了！

除了出去执行任务，振杰已经有好几个月没单独外出了。他当班长之后，比一般兵要自由一点，请假上趟街，不算是太难的事。他犹豫了好几天，终于没绷住，答应下个周六外出跟罗澜见一面。

等待的时光很难熬，时间一到，他换上便装，有点像做贼一般，仓皇地溜出了营区。到了外面，才发现大街上已经花红柳绿。又是一年春光至，春天的脚步是挡不住的。

罗澜开车在附近等他。初一见面，两人都有点不自然，都感觉像是做了什么错事似的。这是初恋者常常有的羞涩感。罗澜深知见他一面不容易，也没商量，开车直接把他载到了自己家。她家住在北四环边的富成花园，那里刚落成没多久，是个别墅区，住在里面的人非富即贵。

不用问，一进小区，只看一眼，振杰就大致知道了罗家的身份地位。事情进展得有点快，他来不及多想，也不知道会有什么等着他，只迷糊着跟罗澜进了门，正正经经地坐在客厅里，目不斜视。罗澜让他放松，不要像在部队那样正规。他想放松，努力地露齿一笑，样子既单纯又可爱。

罗澜父母在电视上多次看到过振杰，对他没有陌生感。两人前后脚出现在客厅，振杰像见了首长一样，激动地站起来，"啪"的一个立正，随之敬了一个十分标准的军礼，吓了她母亲一跳。她父亲罗炳鑫更是笑得合不拢嘴。

罗澜给他倒上一杯咖啡，他不知道咖啡是小口抿，像喝大碗茶那样，端起来一仰脖子全喝下了，结果被苦得直咧嘴。老罗夫妇看在眼里，都觉得这孩子太可爱了。

罗炳鑫这时候已经变成了一个军事迷，见面一交谈，老罗便非常喜欢这个阳光威武又帅气单纯的仪仗兵，再加上以前罗澜对他的种种铺垫，老罗想，像这样的男孩子，你在社会上是没法遇到的。所以他这天面对振杰非常开心，像签了一个大单一样。

老罗祖籍浙江宁波，他祖上都是做生意的，因为有这样的基因，他天生是个好生意人，商业头脑十分发达。改革开放初期，他跑来北京发展，生意做得顺风顺水，近年来愈发兴隆。他的"炳鑫国际实业公司"主要做医疗器械业务，是几款国际著名品牌的中国总代理。他夫人于素琪是老革命的后代，北京生北京长，但用她的话说，"老头子走得早，没沾上什么光"。她最早在国家卫生部门工作，老罗那时候还是小罗，有一阵子老去部里办业务，两人相识，婚后生活幸福美满，唯一的女儿罗澜品学兼优，样貌又好，人见人爱。

老罗夫妇眼下最大的心愿，最重要的业务，最紧迫的事项，就是在女儿的心没变野之前，尽快物色到一个乘龙快婿。像罗家这样的家庭背景，像罗澜这样出众的女孩子，身边不乏追求者，难免鱼龙混杂。罗澜要抵挡住各种各样的攻势，但堡垒终有被攻破的那一天，一旦被居心叵测、用心不良之徒钻了空子，生米做成熟饭，吃哑巴亏的自然是女儿。这是老罗夫妇绝对不愿意看到的。

打罗澜上初中的时候，老罗夫妇就开始为这事分心。他们从别人血的教训中得出结论：女孩子的终身大事越拖越不利，在她比较单纯的时候，最好是大学期间，定下一个单纯而靠谱的男友，两人一块儿成长，一块儿成熟，是最好的路径。一旦孩子们经历太多，尝了不该尝的，都变成了"老油条"，事情往往复杂多变，难以预料。老罗久在生意场上混，深感做生意和找配偶是一样的道理，最好快刀斩乱麻，久拖不决，往往做成夹生饭，最后还可能被放鸽子。

让老罗感到放心的是，女儿对这个小伙子是很上心的，自从认识他，她像变了个人似的，心不那么野了，变乖了，平时除了去学校上课，周末准时回家，再也不去那些乌烟瘴气的夜店了。女儿喜欢他是个重要前提，她不喜欢，逼她也没用。据了解，她和小伙子都是初恋，一张白纸，可以画最新最美的图画，这样一来，感情基础好培养，而且最牢靠。

只与振杰见过一面，老罗夫妇便高度认可了这个帅小伙，认为他是非常合适的人选。想想吧，由国家给严格把关，仪仗兵根正苗红，政治上、品德上，绝无大问题；小伙子刚二十出头，白纸一张，正是培养他的好时机。

或许有人认为振杰是农村孩子，没文凭，两家差别太大，门不当户不对的，但老罗夫妇偏偏不是这种思维。罗家不缺钱，难不成还要让女儿傍个大款吗？有必要吗？大款的儿子有几个省心的？老罗只有初中文凭，凭自己的努力，还不是找了个老革命的后代，在北京扎下了根？还打算将来把根扎到美国去呢！罗家现在啥也不图，就图一个人；罗家啥也不缺，就缺一个人。

老罗办事从不拖泥带水，喜欢直截了当，当下萌生出想招振杰当上门女婿的想法。

尽管嘴上不愿承认，但罗澜已经爱上了振杰，这是毫无疑问的。罗澜本科毕业后要到美国留学读研，这是早就计划好的。年底振杰服役满三年，即可办理复员，父亲建议她带振杰一块儿去地球那边开开眼界，这正中了罗澜的下怀。老罗的基本构想是，下一步全家移民。

罗澜趁热打铁，又找了一个机会把振杰约到外面吃饭，她父母也参加。她本打算将就找个小馆子，但老罗不干，第一次请未来女婿吃饭，他要讲个排场，选了家离仪仗队不太远的五星级饭店。振杰在大堂一出现，就有人认出他，要求合影。老罗看在眼里，感觉非常有面儿，这更加坚定了他的想法。

　　饭桌上，老罗不失时机地做振杰的思想工作，说："小李，反正你上过一回阅兵场了，风光过了，再想上阅兵场，还得十年吧？谁能等十年？就是再上，也无非是个重复。人生就怕重复，应该开拓进取，攻占新的制高点，对不对？"

　　振杰没敢想攻占什么新的阵地，他现在只想多找点机会和罗澜相处。身在军营，想和罗澜见个面，都远隔千山万水远的，能把人难死！罗澜的打算，罗家的想法，即使不明说，听话听音，振杰很快就知晓了个大概，如果不是因为有提干的考虑，他会痛痛快快答应下来——一个农村苦孩子，三年时间，从乡下到北京，遇上个有钱人家的漂亮女孩，这感觉就跟坐火箭一样，还有什么好犹豫的呢？换上谁有这等好事，还不天天做梦都笑醒！

　　但是，他又不能不惦记提干的事。如果真像传言中那样，组织上为你提了干，你能轻易舍弃吗？想想耿班长，拼死拼活干了十年，也许就是为了等这样一个机会，结果到头来一切成空！而自己，几乎唾手可得，这命运的巨大赐予，你忍心拒绝吗？最起码他觉得有点对不起耿班长，也对不起卢天祥，对不起教导员，对不起班里的弟兄们。

　　振杰偷偷摸摸地发了个短信，把有可能提干的事情透露给罗澜。罗澜讲给了父亲，他们都感到，若留下提干，以后再想离开仪仗队，可就难了。

振杰有时也安慰自己，提干的事情，也许是空穴来风吧？哪有那么简单！

那段时间，振杰既盼着事情成真，又害怕落空，每天都感到愁肠百结，以至于某一天进行任务前的演练时，身为班长的他，托枪的时候动作稍微慢了一点，被担任执行队长的卢天祥一眼发现了。其实也就慢了不到半秒钟，但这显然是精力不够集中的表现。卢天祥当众发火，怒吼道："同志！我劝你不要翘尾巴！不要因为你一个人，毁了一个班，影响了全中队！"

在三军仪仗队，对于一名老兵，尤其是一名班长来说，这样的低级失误是绝对不该有的，很伤面子。振杰的脸涨成了猪肝色，很不自然。虽然卢天祥没有点名批评他，是面向全中队说的，其实队列里的人十有八九能感觉到是他，班副陆纪超甚至不屑地剜了他一眼。说到底，陆纪超心里面并未真正对振杰服气，总认为他不过是运气好而已。

下了场，振杰回班做了自我批评。他意识到这样下去不行，非出大事不可，他想离开一段时间，回趟家，休休假，静静脑子。入伍两年多，不少同年兵都探过家了，因为他去年年底去了澳门，未能顾得上。

然而，没等到请上假，新规定出台了。

按照新出台的规定，士兵有两个三等功并且担任班长职务、年龄不超过二十五周岁，同时满足这三个条件，即可保送上军校、提干。振杰完全符合这三个条件，上军校成了板上钉钉的事情。五月底，大队内定振杰等三人去石家庄陆军学院上学。这是件人人羡慕的好事，和他熟悉的，都跑来祝贺。

这么一来，联想到后续任务挺重的，他反而不好意思去请假了。

都说人逢喜事精神爽，对于振杰却是不灵，他在短时间里迎来两件"天大的好事"，却变成了"天大的苦恼"，为此，他整天心事重重，又没人可以商量。想给家里打个长途电话，请父母拿个主意，却又想到父母知道多了反而不好，只能添乱，便作罢。

这期间，罗澜又约他出去一次，没敢跑远，就在附近一个茶馆坐了一会儿。罗炳鑫让罗澜给振杰捎话：一个大男人，应当学会当机立断，不要优柔寡断。足球是圆的，地球也是圆的，在哪儿不一样？哪里好就去哪里，真要爱国，在月亮上也能爱。国内的人都爱国？未必！到美国去，多挣老外的钱，也算为国争光吧？当然，移了民，如果不习惯国外的生活，一样可以在国内居住嘛，条条大路通北京……

罗澜委婉地要振杰表个态。可是，振杰放不下仪仗队看似枯燥却充满激情的生活，舍不得离开战友们，事情就只能这么一天天地拖下去。

第十一章　纠结

　　有一场重要的外事活动，拉美某国总统访华，三班要有五个人去天安门。最后一次演练时，接替成敬捷的柳时敏大队长坐镇检查，发现三班今年刚下连的新兵王苏强右腮有一根胡须没有剃掉，大约一厘米长。柳大队长临时把队伍叫停，进行了训话。

　　仪仗大队的历任领导都爱讲：在这里，事故定乾坤，一万减一等于零。也就是说，你有一点做不好，其他都白扯！一根胡子没剃净，放在其他单位不算啥，但是在外交场合，军容仪表来不得半点马虎，包括刮脸修面，非常重要，不允许有一根胡须漏网，因为这不是个人面子问题，而是更关乎国家礼仪，这样的面子问题一定要做得非常到位，不容有半点瑕疵。李振杰经常提醒上场人员务必把军容风纪检查好，但在这样的提醒之下，王苏强还是出现了这样的问题。大队长虽然没直接点名批评三班，振杰却不想原谅自己，因为王苏强还是一名新兵，他作为班长，没有及时检查到，本身就是他的失职。

　　振杰主动在全中队大会上做了检讨，把责任都揽到了自己身上。这类重要任务，作为班长他必须上场，但为了"惩罚"自己，他主动提出，这次自己退出来，让状态更好的同志上场。

上次他托枪动作慢，这次王苏强又冒出一根胡须，半个月不到，连续出了两次纰漏，再不清醒一下，下次说不定会冒出更要命的事！他想起耿班长以前常说的——三班是全中队的标杆，人人只有为班争光的义务，没有为班抹黑的权利——不由得脸红心跳。三班若毁在自己手上，自己就成了罪人！想到这里，他吓出一头冷汗，夜里睡不着，思前想后，觉得无论走还是留，总应该有一个了断，不能再这样浑浑噩噩地拖下去了。

纸总归包不住火。这天晚上，他硬着头皮敲开了教导员的房门。吴青江并非没发现振杰的反常，但只怀疑他是老毛病犯了。两个月三次请假外出，还私藏手机（刚刚得到报告），而且精神恍惚，他的一举一动，都逃不过士兵们的眼睛。他正处在推荐上军校的节骨眼儿上，不能出幺蛾子，倘若事情败露，他很有可能因为违反纪律而被取消资格。这不光是他个人的事，更关乎一中队的集体荣誉。

振杰低头坐在吴青江对面。吴青江不急不躁，耐心等着他张口"老实交代"。面对部下，哪怕他犯再大错误，吴青江也从来不拍桌子砸板凳，他做思想工作的风格是和风细雨。征服征服，征容易，服难，他要让对方真正服气，并且从内心里愿意改正错误。这往往会达到事半功倍的效果。

振杰涨红着脸，终于开口道："教导员，我想……我想放弃上军校，想年底复员……"

这一句话把吴青江给说愣了，半天才道："净说胡话！你小子没发烧吧?"

振杰摇摇头,正色道:"教导员,我考虑好久了。"

撂下这句话,他仿佛丢下一个包袱,顿时感觉轻松了许多。

一个农村兵,竟然放弃提干的机会,这在以前是闻所未闻的。这不是疯了吗?外面得有多大的吸引力,才使他做出这样的决定?

吴青江站起身来,面向窗外,望着外面的夜景,正对面便是操场,隐隐约约看到有三三两两的兵走过。沉默了好一会儿,到了熄灯时间,熄灯号徐徐响过之后,能感觉到,整个部队营院,都安静了下来。

此时已经入夏,房间里有点闷,空气十分混浊。他把半开的窗子推到最大,拿起一张报纸呼扇几下,然后回过身来,重新坐在振杰的对面,保持着平静,说道:"告诉我为什么。"

于是振杰说出了他跟罗澜的事。最近两个月,和女方一共见过三次,其中有两次对方家长在场;二人没有任何越轨行为,甚至连手都没拉过……

吴青江相信振杰说的,这从他的眼神里就能看出来,他没说谎。这个兵,最大的优点就是诚实,敢作敢当。或许这也正是耿长明看重他的重要原因吧?

少男少女,烈火干柴,肯定都动了真情,不然也不会拖这么久了还拉扯着,女方家长更不会这么慷慨,八字刚有一撇,居然就要把他办到美国去。这动作,够神速的,如果不是亲耳听说,真有点天方夜谭的意思。

振杰说罢,吴青江淡淡一笑道:"三班长,看来,三军仪仗队对于你没有吸引力了。我是应该祝贺你呢，还是应该为你感到遗憾？"

振杰脑门上沁出豆大的汗珠，半晌才喃喃道："教导员，这个节骨眼儿上，本不该在驻地谈恋爱。我确实严重违反了纪律，自己没资格上军校，还是把机会留给别人吧。"

"唉，离年底退伍还有一段时间呢，你打算怎么办？就这么撂挑子？"

振杰急忙摇头，神色庄重，站起身来道："不会！我当一天班长，就得负起一天的责任！"

气氛是沉闷的，也就这句话令吴青江感到满意些。为防止年轻人一时心血来潮做出过头的事，吴青江提出，事情重大，关系到一个人的一辈子，先不忙着做决定，请他冷静考虑考虑再说，时间还早。

卢天祥当天晚上就知道了，他对振杰非常失望，简直有点恨铁不成钢，气呼呼地说道："狗东西没良心！白培养他了！"

第二天见到振杰，卢天祥勒令他交出手机。

振杰答应立刻上交，叹口气道："副中队长，请你相信，我在部队一天，就一定会执行一天部队的纪律，我保证退伍之前不再使用手机。"

上交手机之前，他给罗澜打了最后一个电话，答应她，放弃上军校，年底复员。罗澜喜不自禁。电话里振杰让罗澜也答应他，复员之前，他们不再私下联系，请让他做一个不被人戳脊梁骨的兵。

罗澜说她保证做到。

吴青江和中队长等几位中队领导碰了个头，大家虽然嘴上生李振杰的气，但内心都还是希望他能留下，自从他替代耿长明担任大阅兵护旗手，众人都觉得这家伙在三军仪仗队有非凡的潜力，走了太可惜；而且耿长明走前特意叮嘱过，不能轻易放走他。中队决定先把李振杰不想上军校的事压下来，挨到最后一刻再上报大队。

听说班长年底要复员，三班的兵们突然都跟他陌生了。操场上，居然有个兵拿话讽刺他，说班长想当逃兵，弟兄们都不想听逃兵指挥。还有人私下说他，见了个女人就迈不开腿，把兄弟情谊、战友情谊都丢脑后了。

那段时间，大伙看他的眼神明显不对，好像在说：阶级敌人，滚吧滚吧，赶紧滚蛋吧，三军仪仗队不缺你一个！

他没有料到，自己的一个决定，竟然伤了大伙的心。

班副陆纪超这段时间表现很积极，默默承担起了班里工作，想办法维护班长权威。振杰私下谈恋爱的事，就是他向教导员报告的。他这不是报复，更不是居心不良，因为即使班长被拿掉上军校的资格，腾出的名额，也轮不到他。他只是不希望三班出问题，班长如果走人——不管是上军校还是复员，他上位的可能性是很大的。只有当上班长，才有保送上军校的可能。如果三班成了问题班，老是掉链子，也许上级会从外面调一个老兵来当班长，他以后就很难出头了。

这个时期，振杰感到很苦恼，很难熬，每天都度日如年。他拿出钱夹里的大王扑克，想起老班长说过的话，这让他更加苦恼。晚上百无聊赖时，他到电视房看《新闻联播》，一边看一边回想起老班长曾经说过，让他把卢天祥的指挥刀夺过来。看来这辈子不可能了。

这天晚上，快熄灯的时候，耿长明突然把电话打到中队。这是老班长复员半年后第一次往这边打电话。他找到振杰，一上来就劈头问道："为什么你最近没上《新闻联播》？病了？"

振杰一时支支吾吾，不知该怎么回答。是否把自己打算放弃提干的事情告诉班长？他犹豫着。此刻他并不知道，耿长明已经全清楚了。吴青江给耿长明打过长途电话，当然是希望老班长做做振杰的工作。吴青江自从担任一中队教导员后，和所有的复员兵都保持着联系。

耿长明索性单刀直入，口气严厉地问道："振杰，你当仪仗兵后悔吗？"

振杰小声道："不……我今天的一切都是三军仪仗队给的。"

"如果不是因为那个女孩，你舍得离开吗？"

"不会。永远都不会。"

耿长明缓了口气，说："小子，你听好，她爱的是穿军装的你，如果你脱下军装，离开阅兵场，她还会那么爱你吗？"

振杰停顿了一阵，道："班长，我想会的。"

"她如果真的爱你，那么她一定会爱你的事业，否则这就叫冲动。你的自信从哪儿来？不要做冲动的事，她是你的，赶也赶不走；不是你的，夺也夺不来。你上军校以后就是干部身份了，有了在任何地方谈恋爱的资格，为什么不尽量做到两全其美呢？"

老班长电话里说了很多，振杰插不上嘴，只有倾听的份儿。最后，耿长明声音低沉地叮嘱道："李振杰，不要让三班毁在你手上。班长再说一遍：希望你早点把他卢天祥的指挥刀夺过来！"

老班长的话让振杰无地自容，感到非常羞愧。

又是一夜无眠。天快亮时，他索性爬起来，悄悄走到空无一人的操场上，想起去年年底耿班长复员离开时，那割舍不了的留恋之情，当时他对班长的心情体会不深，现在，终于体会到了……

班长说得没错，一个小兵，除了有一副身板，你还有什么？人家凭什么喜欢你？没有三军仪仗队，你什么都不是，脱掉这身军装，你还会是你吗？她爱你，到底爱的是什么？是爱穿军装的你，还是爱脱下军装的你？如果自己和她初见时没有穿军装，她还会那么在意你吗？……

他的思绪如脱缰野马，怎么也收不住。他感觉头疼欲裂。

我军赴非洲某国执行维和任务的营地遭到了恐怖分子的袭击，一名战士牺牲，遗体运回，上级要求仪仗大队派人到首都机场迎灵。一中队选人时，吴青江力排众议，把振杰加了进来。

这是振杰头一回参加庄严而沉痛的迎灵仪式，在前头抬棺的他，心中有说不出的苦痛。振杰看过这位烈士的简历，和自己同岁，而且还是山东老乡，沂蒙山区的农村娃。刚刚二十岁出头的人，正是最好的年华，生命却戛然而止。他的世界已不复存在了。

抬棺迎灵迈出的这六十步，是振杰一生中感觉最沉重的步伐。他们的脚步凝重而又轻柔，怕惊醒长眠于斯的英灵，真是步步痛心！沉痛怆然的哀乐中，振杰突然意识到，自己若迈出离开三军仪仗队的脚步，往后内心该遭受怎样的煎熬！

当晚回到班里，他再一次失眠了，只有打开衣柜，一遍一遍地抚摸那些陪伴了他两年多的礼兵服。第二天一早，他眯着通红的双眼，拿着扫帚到操场上打扫卫生。扫着扫着，手里的扫帚就成了军刀，他拔刀、立刀、托刀、撇刀、举刀，旁若无人地操练着这一整套他暗中模仿了卢天祥无数次的动作，一气呵成之后，他举着扫帚对着墙根下的一棵杨树吼道："总统阁下！中国人民解放军三军仪仗队列队完毕，请你检阅！"

这一切，都被随后赶来的吴青江看得一清二楚。吴青江走到振杰身后，用他动听的男中音说："三班长，我知道你的心思，还是留下吧。"

振杰愣在那里，泪水禁不住地流下来。他不敢回头，只是侧了一下身子。

吴青江上前两步，从身侧拍拍他的肩膀道："要是这么走，你的军旅生涯就不完美了。人这一生，就是要不断地选择，不断地收获，也在不断地放弃中前行。"

振杰转过身来，郑重地冲吴青江点点头，说："教导员，我改主意了，上军校！"

第十二章 分手

八月底，振杰离开三军仪仗队，去军校报到。走之前，全班弟兄都依依不舍。副班长陆纪超自觉心中有愧，把振杰叫到一旁，坦诚地说出了当初"出卖"过他的事实，是自己把他私藏手机、在驻地交女朋友等情况汇报给了教导员。当时教导员曾严肃提醒他，事情没查清之前，不得再和任何人说。陆纪超再三表态，教导员才放他走，可见教导员对振杰是极为呵护的。

事情挑明了，振杰反而真诚感谢他的所谓"出卖"。振杰说："班副，幸亏你发现得早，而我陷得还不是太深，否则我们以后真就做不成战友了。"

陆纪超轻松地笑了。

振杰同时向陆纪超道歉——当新兵时，往他被子上洒过水，让他挨了卢天祥好一顿训。二人各自一番话都说到了对方心坎里，于是前嫌尽释，相约两年后再见。

临走时，吴青江把振杰叫出去，话里有话地说："振杰，有一点你得记住：大队推荐你去上学，这是多么宝贵的一个机会！两年后你必须老老实实给我回来，不论出现啥情况，都不准半途而废。"

振杰郑重地点点头，说："教导员，都到了这一步，我没有退路了，您放心吧！"

吴青江这才掏出那部诺基亚手机还给他："现在你可以和人家姑娘联系了。祝贺你！"

接过手机，振杰感觉有些烫手——他犯了难。两人得有三个月没联系了，而当初他信誓旦旦地说要复员，他和她说得好好的，还答应说话算数；他还提了要求，年底之前请不要再打搅他，让他在部队一天就守好一天的纪律……

人家罗澜说到做到，果真没再往中队打过一个电话，更没来找过他。

但是他却变了卦！

他思考着，一时不知该怎么向人家解释。此时，他的决定已经不可更改，也就是说，他把人家姑娘给骗了个结结实实，没了任何回旋的余地！人家可是诚心诚意的，连父母都出面答应他了，这对他是多么大的信任！而他呢，却辜负了人家一片好意，让她在父母面前栽了脸面。

出现这样的结果，罗澜一定会恨自己吧？

自从做出上军校的决定之后，他一心扑在工作上，没时间也没精力想这些，索性把罗澜丢到脑后。现在，他越想越感到事情棘手，感到无所适从。

他想过打电话，还想过见面——这时候出去会个面，中队不会不同意，毕竟要走了。虽说上了军校还不是干部身份，只是个学员，但提干是板上钉钉的事，这方面管得相对宽松些。

然而，他又想，见了面，说什么呢？也许人家姑娘和他本身就是三分钟热度呢？大学生思想开放，很多人都说这种一见钟情属于心血来潮。兔子尾巴长不了，耿班长就是这么认为的。说不定这时候人家已经把他忘了呢！毕竟三个月不联系，谁还认识谁呀！即使还像从前那样，感情没变，他现在却食言了，难道自己要低三下四求她原谅吗？她肯原谅自己吗？她会为自己放弃出国留学的机会吗？她如果去，而他一直在部队，这样的感情又能维系多久？

　　有太多的问题，没有答案。振杰决定，一不做，二不休，不打电话，不见面，反正这时候离年底还有很长时间，到时候再说吧。

　　大约两个月后的一天，某个周六的下午，振杰在石家庄陆军学院的篮球场上打球玩——在老家，他是个球盲，没摸过球；当兵之后，三军仪仗队为防止大家意外受伤，不提倡打球、踢球等剧烈运动，他没机会学；来军校之后，终于没了这个清规戒律。他一米八八的身高，整个学院都找不出第二个，大家都想拉他打中锋。几次上场之后，他很快就上了道，居然玩上了瘾，照这么发展下去，有可能成为陆院的球星呢！

　　中队文书跑来告诉他，东大门有人打电话找，让他快去东门领人。他打得正来劲，不想下场，问文书："什么人找我？"文书说："不清楚，是个女的。"他心里一惊。文书又补充道："声音挺好听的。"

　　听到这儿，他把球一丢，下了场，不打了。

　　头上顶着大阅兵护旗手的光环，让振杰走到哪儿都不乏崇拜者。以前也有女孩子打来过电话，但这一回感觉不一样。

不是她，又能是谁呢？

来这里两个月，也不是没想过，得和人家联系一下，言语一声，总不能永远沉默下去。大不了挨她一顿骂，以后各走各道，就当不曾认识，也便罢了，最起码少了桩心事。然而，他心里面却又充满了舍不得，不希望最终落得这样的结局，所以想打电话，又不敢；希望结束，又不落忍，只能这么拖延着。想来想去，他决定放寒假的时候，从北京路过一下，当面道个歉，顺便把手机还给人家。往下，就不敢想了。

他顾不上换衣服，穿着汗湿的运动服跑向东门，远远看见一个熟悉的身影站在门外。他步子慢了下来，心里七上八下，硬着头皮走了过去，尴尬地打了声招呼。

罗澜从北京追到石家庄，是来找他"算账"的。当初她信了他的承诺，一个上过《新闻联播》的仪仗兵，怎么会说谎?！满心期待着，把他复员后的一应安排，都设计好了，万事俱备，只欠东风。然而不久前，一个对她有意的男同学神秘兮兮地向她透露，她的心上人李振杰到石家庄上军校了。她不信。男同学说，他表哥就在三军仪仗队工作，他的消息不会有错。

她慌了神，赶紧往一中队打电话，才知道一切已晚。这像是兜头浇了她一盆凉水，让她愣了半天，回不过来。就这么被人放了鸽子，长这么大，她还从未遭遇过这样的事情，这让她的情绪一落千丈，几天没去学校。在人大新闻系，因为她太过出色，盯着她的人数不过来，她是本系同学们的主要话题之一。如果他们得知她被一个小兵给耍弄了，可能会笑掉大牙吧？

父母亲那边终究瞒不住，只能照实说了。老罗气得差点吐血。

竟然有人敢这样戏耍罗家，是可忍，孰不可忍！依老罗的脾气，当下就要在石家庄找个朋友，一起到学校去跟坏小子评评理，结果被夫人于素琪拦下来。夫人说："这样的糗事，最好别声张，罗家丢不起这人。"

罗澜心里堵得慌。电话打不通，写信不知道能不能收到，不跟振杰见一面，她咽不下这口气，于是脑袋一热，就坐火车过来了。

他们闪身到东门外一棵粗壮的法国梧桐树下，两人隔着树干站着，还没说话，罗澜就先抽泣起来——这是不由自主的、事先没有料到的眼泪。她恨自己是那么不争气！她边哭边控诉他的"罪过"，怪他言而无信、不守承诺、不辞而别、逃避现实，打乱了她的计划，不像个大男人。在振杰眼里，她明显地憔悴了，以前没觉得她有颧骨，现在都凸了出来；以前觉得她微微有点丰满，现在明显瘦了……

振杰诚恳地认错，但事已至此，再跟她出国，已无可能。他说："站在队列里，我才有感觉；离开队列，我找不到感觉。罗澜，你怎么骂我都行，都怪我……"

说到这里，振杰鼻子一酸，差点落下泪来。他想，自己一个大男人，千万不能当着女孩子的面掉眼泪，一咬牙硬是憋回去了。

初冬的寒风呼呼地刮，阔大的树叶四散飘零，更加重了两人心中的愁绪。振杰想，把该说的说完，卸掉沉重的情感枷锁，或许会感觉轻松一点。两人于痛苦中都接受了这个现实。

分手，看来势难避免。

时候不早了，罗澜执意返回北京。振杰拦下一辆出租车，把她送到了车站，看着她上火车。望着她的背影，他知道自己的初恋结束了。火车远去了，他没有坐车，步行回学院，一边走一边感到心里空荡荡的，五脏六腑仿佛都被人挖空了。天气寒冷，他只穿着运动服，回去就感冒了，发高烧，到卫生队输液，躺了一个礼拜才下床。

回到学员队，他做的第一件事，就是把她送的那部手机翻出来，委托文书拿到邮局寄回了中国人民大学。

没有了感情的拖累，振杰把全部心思都用在了课程和训练课目上。单杠一练习，要在单杠上做二十个引体向上，地上画一个圈，直拨，不能出圈，杠过胸前第一个扣子，不能"打浪"；二练习，要转身上，完成十个。到期末，全队的学员眼看都过关了，就是他过不了。他个头太大，臂太长，上单杠吃亏。年底，面临放寒假，队长告诉他，过不了关，春节留下护校。

入伍之后，他就没回过家，和家里的联系都很少，当新兵时他不想家，现在他成了老兵，反而很想家，这里面有失恋的原因，没有了恋人，家成为最好的港湾，他想找个港湾靠一靠。为了能回家，他拼命练习单杠动作，同时也想借此忘掉罗澜。一直练到双手磨烂又愈合后，他才终于过关。

临放假之前，食堂搞卫生大扫除，振杰抢着干，爬到高处擦天窗玻璃，却不慎摔了下来，把左腿摔伤了。大伙赶紧把他送进了白求恩国际和平医院住院治疗。

如果把他这个著名仪仗兵的腿摔坏了，学校负不起责任。大家很着急，振杰却并不怎么难过，甚至还有些暗自得意——没人知道他的内心，倘若腿真的摔出毛病，不适合再当仪仗兵，那么，他会不会选择退学，进而退伍，与罗澜重归于好呢？

他隐隐觉得，只要他肯回头，罗澜还是有可能接纳他的。

当天夜里，他竟然做了一个梦，梦见罗澜张开双臂迎接他，还吻了一下他的额头。醒来后，他感觉眼角潮潮的，再也睡不着了。

入院第二天的上午，检查结果尚未出来，他的左腿肿得像发面馒头，疼痛难忍，医院为他注射了止疼针。他躺在床上边打盹，边胡思乱想着，迷迷糊糊地看到护士领进来一个身材高大的男人，那人伏在床前，低声问道："振杰，感觉好点了吗？"

好熟悉的声音。他睁开眼，看清那人后，愣住了。

教导员吴青江笑眯眯地望着他。

他赶紧想坐起来。吴青江按住他手臂，示意他不要动。护士拖了一把椅子过来，请吴青江坐，然后掩上房门，走开了。

"教导员，你怎么来了？"

"昨天夜里，我就接到了学院电话，知道了情况。大队很重视，今天一大早派我过来看看。"

教导员告诉振杰，十几年前，他从战士直接提干之后，也曾在陆院进行过培训，当时时间短，只有半年，但他现在在学院还有不少熟人呢。他没有告诉振杰的是，振杰来这里上学后，他和其中一位熟人经常保持联系，对他的一举一动都很关注。

"我一个小兵，惊动了这么多领导。"振杰苦笑一下。

"开玩笑！如果你有个三长两短，学院要负责的！这事儿我跟他们没完，看看你的恢复情况再说。"

振杰摇摇头道："不怪别人，都怪我自己不注意。"

"本来前段时间让你上单杠，就不对！现在又让你爬高干杂活，更是错上加错！有些人，就是不懂得哪轻哪重，猪脑子！"吴青江的气不打一处来，以前振杰很少见他这么发脾气。

"教导员，如果我伤得重，以后不能再上场的话，我想……想早点退伍，可以吗？……"

教导员双目炯炯地望着振杰，面色严峻，仿佛看穿了他的心思，没有接话。振杰不敢与吴青江对视，把头转向了一边。

过了许久，教导员才拍拍他的肩膀道："振杰，你的仪仗梦才刚刚开始，不是吗？遇到挫折就想回头的人，我不喜欢。希望你不是这样的人。"

说罢，吴青江站起来，走了出去。

到了下午，核磁共振的诊断结论拿到了：左膝软组织严重挫伤，骨质无裂纹。这说明振杰无大碍了。教导员兴冲冲地回到病房，把诊断结论往床铺上一丢，说："你小子，以前想多了！老老实实躺几天，就没事了。"

他如释重负般的坐了下来。

振杰拿起诊断书扫一眼，然后闭上了眼睛。他应该感到高兴呢，还是感到失望？

他只觉得心里面怪怪的，一时说不清楚。

一周之后，还没完全好利索，振杰就要求出院。反正已经无大碍，躺着也难受，只要出院后不做剧烈运动，慢慢调理一下就没事了。这时候学校已经放假，他打算收拾一下东西，再买点土特产，立刻回老家过年。

教导员一直没回北京，这期间他几乎每天都来一趟医院，把好吃的带来，陪振杰聊聊天。振杰情绪很快转好了，不再想别的，一心一意配合治疗。

教导员的细致和周到，再一次令振杰汗颜。他来一中队当教导员的时间虽然不长，到现在也就两年多一点，但在一中队，没有人不佩服他。就卢天祥那性格，天不怕地不怕的，三军仪仗队自从成敬捷调走后，最令他服气的人，恐怕也只有教导员了。

教导员最大的特点就是对士兵好，他说过一句话：如果你给战士一份情，战士会还你十份爱。

他双肘上各有一块疤痕，那是他晚上查铺查哨时摔出来的。

考虑到战士们平时训练、执行任务非常辛苦，晚上查铺查哨时，他从不穿皮鞋，怕震亮楼道的声控灯，也不打手电，以免影响战士们休息。有一次半夜起来查铺，他睡眼惺忪地下楼梯时一脚踏空，一百八十斤的大个头直接从楼梯上出溜下去，两个胳膊肘被摔得血肉模糊，伤愈之后留下两块明显的疤痕，被很多人称作"爱兵疤"。

本来不想惊动任何人，这一跤摔下去却把全中队都惊醒了。自那以后，再上下楼梯他就留了个心眼，像当年练步幅一样找黑暗中下楼的感觉，以至于没过多久，他不抓扶手，蒙着眼睛，都能够做到平稳地上下楼梯，不出一点动静。

振杰曾目睹过教导员的细致入微。一天深夜，教导员进屋查铺，他正醒着，便假装睡着，悄悄观察他给战士盖被子的小秘诀。只见他脚步轻轻的，借着窗外淡淡的月光，从战士们的床头挨个走过，当他走到新兵小张的床边时，停下了脚步。振杰瞪大眼睛一看才看明白，原来小张将被子掀到了一边，后背裸露在外面。下面的一幕令振杰领教了：教导员不是直接替他盖被子，而是在他的脚心上轻轻挠一挠，小张的脚痒了，一翻身，正好将被子盖在身上。振杰这才明白，他是怕直接扯被子把战士给弄醒。

仅仅这一个动作，就能看出他的细致，如果不是亲眼所见，别人都很难想象。

耿班长曾经向振杰讲过一件事，振杰一直铭记在心。那是吴青江在一中队当副教导员的时候，二班有个河南籍战士，姓康，是个"鬼见愁"，首先就有一条，不讲个人卫生，平时很少换洗衣服，隔他老远就能闻到一股异味，人见人躲；还不爱说话，班里战友都不知道他的底细；他的心理素质也差，不管做什么动作，总是不合拍。二班班长愁得不行，特别想把小康调开。

有一次劳动，吴青江想接近他，和他搭档抬石板，说好数到"三"时同时撒手，刚数到"二"他就撒了手，结果吴青江一根手指差点被砸断。

通过近距离观察，吴青江发现小康虽然不爱说话，但喜欢一个人偷偷哼唱歌曲，于是鼓励他说，唱得不错，唱响一点，给我解解乏。小康得了表扬，有机会就要为吴青江唱上一段。看到他的胆子渐渐大起来，吴青江又找了个机会安排他在全中队面前表演。一开始小康不敢，站在队伍里直发颤，说，副教导员，我能行吗？吴青江说，你不仅行，而且我觉得不比刘德华、张学友唱得差！说完便带头鼓掌。在掌声中，小康唱了起来，开始声音很小，发现没人喝倒彩，便大胆唱了起来。一曲唱罢，全中队的人都热烈地鼓掌，让小康兴奋得掉了泪。那次以后，小康话多了起来。通过聊天，吴青江逐渐了解到，小康家在伏牛山区，家里非常贫困，父亲脾气暴躁，对他非打即骂，他不讲卫生是因为没钱买洗漱用品，所有的津贴都寄回了家。有一天餐桌上有红烧肉，小康激动不已，对吴青江说："副教导员，我们家每逢过年才能放开吃一顿肉。"吴青江一阵心酸，把自己那份肉全倒进了小康碗里。从这以后，再去军人服务社买牙膏、香皂、洗衣粉这类生活用品时，他总是习惯买双份。正是在他的鼓励下，小康彻底变了，年底被评为优秀士兵。他的学习成绩其实很不错，考大学本来很有希望，但是高考那天去县城考场途中突遇大雨，道路被冲毁，让他差点迟到，影响了当科成绩，以致落榜。家里没钱供他复读，他于是选择了入伍。了解到这个情况之后，吴青江帮他买来了高考复习资料，鼓励他以后找机会再上一次考场。

复员离队时，小康搂着吴青江的脖子哭，大伙都看得直掉泪。退伍第二年，小康考上了西南政法大学。据说他是三军仪仗队退伍士兵中第一个考上大学的。

振杰联想到自己刚下连时遇到的那个大坎——如果不是教导员的精心安排，他能有后来吗？答案是明摆着的。

振杰出院那天，教导员亲自开车过来接。车是借的，一辆白色的老式桑塔纳轿车。他实在过意不去，说了好几声谢谢。教导员摆摆手："按说我得感谢你呢！要不是你出事，我想回还回不来呢。正好借这个机会休几天假，陪陪老母亲。"

到这时候振杰才搞清，吴青江在北京出生，七岁随父母来石家庄定居，说起来他是在石家庄长大的，对这儿太熟悉了。他祖籍是石家庄郊区的正定县，父亲早年出去闹革命，到过很多地方，最终落叶归根，回到故乡。

坐上车，教导员说："振杰，先不忙回学校，我想先带你见一个人，可不可以？"

振杰以为教导员要带自己去见他的老母亲，急忙答应了。然而，车子没进市里，而是越走越偏，三转两转，最后竟然来到了一座名为"双凤山陵园"的公墓！

振杰满脸疑惑。教导员这才解释道："别怕。要见的这个人，是我国第一代仪仗兵。他可是我心目中真正的英雄！"

振杰仍然不清楚要见谁，又不便问，只能默默点点头。到了停车场，教导员把车子停好，打开后备厢，拿出一个装有祭祀用品的编织袋，走在前头。振杰紧紧地跟在他后面。两人不说话，穿过一排排墓碑，在一座普普通通的大理石墓碑前面驻足。

墓碑正面铭刻着"吴登义同志之墓"，顶端镶嵌了一张着老式军装的大头照，照片上的老军人神情威严。左下方是两行小字：

子吴青江　女吴青萍　　立

一九九八年一月

振杰胸口一紧，原来是教导员的父亲！今天是他父亲去世三周年祭日。他看到教导员眼圈一红，神情肃穆，蹲下来，轻轻说道："爸，今天我带战友李振杰一块儿来看您。"他边说边打开编织袋，拿出一个塑料盘，放在碑座前，然后放上去一根香蕉，一个苹果，一个橘子；再打开一包烟，抽出一支，点上，安放好；最后打开一瓶酒，往碑座上洒了少许。做完这一切，他示意振杰跟他一块儿站好，两人笔直地立于墓碑前，无声地行了一个长长的军礼。

碑阴，镌刻着死者的生平简介——

　　吴登义同志，河北省正定县人，一九二六年出生，一九四二年入伍，一九四五年入党。历任晋察冀军区特务营战士、班长，陕甘宁晋绥联防军教导旅排长。新中国成立后，历任北京卫戍区警卫一师警卫营副营长，仪仗营副营长、营长，师副参谋长。参加过新中国成立前后多次重大外交司礼任务，是我国第一代仪仗兵的杰出代表。一九七三年转业至石家庄棉纺厂，任副书记、书记。一九八六年离休。一九九八年一月逝世。

第十三章 回响

十六岁参加八路军时，吴登义的身高只有一米六五，但是进了队伍才半年多，个头就蹿到了接近一米八。人都说部队上的饭菜养人，吴登义那段时间成了晋察冀军区特务营的一块活招牌。他作战勇敢不怕死，有一次趁月黑风高，独身一人绕开岗哨，摸进一个村子，把三颗手榴弹丢进汉奸张其昌和姘头睡觉的大火炕上，当场炸死了那个作恶多端的顽固汉奸，并且趁乱平安回到营地。原本上级要派一个班完成的任务，他一个人漂亮地完成了，不久他就升为了班长。

一九四三年八月，晋察冀军区的一位首长要到延安参加七大。挑选随队警卫人员时，开始选中了吴登义，随后又把他拿掉，原因是他个子太高，目标大，而且人太瘦，像麻秆，一对一动起手来吃亏。吴登义想去延安，因为党中央在那里。一开始让他去，他高兴得跳起来；后来又不让去，他急得哭鼻子。碰巧在院门口遇上首长，首长问明情况，拍拍他的肩膀头，笑呵呵说道："延安的小米最养人咧。大个子，跟我去吧！"

到了延安不到一年，他果然长了二三十斤肉，成了又高又壮的黑铁塔，当上了排长。刚参加八路军时，他给自己定下的目标是"打跑小日本，回家当工人"；日本鬼子投降后，他又多了个想法，"打倒国民党，解放全中国"。

　　他做梦都没想到，自己这辈子会和仪仗兵联系起来。

　　一九四六年年初，教导旅首长来他所在的营传达联防军司令员的命令，挑选人执行"特殊任务"，专要大个子，一米七以上、年轻、军姿端正、身体没毛病的统统都去。后来又降到一米六五以上都可以。他身高一米八，在全营甚至全旅都是个头最高的人之一，当然不会落下他。

　　一共选出了五百多人，组成一个营，共三个连，对内叫"仪仗营"。对于大多数战士来说，这个称呼是极其陌生的。当时还不知道具体要干啥，反正就是天天训练、会操，反复地练习齐步、正步、持枪、踢腿。

　　他们很快便知道了具体任务：欢迎美国鬼子。

　　任务明确下达后，部队的情绪很大，用吴登义的话说："什么？要我们欢迎美国鬼子？他们可是和蒋介石穿一条裤子的！要我们向敌人敬礼？不干！"

　　教导旅的首长这才告诉大家：马歇尔，知道吗？他可是个五星上将，在国际上很有名，担任过美国陆军参谋长。他作为美国总统杜鲁门的特使，马上要到延安来视察，检查国共两方和美国方面三家共同签署的"停战协定"。马歇尔到重庆时，国民党方面安排了三百多人的仪仗队迎接，阵势很大；他来延安，咱延安总不能比重庆的场面小吧？所以，中央决定由教导旅组织五百人的仪仗队执行仪仗任务。这么做，既可以表明共产党要求和平的诚意，还可以展现我们的强大和力量，同时警告美国政府，如果你们支持蒋介石打内战，我们可不是好惹的！小伙子们，让你们赶上了！

原来是这样。这么一说，大家的思想通了，训练起来都嗷嗷叫。

这将是我军历史上的第一支仪仗队，吴登义被选中担任一连的旗手。

过了不久，首长专程来仪仗营检查，叮嘱大家要不怕苦不怕累，要练就过硬的军容军姿，排出整齐划一的阵容，把咱八路军的优良作风和精、气、神，展示给对方瞧瞧。

首长的训话，令全体人员群情激昂。

三月四日早饭后，天气还很冷，没有风。在延安机场，仪仗营五百名仪仗队员分为三个连队，呈横队排列，每连的排头是连长和指导员，然后是旗组、炮班、机枪班和三个步兵排。战士们紧握着从日寇手中缴获的武器，整齐列队。全营自营长以下，一律着崭新的灰色细布八路军军装，头戴圆筒军帽，缀青天白日帽徽，左臂佩戴"18GA"臂章，打绑腿，穿白袜，黑色布鞋。阵容威武、壮观。

上午十点多，马歇尔等人乘坐的专机徐徐降落。舱门打开，马歇尔步下舷梯，随后在首长的陪同下检阅仪仗队。

"立正！"营长下达了口令。"唰"的一声轻响，战士们昂首挺胸，抖擞精神，向马歇尔将军行注目礼，接受检阅，显示了良好的精神面貌。戴大檐帽、身穿深绿色军大衣的马歇尔频频举手还礼。

这一刻，在一连旗手位置上的吴登义，腰佩驳壳枪，双目炯炯，心潮澎湃，目迎目送首长走过。

此刻他并不知道，这一次仪仗兵的经历，仅仅是他仪仗兵生涯的开始。

全国解放了，根据外交工作的需要，军队筹建仪仗司礼部队，一九五三年六月，正式组建仪仗营。在北京卫戍区警卫一师警卫营担任副营长的吴登义，被选调来担任仪仗营副营长。在此之前，各国大使在中南海怀仁堂呈递国书等外事活动，警卫营都要派人在大门两侧迎送，行举枪礼。

仪仗营成立后，吴登义完成的第一件大事，就是带人护送首长从北京到朝鲜开城，到板门店与美国人谈判并签订《朝鲜停战协议》。当年十一月，金日成访问北京，国家领导人在北京站举行欢迎仪式，这是仪仗营成立后吴登义带队执行的第一场重大司礼任务。这以后，国家所有的重大外事活动都离不开仪仗营，吴登义更是一回都没落下。一九五七年，国家领导人在西郊机场迎接苏联最高苏维埃主席团主席伏罗希洛夫，他就是场上的执行队长。

他无数次担任执行队长，与国家领导人见面的机会最多。领导人常出国，见识广，经常把外国仪仗队的优点、特点带回来供仪仗营借鉴，有一次对吴登义等人说，这种外交场合，太严肃不好，绷着脸也不好，要微笑，当然，笑大了也不好，要似笑非笑，不卑不亢，目迎目送。

"似笑非笑，不卑不亢，目迎目送"，这是上级明确提出来的。他们回营后立即组织部队演练。没有那么多镜子，便安排一组两人面对面站立，一边做着动作，一边互相纠正对方。

后来，关于面部表情，口诀进一步归纳为：两眼居中、面部放松、嘴角上翘、满面春风。一直沿用到现在。

国家领导人出访印度尼西亚回来，说，人家仪仗队有陆、海、空三军，我们也要有。于是，国防部下通知，一直以来只有陆军的仪仗队变成了三军仪仗队，代表了中国人民解放军三军的形象。

吴登义把全部精力都投入到了仪仗工作上，常年捞不着休假，个人问题一拖再拖，三十四岁那年，才结婚成家。他的仪仗生涯中有着无数的辉煌时刻，但是后来他给儿子讲得最多的，却是他的一次"败走麦城"。

一九五七年九月的一天，刚刚担任营长的他率队到首都机场迎接匈牙利总理和保加利亚议会议长，飞机落地，舱门打开，大家都愣住了：两个国家的领导人竟然坐同一架飞机抵达！之前可不是这样说的。

来机场迎接的国家领导人现场拍板，把仪仗队原本进行的两次分列式检阅，合并为一次。这么一来，执行队长吴登义要向两个国家的首脑连喊两遍报告词。

欢迎仪式开始。只见吴登义"咔咔咔"正步上前，庄严地敬礼，准确地把匈牙利总理的姓名、称谓喊完了，却把保加利亚客人的职务给忘了。"议会议长"对于中国人来说，毕竟是个太陌生的称谓。他愣了好一阵，怎么也想不起来，忽然想到我们有全国人大常委会委员长的职务，便稀里糊涂打马虎眼喊道："请委员长阁下检阅！"

任务结束，他自责不已，无比内疚，浑身都被汗水湿透了，木呆呆的，傻了一般，一句话都说不出来。警卫一师的师长过来安慰他，说，不怪你，本来说好的两次检阅嘛。

仪仗重于生命。他还是不能原谅自己，真希望领导劈头盖脸骂自己一顿。少顷，外交部礼宾司的同志走过来，递给他一张字条，说，这是首长给你们改的报告词。

他接过一看，很简洁，没有了国家和人名。外国人名最难记，啰里啰唆的。首长这心操的，真让人暖心。

一九六七年，吴登义恋恋不舍地离开了仪仗营。曾经有过两次机遇，可以到外单位提职，但他都放弃了。这一次，不走不行了，因为他的妻子政治上出了问题。

他妻子是天津人，解放战争时期在天津纺纱厂从事地下工作，新中国成立后到国家纺织工业部工作。她也是个工作狂，个人婚姻大事一直顾不上，三十岁那年经人介绍嫁给吴登义。"文革"开始后，担任处长的她说了几句不合时宜的话，被造反派揪住不放，下放到河南信阳的"五七干校"劳动。由于受到妻子的影响，吴登义已不适宜再在三军仪仗营待下去，况且他年纪已不轻，即使没有妻子的问题，也早该调离了。组织上待他不薄，把他调到警卫一师担任军务科长，"顶风"提了一级，升为副团级。

在吴青江的记忆中，父亲最引以为豪的一次外事司礼活动，是在一九七二年，美国总统尼克松来华访问。这时候父亲已担任警卫一师的副参谋长，迎接尼克松与他本没有关系，据说是领导特地发话，把吴登义叫回来带队训练、组织策划。于是，父亲在离开仪仗营五年之后，再次回到了他熟悉的岗位上。

外国总统级人物来访，一般情况下，仪仗队需上场一百五十人左右。但是尼克松访华实在是太重要了，国家想把规模搞大一点，从三十八军临时抽调了一部分战士，吴登义负责训练他们。

尽管仪仗营训练场地与警卫一师家属院相隔不到一公里，吴登义却足有一个多月没有回过一趟家。那时他妻子在河南劳动，家里只有十岁的女儿青萍和不到六岁的青江。没办法，只好姐姐照顾弟弟，姐姐每天用煤球炉下面条，或者从食堂打馒头吃。天寒地冻之下，有几天烧热水的锅炉突然坏了，停了暖气，姐弟俩夜里冻得受不了，就把煤球炉搬到了卧室。姐弟俩挤在一张小床上。不巧就在这天夜里两人遭遇了煤气中毒，姐姐懂一点常识，意识到不好，勉力下床想打开屋门。在当时住的平房，打开门就没事了。

但她一下床就昏了过去……幸好水泥地板是冰凉的，让她身上又有了一点气力，她使出全部力气，一点一点爬向屋门，然后用小拳头捣门。合该姐弟俩命不该绝，住同一排平房的一位邻居半夜出来如厕，听到动静不对，砸碎窗玻璃救下了姐弟二人。就是那天夜里，吴登义回了一趟家，见没出大事，第二天一早就回单位了。

一九七二年二月二十一日上午十一点多，"空军一号"降落在首都机场，尼克松和夫人走下舷梯，检阅中国人民解放军三军仪仗队。这次共有三百七十一人上场，开创了一个纪录。为展现中国军人的风采，战士们都穿上了最新的71式军礼服，这种衣服原本只配发给师以上的干部，战士们穿上后显得十分威武，给尼克松留下了极为深刻的印象。他后来在回忆录中写道："仪仗队是我看到过的最出色的一个。他们个子高大、健壮，穿得笔挺。当我沿着长长的列队走去时，每个士兵在我经过时慢慢地转动他的头，在密集的行列中产生一种几乎使人认为行动受催眠影响的感觉。"

一年之后，吴登义妻子从河南回到北京，但她想再回纺织工业部上班已无可能，最后经协商，她被安排到石家庄市纺织工业局担任副局长。无奈之下，吴登义脱掉军装，全家就此搬离北京，回到故乡石家庄。

十五岁上高一那年，吴青江身高已经到了一米八四，他很清楚，父亲最大的心愿就是儿子能接自己班，成为一名仪仗兵。父亲一直是他的偶像，他难以拒绝父亲的期望，从上高一起，他业余时间便开始接受父亲的训练，练踢腿，练站立。这两个动作是仪仗兵的基础动作。

半年之后，他就能够一次高标准站立三个多小时，中间绝对不去上厕所，不喝水。上高二时，一次能站立四个小时。父亲严格按照三军仪仗队的训练方法，上场之前，只让他吃几个鸡蛋，喝一杯牛奶。鸡蛋有营养，又不含汤水，自然不担心上厕所。因为喝水少，鸡蛋吃太多，他的肠胃很不舒服，嘴里呼出来的气都是一股难闻的鸡屎味。

一九八四年，他高中毕业，顺利进了仪仗队。离家去北京报到那天，父亲特意让母亲做了几样好菜，打开一瓶老酒，亲自给他斟满一杯，端起杯子，和他碰杯。就在这个时刻，父亲说了一段他一辈子都忘记不了的话——

"儿子，你听好：三军仪仗队代表着三百万人民解放军，代表着我们国家，代表着我们民族。如果解放军是一本书的话，那么三军仪仗队就是这本书的封面。爸爸曾经是其中光荣的一员，现在轮到你了。是几代人接力奋斗，才有了今天，不要到了你这里，败下阵来。"

父亲说完，仰头喝下了酒。他看到父亲的眼角有泪水漾出，但是父亲一转头，抬手飞快地抹去了眼角的泪。一个强大的父亲，是不愿意让儿子看到他的泪水的。

两年后，他完成陪同英国女王中国行的礼宾任务，名声大噪，获得转干的机会。而当时在三军仪仗队，无人知道他父亲曾经是仪仗队的元老。

到现在也没有几个人知道。

熟悉他的人都认为，他的前途一片光明，照此发展，一定会成为一名出类拔萃的仪仗兵。他也暗暗把超越父亲当成了自己的奋斗目标。

然而天有不测风云，就在石家庄陆军学院，大概就是在振杰经常打篮球的那块场地上，原先是沙地，当时刚刚铺上水泥，并不平整。有一天，他们随便组队打球，玩得兴起的他想玩个飞身扣篮，身体飞起来的同时，突然被对方猛扛了一下。他横着飞出去，后背及腰部重重地砸在水泥地上，只听"咔吧"一声，他当即动弹不得，疼得昏了过去。诊断结果很快出来：腰椎压缩性严重骨折。痊愈之后发现，对日常生活影响不大，但他已经不能再从事仪仗兵那般高强度的工作。

他的仪仗梦刚刚开始，就因为这么一个偶然事件，彻底破碎了。伤心过后，他发现，这件事对于父亲的打击，似乎更大。那段时间，父亲经常坐在角落里，半天不动，双目无神，冷不丁搓搓手，捂住两腮，喃喃地对母亲道："唉，都怪我，都怪我，什么都想到了，就是忘了监督他。仪仗兵，不能搞剧烈活动呀……"

军校结业，回到三军仪仗队之后，他不是没消沉过，一想到父亲对他的期盼，就忍不住偷偷掉泪。后来他发现，自己虽然上不了场，但每天能够和仪仗兵在一起，一样有滋有味。于是他重新振作起来，决定干好自己应该干的。中间有过两次机会，可以调到别的单位，他放弃了。三年多前，他到西安政治学院进修，那时，父亲患肺癌已至晚期，时日无多，有一天他从西安打长途电话陪父亲"拉呱"，透露说卫戍区政治部对他颇有兴趣，只要他同意，这边一结业，就可以正式调过去。如果可以干政工，先到大机关锻炼一下，"身价"就不一样了，未来的晋升空间就比较大，比在仪仗大队有前途；仪仗大队只是个副师级单位，干部晋升常常受限。

听他说完，父亲一声未吭，沉默半天，把电话挂了。父亲的心思，他早揣摩透了，还能说什么呢？

三年前的这个时节，他把父亲埋了，跪在墓碑前，仰头向天，仿佛对着父亲并未远行的魂魄，说："爸爸，我想好了，回仪仗队。"说罢，泪流满面。

至于他回去以后的事情，振杰都清楚了。

教导员给他说这些的时候，两人已经回到学校。听完振杰心里沉甸甸的，有一种喘不过气来的感觉。

其实，从站立在老前辈墓碑前敬礼的那一刻起，振杰就隐隐感觉自己触摸到了一种东西，听到了一缕萦绕不绝的回响……

难道这就叫仪仗魂吗？

没给家里写信，也没打电话，振杰搞突然袭击，从县城下了火车，雇了辆农用三轮回到沙岗子村。临近傍晚，他在村头下了车，提着个行李箱，大步往家走。这天是腊月二十三，过小年，远远传来一阵阵鞭炮声，空气里都有了浓浓的年味。

母亲正在家门口的柴垛前扒拉柴火，听到动静，一转头，突然看到他，愣住了，不敢相信自己的眼睛。振杰哑着嗓子叫了一声娘，赶紧过去，傻傻地笑着。母亲眼里含着泪水，一时不知该说什么，只顾着上上下下打量他。他帮助母亲把柴火抱到西厢房锅灶前，看到已经包好了饺子，这才道："这叫回来得早不如回来得巧。娘，够吃吗？"

母亲笑道："够！够！我和你爹猜到你这几天会回来。今天左眼皮老是跳，和面时我就多抓了几把。果然你回来了！"

母亲告诉他，父亲到苹果园里转悠去了，本来这时节没啥活儿要干，可他两天不去园子里转转，就没着没落的。

母亲在西厢房忙活，他洗了把脸，屋里屋外看了看，发现三年过去，家里没怎么变样。进堂屋门时，他习惯性地低头，这才发现屋门已经升高了一截。

母亲在他身后道："去年阅完兵，你爹特意弄的，说你回来再进门，就碰不着脑袋瓜了。"

这让他很有些感动，心里一热，感觉眼眶酸酸的。

堂屋里，八仙桌正对着的墙壁上，贴着一张他和卢天祥等三位旗手前年阅兵时的大幅照片。而旁边挂着的镜框里，有几张他上初中和高中时的照片。

仅仅几年时间，一个人的变化竟如此之大。他望着这些照片，不禁恍然如梦。

这当儿，对门邻居大婶过来借筛面用的细罗，见到振杰，少不得又是一顿夸奖。大婶指着墙上的年历对他说："去年过春节，你娘赶集买了一大摞，送给亲戚邻居，我家也有一张呢！"

黄昏来临。母亲到西厢房忙活着炒菜，他陪在一旁。远远地听到咳嗽声，是父亲回来了。他急忙从屋里迎出来，端端正正地一个立正，叫了声爹。李恒年突然见到儿子，也是吃惊不小，张大了嘴，肩上的扁担都滑落到了地上。

在振杰眼里，以前粗壮威武的父亲，仿佛一下子变老了许多，腰有点弯了，但嘴巴仍然不饶人。晚饭时，母亲先端上来四个菜，打开一瓶老白干。爷俩这是头一回坐到一块儿喝酒。说到大阅兵，父亲还是嫌他不行，大着嗓门道："你那叫护旗手，那中间那个扛旗的叫啥？"

振杰道："军旗手。"

父亲把酒盅一放，两眼放光，说："还是那个好啊！扛大旗，站中间，当大王！你比人家差远了你，啥时候你也当一回军旗手，让老子看看！"

说得一家三口都笑了。

振杰回来的消息风一样传遍了全村，那两天，不少人跑来看"李恒年家的大个儿"，背后也没人再说他是傻大个儿。大伙儿围着振杰问这问那，家里好不热闹，父母为过年准备的烟、茶、糖果、花生、瓜子，很快就消耗光了，母亲催着父亲赶紧再去集市上买，多买点回来。

振杰惦记小土豆，问母亲，肖土平咋样了？母亲说，那孩子过节没见回来，不知出了啥事。振杰当兵之后，二人很少联系，只潦潦草草地通过一封信。振杰上军校的事，相信小土豆是知道的。前年他考上大学，曾经给了振杰很大压力。振杰上了军校，一旦成为军官，等于把压力还给了他。同学间就是这样，一面是友谊，一面是竞争。当兵前肖土平对他的那番鼓励，他还是铭记在心的。

振杰提出到肖土平家走走看看。李恒年拿出两包糕点、两瓶白酒，出人意料地要陪振杰一块儿去。那年因为打碎警车玻璃，两家闹了点小别扭，后来肖土平考大学，李恒年一直觉得被肖家压一头，现在终于可以扬眉吐气了。

父子俩走进肖家院子，肖作生夫妇急急忙忙笑脸相迎，端茶倒水，好一阵忙活。小算盘已经不是村会计了，现在不管谁到家里来，他都高兴，认为别人没有冷落他，何况是李恒年父子。自从儿子走过天安门，李恒年在沙岗子村已不是一般人，这爷俩登门，这得多大的面子啊！

肖作生主动扯起那年打碎玻璃的事，感慨道："恒年哥，当时我就看出来了，振杰这孩子，将来有大出息。为啥呢？他不怕事！他能顶事！比我们这些大人都强！"

这话夸了振杰的同时，好像又隐约贬了李恒年。李恒年脸上挂着不自然的笑。振杰不愿他们再扯这陈芝麻烂谷子事，便问道："肖叔，土平为啥没回家，学校不放寒假吗？"

肖作生道："他们学校跟贵州一个山区贫困县挂钩，老师要带学生去支农，土平报了名，春节就不回了。"

振杰道："叔，从这一件事，能看出来，土平将来一定会很有出息的！"

肖作生道："屁！他不想去，是我逼他去的。我给他讲，人家振杰马上要成大军官了，你再不努力，将来怎么见人家？"

出了肖家的门，李恒年对振杰说："看出来没有？小算盘对你是不服气的，做梦都想让儿子超过你呢！"

振杰说："爹，各走各道，没必要攀比。"

李恒年看他两眼，脑袋一扬道："人这辈子，像猴子上树，上去就不能下来，下来就有人笑话你，你只能撅着腚可着劲往上爬！"

说罢，前头走了。

罗炳鑫张罗着给全家办移民手续，列了时间表。同时罗澜出国留学的事也办妥了，机票也订好了，和同学的告别饭也吃过了。

最后关头，罗澜突然改了主意：不想出去了，在国内读研。

这让罗炳鑫很恼火，也很无奈。他就一个女儿，平时娇惯坏了，关键时候想发火，却发不出来。他知道女儿走火入魔，都是让那个仪仗兵小子给害的。他发誓要给女儿找个好对象，从地球上选最好的。

这天，他托朋友给女儿介绍了一个美国哈佛大学毕业的博士，他父亲是中科院院士，母亲是清华大学教授。小伙子相貌英俊，学业优异，回国创业，前途无量。第一次约会，罗澜感觉对方不错，努力想忘掉李振杰，专心和博士处朋友。但是她很快发现不行，她还是忘不掉李振杰。她与博士友好地分了手，过了好久才告诉父亲，气得老头子瞪着眼睛丁着急。

程菲劝她，不要等李振杰了，刻骨铭心的爱，往往没有结果，一转身就会是一辈子，没有人会在原地等你。罗澜沉默了许久才道："我想，我还是要等。谁让他是第一个走进我心里的人呢？"

其实她一直在赌气，不想再主动搭理李振杰。她给自己定了一个时间期限：如果两年之后忘了他，就算了；两年如果还是忘不了，到时候再说。

程菲本科一毕业就要去洛杉矶，和男朋友双宿双飞。男方是她在人大法律系的学长张鹏，张父是南方某省的副省长，而程菲父亲是该省一个地级市的市委书记，两家算是门当户对。罗澜差不多得有一半的同班同学要出国，她羡慕他们，但她决意不再想出国的事了。

自打大学一入学，罗澜就和程菲成了好朋友、好同学、好闺密，经常是形影不离，无话不谈，好像没闹过什么不愉快。还有人编闲话说，二人有同性恋的嫌疑呢。程菲的离去，让罗澜心里痒痒的，差一点也想拍屁股走人。

程菲走之前，罗澜给她饯行，两人都喝醉了。程菲搂着罗澜的脖子，流着眼泪道："爱情这东西，谁先动心，谁就满盘皆输。亲爱的，我非常后悔，都是我害了你……当初不该领着你去找那个女售货员。如果不从那里要到李振杰的电话，就不会有后来的事了……都是我害了你……"

罗澜叹口气，平静地说："可终归是遇见了，这就是命运吧。菲菲，你不必自责。"

第十四章　归来

两年后，振杰毕业归来，在北京西客站下火车。他一到了出站口，就看到卢天祥和吴青江两位中队领导亲自来接站，这让他很吃惊。

卢天祥不久前当上了一中队中队长。大队原打算把李振杰分到二中队当分队长，吴青江和卢天祥一商量，觉得不行，一中队出去的，必须回一中队。二人想到一块儿了——如果你不好好监督李振杰，这小子也许还会走歪路。还好，没费多少劲，争取过来了。

卢天祥和振杰一见面，就较上了劲。振杰也感到，一见卢天祥，他就暗暗来劲。他曾担心自己不能和卢天祥一个中队，那样他就会没有目标，没有标杆。

似乎他回来，就是为了和卢天祥较劲的。

卢天祥上下打量他两眼，靠前猛地捣他一拳道："小子，先打个招呼，在我手下干，不脱几层皮，不死几回，过不了关！"

振杰信心满满，笑道："中队长，敢回来就不怕。宁可被你折腾死，也不能被你吓死！"

吴青江望着两员干将，心里感到十分宽慰。他以前曾有过担心，一山难容二虎，这两人到一块儿，会不会因为竞争闹出矛盾。现在看来，这担心是多余的，卢天祥担任了中队长，当仁不让地把自己当成了振杰师父，而振杰因为对卢天祥有着本能的崇拜，这二人会在师父和徒弟的轨道上行进多年，相信他们的竞争一定是良性的，可控的。

吴青江已经在教导员岗位上干了四年出头，工作成绩大家都看在眼里，又到了职务晋升的关口。就在不久前，大队长和政委同时找他谈话，说是上级对他考察过了，有两个岗位可以选择，一个是大队政治部副主任，一个是中央警卫局某部门，也是个副团职岗位。警卫局喜欢从仪仗大队选调干部，主要是因为政治上可靠。

上级给他一天时间考虑，他当场就给出了答复：留在这里吧，不想挪窝了。大队长和政委都有些意外，因为在一般人看来，他肯定会选择去中央警卫局。

外调的机会，估计以后不会再有了。不过这样也好，以后就可以不再想别的，老老实实在这里待下去。回到宿舍，他想到父亲，心里生起了一种悲壮的情绪，他一边想着，一边打开一罐啤酒慢慢喝下去，算是对自己的一种奖赏吧。

回营院的车上，吴青江把这个消息透露给了卢天祥和振杰。卢天祥消息灵，大约已经知晓了一点，没有太感到意外。振杰颇有些失落，愣了愣，说："教导员，我刚回来您就走。"

吴青江笑笑，没说什么。

卢天祥道："人家教导员高升，你小子难道不高兴？"

振杰笑说："当然高兴。"

吴青江说："反正又不离开大队，还不照样天天见面。"

没过多久，吴青江告别一中队，把铺盖卷搬到了政治部。走前，他和卢天祥谈过一次话，郑重地说："中队长，李振杰以后可就交给你了。"

卢天祥说："也别全交给我，你不也没离开这里嘛，咱们一块儿带着他往前走，走多远算多远吧。"

振杰回到了一中队，当年他手下的兵已经走得差不多了。陆纪超担任了二班班长，他已经没有了提干的希望，心气儿下来了，要求调到炊事班去，因为在战斗班当班长，压力太大。而且越是老兵，越害怕上场，因为每次执行外事任务的时候，都如履薄冰，甚至有点战战兢兢。刚开始上场的新兵，属于初生牛犊不怕虎，还没有真正意识到害怕，等到成了老兵，有些人就开始害怕编队，因为他们担心失误，哪怕一点点别人没有察觉的、只有他们自己知道的失误，他们都不能原谅自己。如果出现大一些的失误，将是他们一生的遗憾。

振杰对陆纪超说："二班长，我刚回来，教导员先走了，现在你也要走。你小子不够意思，不如陪我再干一阵。"

陆纪超勉强答应了。

他在山西运城老家谈了一个对象，前年探家时接上的头，两人靠书信联系，处得还挺好。去年女方来北京打工，在一家大超市当收银员，两人还是主要靠写信联络，只偶尔打个电话。有一天她路过一座有士兵站岗的营院，抬头一看，门上挂着三军仪仗队的大牌子，这才知道，她单位离仪仗队只有两三公里——原以为北京很大，离得很远呢。

就两三公里远，可是他们一年来居然没有见过面！

她写信把这个发现告诉了陆纪超。陆纪超觉得姑娘是在埋怨自己：你请假出来一趟，真就那么难吗？

振杰上任后，听说了这件事，想办法让陆纪超外出了一次，给了他三小时的假，和对象见了一面。

大队决定从年轻干部中筛选培养执行队长。执行队长也称作执行官，也就是所谓的"天下第一兵"。执行官是仪仗司礼中当仁不让的主角，是检阅场上的灵魂和核心，每次执行任务时要完成四十八个指挥动作、下达三十五个指挥口令，一举一动、一言一行都关系到国家形象，绝不允许出半点差错，只有出类拔萃的仪仗兵才能担此重任。

当执行官，是每一个仪仗兵的梦想，也是一种至高无上的荣誉。

在较长的一段时期里，大队能够上场的执行官，只有两三个人。卢天祥是目前上场的第一人选，最重大的外事活动，他必在位。此外还有两人备选。

卢天祥向大队建议把李振杰当作重点人选之一。柳大队长说，先考察考察再说。

选取执行队长的标准有三：一是长相，二是动作，三是综合素质，尤其是心理素质。这三样，振杰在五个新毕业的学员中都名列前茅。但要当上执行队长，可不是那么顺当的。

炎炎夏日，振杰随战士们一块儿训练。结果一周之内，两次晕倒在队列里。柳大队长很震惊：站都站不住，怎么当执行队长？这还得了！弦外之音是，这个问题不克服，他就没有培养价值。卢天祥认为，振杰上学期间，荒废了训练，刚刚毕业回来，还不适应。

有时，最简单的就是最复杂的、最难的。

他决定亲自训练振杰，点拨他道："你别的毛病都没有，就是基本功还欠火候。人一辈子能有几次这样的机会？必须把这个问题克服了。还是先从站功练起吧！"

有卢天祥这个"魔鬼"训练师监督，振杰没一天好日子过，他说："中队长，我恐怕早晚被你搞死。"

卢天祥瞪圆了眼睛道："死了我给你评烈士！李振杰，说正经的，我们仪仗队'挑战极限、重塑自我、代表三军、体现国格'，这十六个字，你每天必须给我默念一百遍！想当执行队长，你就得比别人多扒三层皮！"

振杰当然也不想就这样被淘汰，他进入了疯狂的训练周期。别人中午休息时，他会特意端着枪上操场，找个光照时间最长的地方站定。

盛夏的操场，没有一点植被，没有一丝绿荫，水泥砖的地面气温常常接近六十摄氏度，温度计在地上放几分钟就会砰的一声炸开。这北京的桑拿天，在外面站一会儿，什么都不干，都会胸闷气短，浑身湿透，很容易就会中暑。

他坚持着，一个小时，他能看到热气从地面袅袅升腾；两个小时，他开始感到橡胶鞋底在熔化；三个小时，他似乎闻到了衣服布料的焦煳味；四个小时，为他掐表报时的人在他面前已经变得模糊不清……

凭经验，他知道临界点到了，一旦停下来就意味着前功尽弃，这四个小时所有的汗水，就白流了！

再坚持一秒钟，再坚持一分钟。默念着这两句话，他开始数秒。他第一次感觉到了一秒钟的漫长。操场边电线杆上的大喇叭里终于传来了悠扬的号声，晚饭时间到了。他已经站了整整五个小时！

这时，卢天祥从别处转到他身旁，吼道："再挺一会儿！"

他感觉到，卢天祥的声音是虚幻的。他想蹲下来，但手和腿脚已经没有了任何知觉。他想喊声"报告"，让人帮他一下，嘴巴居然一时发不出声音，上下嘴唇仿佛锈住了。这时，只听轰的一声，一米八八的大汉像一根柱子般直挺挺地倒了下去，砸在滚烫的水泥地砖上。在军衣与地面接触的瞬间，他的背后蒸腾起了一股水烟……

他脱水了，手掌因为出汗缺水，一棱一棱的，像老树皮一样皱巴巴的。他一连喝下了六瓶矿泉水，瞬间冒出了更多的汗水，全身都湿透了。陆纪超带了两个兵把他抬回了宿舍。

这一次是振杰入伍后在训练场上摔得最重的一次。卢天祥当然对他不满意，冷笑道："才坚持五个小时，连个新兵都不如，再倒一次试试？马上换掉你！我当年站过六个半小时！"

振杰很想休息一天，但卢天祥不同意。第二天中午，他又继续"罚站"。卢天祥仍然时不时过来监督，毫不留情地呵斥他。

罗澜研究生临近毕业，她再次面临选择：出国还是留在国内工作？父母已经拿了美国绿卡，她因为在国内读研，这事一直拖着未办。在父母的百般催促下，她最近提交了移民申请。

最要命的是，这两年，她试图忘掉李振杰，但到最后，她发现，越是想忘掉，越是无法释怀。

这天下午，罗澜漫无目的地开车出门，三转两转，居然转到了三军仪仗队大门口。这地方还是老样子，一点变化都没有，仿佛时光倒流，她隐约看到李振杰从大门里面走出来，挺拔威武，走向自己……

算下来，这时他已经军校毕业了。

犹豫片刻，她下车，走到门卫哨兵那儿，说要见李振杰，他一定在里面。

哨兵当然不放行，让她先往里面打电话。她不想打电话，和哨兵争执起来。两人说话的动静有点大，恰逢卢天祥转过来，问道："怎么回事？"

卢天祥这张脸，很容易被人认出来。突然见到这个著名的"天下第一兵"，罗澜有些兴奋。但卢天祥却亮出了一副"凶相"，冷冷地望着她。

她胆子大，再凶的男人也不怕，坚定地与他对视了一阵子。

卢天祥板起脸道："喂，小姑娘，你叫什么？"

"姓罗，名澜。"

"你是李振杰什么人？"

"是他朋友。"

"什么性质的朋友？"

"女朋友。怎么了？"

卢天祥哼了一声，摇头道："李振杰从石家庄毕业后，分到别处去了。"

她不干了，责怪卢天祥骗她。她说她早已托人打听过，李振杰从石家庄毕业后回了这里。

卢天祥不好意思地一笑，说："情报还挺准的。"

她道："李振杰以前是战士，不能在驻地恋爱，这我知道。现在他提干了，有了恋爱权利，如果你们还阻止，我要到卫戍区反映这个问题——干涉人家恋爱，是违法的！"

卢天祥只得说道："好好好，小姑娘，我辩不过你。但是李振杰在训练，训练时间不见客。这是规定，对不起了！"

李振杰果真在里面！她心中窃喜——刚才自己是诈对方的，哈哈，他上当了！

既然知道他近在咫尺，那么她还会退缩吗？都等了两年多了，不能白等！

于是，她扬言：明天再来。明天如果不让见，她后天再来。她要发扬愚公移山精神，一直到见上为止，否则决不罢休！

说罢，罗澜扭头走开了。

卢天祥摸摸下巴，对哨兵，又像是对自己说："这个女孩子，能干成大事。"

就在这一天，振杰坚持了五个半小时，好在没有摔倒，他不让战士扶，自己慢慢下了操场。卢天祥心里略微觉得满意，但嘴上还是不满意。

次日，振杰继续"罚站"。

罗澜说到做到，果真又来了。哨兵把电话打到一中队请示。电话里，卢天祥还是不让见。

这一天，振杰坚持了五小时五十分钟，进步明显，而且状态明显强于以前。

卢天祥感到满意，鼓励振杰继续。并且说，明天可能会送给他一个"礼物"。

振杰套出了卢天祥所说的"礼物"，是让罗澜进来和他见面。其实，这几天他虽然在操场"罚站"，但耳目还是有的，昨天就有战士把"大门口一个漂亮女孩点名要见他"的消息私下报告给了他。他没怎么往心里去，因为太疲惫了，回房间扒拉几口饭就沉沉睡去了。

从卢天祥嘴里听到罗澜的名字，他顿时愣了，有点犯晕。没想到两年过去，罗澜还没有忘记他。熄灯后，他疲惫地躺下，没有睡意，回想起和她的过去，感慨、犹豫、矛盾，心情复杂，不知所措。他爬起来走到中队长宿舍门口，敲开门，告诉卢天祥，他不想见她，他们不合适，请不要放她进来。

卢天祥欲言又止，没有表态。

第二天，罗澜来了。此时，振杰已经在操场上站了接近六个小时。卢天祥没听振杰的交代，亲自到大门口把罗澜迎进来，带她到操场一角，看振杰能坚持多久。

罗澜已经认不出振杰了，他那么黑，那么瘦，脸是花的，嘴是烂的，像是历经了千里万里的跋涉，形容枯槁，疲惫至极，和她以前头脑中那个英姿勃发的男人，完全是两个人！

她怔在那里，怎么也控制不住，哭了，泪水无声地流了下来。

此刻，振杰已经在微微摇晃，几欲摔倒。他用余光看到了罗澜，但看不真切。仿佛有一种力量支撑着他，使他不想在她面前露怯，于是他咬紧牙关坚持着⋯⋯

罗澜小声地喊他停下。

他不听。

罗澜转而小声央求卢天祥，让振杰停下来。卢天祥根本不搭理她。时间一分一秒过去，振杰坚持到六小时十分钟，摇晃得厉害，但他不能摔倒，如果摔倒就算是失败！极限到了，他要求停止。

这一天，卢天祥点点头，还算满意地背着手走了。

晚上，在营门对面的餐馆里，罗澜给振杰点了一桌子的好菜。就他们两个人。

他本来不想出来，中队长硬逼他出来的，特批了两小时假。还帮他找了个理由：好好填填肚子，明天还要继续。

是的，这时候可以继续他们的过往了。

但是，时过境迁，还能回到从前吗？

他拿不准。

恐怕她也拿不准。

他在心里叹口气，对自己说：唉，先当一般朋友处处吧。

一桌子的菜，振杰没吃多少。他情绪不高，感觉自己快要支撑不下去了，有一种要下地狱的感觉。他承认自己不是中队长的对手，差太远了。开始后悔当初没听她的，早点放弃就好了——嘴上没说得这么直接，但是意思传达到了，罗澜何等聪明，不会听不出来。

他以为罗澜会和先前一样，劝他离开三军仪仗队。

没想到罗澜的态度来了个一百八十度急转弯，对他说，行百里者半九十，如果能撑住，一定要坚持下去，绝不能败给卢天祥，绝不能半途而废！就是走，你也要打败卢天祥再走！

这让振杰立马对她刮目相看。

振杰没有退路，只能咬碎牙坚持，再坚持。这种"自虐式"的训练，他坚持了一个多月，除了战酷暑，战蚊虫，有时也战狂风骤雨、电闪雷鸣。只要上了操场，他就横下一条心，像当年老班长那样，除非死了，绝不言放弃！

自从见过罗澜，他再也没晕倒过。这让卢天祥感到很踏实。

最后那天，快到六小时三十分钟时，很多人自发来到操场上，看振杰创纪录。还有很多人在房间里，透过窗户往外看。

从中午到黄昏，他像钢针一样扎在那里，眼神死死地盯着正前方一个地方，像极了一座铜浇铁铸的雕塑。

罗澜也来了，她怕影响他，来到楼上中队部，隔窗而看。

时间像蜗牛爬行一样缓慢。振杰感觉时间已经奈何不得他了！最终，他挺立了六小时三十一分钟，超了卢天祥一分钟，成为全大队有史以来站功第一人！望着操场上屹立不倒的李振杰，很多人都湿了眼睛。

卢天祥走上前，拥抱了振杰。

这是仪仗队里两个最优秀男人的头一回拥抱。卢天祥不因振杰超越自己而不快，他真心为振杰高兴，为他骄傲。而此时，振杰也从内心里把他当兄长，从此以后把他当成了最贴心的朋友。

楼上房间里的罗澜，眼见此情此景，更是忍不住呜呜地哭了起来。

第十五章　执行官前传

振杰在向担任执行队长的道路上大步迈进。然而，卫戍区司令员见过振杰后却不满意，说："你们把他当成执行队长的苗子培养，有一个条件你们没考虑，这孩子身子太单薄了，体现不了我中华大国的威武雄壮。"

振杰体重只有一百五十多斤，确实偏瘦弱。大队党委专门为他开会，研究决定：李振杰要增肥，一是减少运动量，他必须停止打球、跑步等高消耗运动；二是每天给他增加一斤牛肉，他什么时候想吃东西，想吃什么，炊事班随时保障。由一中队队长卢天祥和教导员孙哲负责监督他增肥。

振杰不喜欢打牌、下棋等坐着不动的活动，他喜欢动，闲不住，业余时间打打篮球，活动一下筋骨，是他的最爱，一天不碰，手就痒。"禁球令"后，他度日如年。一天傍晚，看到战士们打球，他按捺不住，溜进场上打起球来，碰巧被柳大队长看到。大队长立即叫人把卢天祥、孙哲叫来，劈头就训："怎么能让李振杰打球？你们这是对国家不负责！以后再让我看到他打球，你们中队今年什么荣誉都不要想！"

每天一斤牛肉，一开始让振杰喜不自禁。"催肥"初期，中午和晚上各半斤酱牛肉，他总能一扫而光。大队长来检查，看到他狼吞虎咽，甚是满意。但两个月内把六十斤酱牛肉吃下去后，他由狼吞虎咽变成了细嚼慢咽。吃到第三个月，他一见到牛肉胃里就泛酸水。吃牛肉对于他已经由一种莫大的享受变成了一项最难受的事情。大队就让炊事班变着花样做牛肉，红烧、葱爆、水煮、烧烤，只要能想出来的花样，炊事班都会设法做出来。

最难熬的是晚上。除了完成半斤牛肉，还要按规定吃一碗方便面、两根火腿肠，吃完还要按规定在九点半之前上床睡觉。这一切由教导员孙哲负责监督。孙哲是个心细的人，振杰吃的时候他要全程观摩，吃完他还要逐一检查包装袋和方便面碗，看振杰落实指示有无折扣，然后坐在床头看着他入睡。

增肥后期的振杰痛苦不堪，这种滋味比他上场站立六个小时都难受，让他总想抵制。卢天祥道："现在你该明白我是怎么过来的了吧？我只想告诉你，执行队长的身体完全不是自己的，需要你瘦你就得瘦，需要你胖你就得胖！"

为了帮振杰增肥，罗澜愿意发挥积极作用。她时常把振杰约出去饱餐一顿。虽然卢天祥和教导员孙哲不希望振杰老是出去，但是人家罗澜以帮助增肥为由，他们也不好不准假。

振杰渐渐变"肥"了，体重达到一百八十斤，显得威武雄壮了，确实更像个堂堂男子汉了。罗澜对振杰的变化，感到非常满意，看着他时满眼都是爱意。振杰承认，在增肥的过程中，罗澜是个催化剂，起到了重要作用。

增肥过程中，振杰一直在练习军刀礼。

仪仗队的军刀礼是迎宾礼坛上的最高礼节。仪仗司礼场合，执行队长最主要的动作就是完成军刀礼。据了解，世界各国的仪仗队指挥官完成军刀礼，收刀入鞘时，都是低头看着刀鞘。中国仪仗队执行队长在做这一动作时，一律要求目不斜视，不能低头。这是三军仪仗队对执行队长不成文的要求。

这样做最大的优点是动作流畅，可以如行云流水般一气呵成，没有停滞，给人毫无瑕疵之感，有点像武侠作品中所谓的"快刀客""神剑手"，潇洒至极；最大的缺点是风险大，容易失误。

因为有这个要求，你只要上了场，就必须凭感觉将一千六百五十克重、一千一百毫米长的军刀精准插到三十毫米宽的刀鞘里，不容有丝毫差错。

卢天祥反复提醒振杰，人刀合一最重要，要细细体会。他讲过几遍要领，做过几次示范以后，就当起了甩手掌柜，说："过去有句话：师父领进门，修行在个人。该说的都说了，要想做好它，没别的窍门，就一个字：练！"

振杰第一次尝试出手，就把左手背划破了，流了不少血。罗澜听说后，脸都吓白了。

如果说前面练习站立，他有畏难情绪的话，那么这一次，就更加让人心惊肉跳，因为随时会面临流血受伤。

头几天，一连挨了好几刀，振杰的左手已经肿得握不住刀鞘。晚上他一个人坐在篮球架下琢磨要领，越琢磨越感到"委屈"——同样是当兵，有人不费力气，轻车熟路，干好本职工作就可以。而自己呢，非要走这条从军路上最难走的路。"天下第一兵"，那得什么人才能获此称号？离任的老大队长成敬捷是一个，面前的卢天祥是一个，这都是什么人？神人也！自己呢，山区的穷小子，能成为一名军官，在首都当兵，用乡亲们的话说，已经是祖坟上冒青烟了，还能怎么样呢？

他正这么胡思乱想着，突然听到背后有动静。他知道是吴青江副主任过来了。吴青江住在与这儿一墙之隔的家属院，他爱人是中学教师，儿子上小学。当教导员时，他整天泡在中队，很少回家，到机关当副主任后，不用天天守办公室，回家次数多了，但他还是会隔三岔五回趟中队，找人聊聊天。他跟振杰聊的次数比较多。

吴青江坐下来。他知道振杰正练习军刀礼，就问他："你知道现在这个收刀入鞘的动作是谁最先使用的吗？"

振杰摇摇头。他对三军仪仗队历史的了解，仅限于吴青江讲述的他父亲的故事。

"是从卢天祥这儿开始的。"吴青江说。

香港回归之际，中英两国仪仗队同台亮相。在现场，两国仪仗队是不比武的比武，是不较量的较量。到底谁更有风采，谁更能展现国威军威，大家都在期待着。

一句话：到底谁更牛！

被确定担任执行队长的卢天祥想出一个出奇制胜的绝招。他通过各种途径找资料，琢磨英国礼兵的每个动作。他看到的资料上，英国指挥刀挂着穗子，而自己的指挥刀很简洁。

指挥官离不开指挥刀。他琢磨，能不能从刀上做文章呢？凡他所能看到的，所有国家的执刀者都是目送军刀入鞘。要是能够不盯着军刀收刀入鞘，军刀礼不是更洒脱、更漂亮吗？

此时的他灵光一现！

想到就要做到。他开始练。第一次收刀入鞘，他"哎呀"一下，左手食指削掉了一块皮，流了血。

他深吸一口冷气，开始有点动摇了——万一练了半天练不出来，怎么收场？

可就这么放弃，又不符合他的性格。他就是喜欢挑战，干出别人干不出的事情来。

一天一天坚持练下来，果然大有精进，他的动作越来越熟练，越来越轻松。到后来，他用毛巾捂住眼睛进行"盲练"，成功了！

香港回归仪式前几天，按照程序，卢天祥会见英国皇家卫队执行队长琼斯中校。卢天祥本着礼节，善意地先伸出手。没想到，英国人傲慢地视而不见，转过身，自顾自地亮出一套军刀礼。

这就是无声的挑战啊！

现场有多国的媒体记者，气氛一下子变得紧张而尴尬，想看笑话的不在少数。

众人都望着卢天祥。只见他从容地收回手，半转身向记者们行了个标准的中国军礼，紧接着，唰的一声抽刀在手，寒光闪闪之间，令人眼花缭乱地完成了一套干净利落的军刀礼。

收刀的时候，他举刀的右臂，有意地停顿了几秒。所有的目光都聚焦在他手中的指挥刀上，现场鸦雀无声——只见他目不斜视，面带微笑，唰的一声，收刀入鞘，动作无比地洒脱自如！

中国的指挥官，太帅了！

在现场响起的惊叹与欢呼声中，卢天祥再一次友好地向琼斯中校伸出手。对方明显被他震慑了，不自然地笑着，赶紧与他握手。

一场交锋，就这么过去了。第二天，香港报纸刊登大字标题：中国的指挥官战胜了英国的指挥官。

交接仪式结束后，琼斯中校将自己指挥仪仗队用的手杖送给卢天祥，还在铜牌上刻下卢天祥的汉文名字，表达他对中国仪仗队的由衷钦佩。由此，卢天祥被誉为"军中第一刀"。

振杰想，卢天祥并没有比自己多长三头六臂，既然他能做到，自己为什么不能做到？

他不再有任何畏惧之心。

振杰练习军刀礼，主要靠业余时间，前后持续了近一年时间。他是分队长，手下三个班的很多工作离不了他，几乎每周都要编队到天安门广场等外事场合执行任务，那才是最重要的。

为了练精确度，起初，他经常被军刀扎到手背。他白天蒙上眼睛练，晚上关着灯练。他的左手手背旧疤连新伤，光被血洇透的白手套就扔掉了二百多双。右手掌心磨出的老茧，后来一直像铁甲一样厚实。

练习流畅度，是最重要的环节，拔刀、立刀、托刀、撇刀、举刀、刀入鞘等一系列动作必须在八秒之内完成，这是铁的规定。这需要手腕具有超强的爆发力。为这八秒钟，振杰每天要挥刀一千七八百次。起初，他的右臂肿得像小腿，右手拿不住筷子，只能用左手吃饭。由于经常使用右臂，他的右臂明显比左臂粗很多。

有一天，卢天祥发现了他这个明显的"缺陷"，知道火候差不多了。

除了军刀礼，对执行队长的嗓音和眼神也有着特殊的要求。

嗓音必须洪亮。洪亮到什么程度？必须在军乐、礼炮甚至飞机起降的轰鸣声中，让广场上二百米内的每个人都清楚听到。这项工作，表面上看只是动嘴皮子，但要达到规定的标准并不比练站立、踢正步和军刀礼容易，绝非一日之功。

卢天祥的嗓音，平时执行任务，在比较安静的场合，也许觉不出啥。但是在那种非常嘈杂的地方，你听一嗓子，马上就会觉得他太牛了。那一年，中非合作论坛北京峰会期间，任务一场接一场，最多的一天仪仗队执行了十九次任务，每次都在首都机场举行。机场四周空旷，风力大，有时刮得人眼睛都睁不开，对口令的干扰可想而知。

埃塞俄比亚总统来的那天早上，当总统从舷梯往下走时，正赶上不远处一架飞机起飞，巨大的引擎声，加上当时的风力达五六级，如果用平时正常报告的语气，总统很可能听不清楚；编队的战士一旦听不到口令，持枪动作难免会出差错，就会造成队伍混乱，而周围记者的"长枪短炮"齐刷刷地对着他们，将会给国家声誉造成不可挽回的影响。在场的人都为卢天祥捏了把汗，把心都提到了嗓子眼。只见他憋足劲，用极为洪亮的嗓音高喊道："总统阁下！中国人民解放军三军仪仗队列队完毕，请您检阅！"

他的声音，穿透了飞机轰鸣的引擎声和呼啸的风声，精准地传到了贵宾和队友的耳中。

振杰就在队列里，他佩服得五体投地。

也只有卢天祥能胜任他的指导老师。

第一次听完振杰的口令后，卢天祥直皱眉头：这样的嗓音太大众化了，基本没有什么天赋可言。这种嗓音若是放在其他部队的指挥员身上，算好的，但作为仪仗队执行队长显然差太远，声音干涩、底气不足、没有穿透力。

这意味着，振杰要想练出"金嗓子"，必须付出超常的代价。卢天祥决定从零开始打造振杰的嗓门，教他"头腔共鸣、腹腔运气"的发声技巧，并要求他坚持置身在模拟的飞机轰鸣声、火车行驶声、下雨声等环境里，反复练习口令。

"要想嗓子好，一年三百六十五个早。"从那时起，振杰每天早起练嗓子。

这年冬天，降下了第一场雪。一大早，卢天祥就把振杰撵去操场，用双手捏实一个雪球，让振杰戴上皮手套，然后交给他，让他双手握住，举到离嘴三十厘米远的地方。

振杰不解，这是干什么？

"对着哈气，什么时候雪球在手里握不住了就什么时候回去。"

振杰握着鸵鸟蛋一样大的雪球哈了几口气，发现热气一停，刚要融化的地方又重新冻住，而雪球毫发无损。刺骨的寒风吹得他眼角流泪。他的心里开始发怵，咕哝道："这鬼天气，把它化了，怎么可能？"

卢天祥说了一句他从小就听老师说过多少遍的话："只要功夫深，铁杵磨成针！"

振杰点点头。他按卢天祥教授的方法，从丹田运气，一口接一口不间断地往外哈气，果然看到雪球在慢慢变小。

振杰把雪球由"鸵鸟蛋"变成"鹌鹑蛋"，共用了一个半小时。

那天，官兵们出完早操，整理完内务，吃完早饭从食堂出来，发现振杰还站在操场上，攥着雪球在哈气。不知情的人还以为他受了什么刺激。

这以后，地上没有了积雪，卢天祥每天让炊事班冻一个冰球，一大早就让振杰把冰球提溜到操场上，不间断地练习。一段时间的呼气练习后，振杰的底气明显足了，"呼"掉一个冰球的耗时由一个半小时减到了五十分钟。

到后来，"哈冰球"已不过瘾，振杰还用过另一个道具——冰脸盆。这也是卢天祥传授的秘诀：用脸盆装满水放在室外冻成冰，第二天出操时让一个战士举着，振杰就对着冰面连续地喊口令，三十五个口令，一个小时反复地喊。这招名叫"声音穿冰"的绝活能解决两个问题：一是能让振杰通过冰面的反射作用听到自己的嗓音，做到心里有底；二是冰面光滑，可以练声音的穿透力。

晚上的时间他也不放过。怕影响别人休息，他跑到洗澡间关起门来，把头埋在水盆里练吐气，直憋得胸部生疼，眼珠子似乎都要鼓出来了。那段时间，振杰的嗓子每天都要喊哑，喊出血丝，吃润喉片成了家常便饭。

他有一段时间练过了劲，损伤了声带，说不出话来。罗澜跑来见他，他只好打哑语做手势。她以为他闹着玩，一个劲儿地乐，后来见他真说不出话来了，又非常着急。

经过半年多的苦练，振杰终于练就了一副"铁嗓子"。

眼睛是心灵的窗口。执行队长的眼睛要善于传神、精于示意，准确地向来宾传递中国军人的威武雄壮、善良友好、坚定自信。这双眼睛，要求风吹不眨，沙打不眯，虫叮不闭，眨眼的频率至多是一般人的四分之一或五分之一。

为了练眼功，振杰几乎想尽了办法。起初练瞪眼，练着练着，上下眼皮的神经就失控了，打起架来。听说在强光下练可以提高效率，他索性将双眼对准火辣辣的太阳，或者屋里的强光灯。不一会儿，眼底便感到酸麻、胀疼，泪水一滴接着一滴往外冒。两个小时过后，他觉得脑袋发胀，眼冒金星，站都站不稳。

后来，他还多次站在铁路边，对着迎面而来的火车"折磨"自己的眼睛。

练到最后，他的双眼能轻松做到千秒之内不眨一次。罗澜不相信，拿着表看他能坚持多久，他居然能坚持十多分钟。而她自己，连一分钟都坚持不了。

振杰离一个合格的执行官，已经很近了。

卢天祥感慨，等把振杰培养出来，他就逐渐退居二线，减少出场次数，把重要任务留给振杰。这些年当执行官，他压力太大，就怕出一点点差错。

振杰即将上岗，他跃跃欲试。他永远忘不了，老班长曾经再三叮嘱他，好好干，以后争取把卢天祥手中的那把刀夺过来！他自己也曾暗暗发过誓：夺他的刀！

现在，他离"夺"过那把刀，只差一步！

第十六章　执行官无法上场

　　振杰和罗澜的关系迅速升温，正式确立了恋爱关系。罗炳鑫对这个未来的女婿印象不错，虽然中途闹过别扭，自己很生气，但现在已冰释前嫌，女儿还像以前那样喜欢他，他不好再阻挠。

　　往深一步讲，老罗没有儿子，只有罗澜一个女儿，与其说他想寻一个好女婿，倒不如说他想寻一个好接班人，将来万贯家财托付给谁呢？人财两失，那可是最要命的！"炳鑫"的摊子已经不小了，总公司设在北京，广州、重庆、美国纽约都设有分公司，老罗想早一点着手培养接班人，没想到让这小子给闪了一下。

　　老罗转念又一想，虽然这小子没乖乖听罗家安排，或许以后也不会按罗家指的路走，但他毕竟是有头有脸的军人，是国家重点培养的仪仗队执行官，能经常见到国家领导人，被誉为"天下第一兵"，有这样的女婿给他长脸，他甚至希望振杰就这么一直干下去，直到当上将军。

　　想想也是，先顺其自然吧。

　　那段时间，罗澜最大的心愿就是能够在电视里看到振杰担任执行官上场的那一刻。为此，她把家里的电视机换成了市场上能买到的最好的品牌和最大的尺寸。

二〇〇四年初冬的一天，东南亚某国总理来访。大队决定，李振杰正式亮相，担任执行官。

为了这一天，振杰付出了太多。他精心准备，等待上场。两次在操场上预演，他发挥得都不错，卢天祥也带他去天安门广场实地察看过。

然而出发前，上级保卫部门突然来人，指出李振杰现任女朋友的父母已拿到美国绿卡，具有移民倾向，且很多背景情况搞不清楚。李振杰这时候上场担任执行官，显然不合适。

大队临时决定，撤换李振杰，仍然由卢天祥上场。

这对振杰是当头一棒！让他欲哭无泪。

晚上看《新闻联播》的时间，他把自己关在屋子里，拼命练军刀礼，不搭理任何人。卢天祥过来敲门，他就是不开。

这天晚上，罗澜和父亲也是兴致勃勃地收看《新闻联播》，为此老罗推掉了一个重要的应酬，回家专心看电视。然而他们从电视里看到的，仍然是卢天祥担任执行官，根本不见振杰的踪影。而就在几个小时前，振杰已经委婉暗示过罗澜，今晚有重大任务。她猜出这回振杰一准要上场的。

怎么回事？罗澜打他手机，关机；打中队座机，文书说他不接电话。她一夜无眠。

这是以前没有考虑到的——如果与罗澜一家的关系不撇清，李振杰可能永远没有上场的机会。柳大队长让他慎重考虑与罗家的来往，两年多的苦练，到底为了什么？他不能上场不仅是个人的损失，更是三军仪仗队的损失，不能让组织上为他白白浪费心血！

卢天祥气得够呛，私下骂保卫部门，罗澜父母拿美国绿卡都两年多了，早干什么去了？为什么不早点提醒？弄得这么被动。

吴青江此时已经担任了大队副政委，分管安全保卫工作。他专程去卫戍区保卫部门请示：如果罗澜不出去，仅仅是她父母出去，还会影响李振杰吗？人家回答说，这个问题现在成了焦点，谁也不敢打包票说没事，真出了事，谁也负不起这个责。

说来说去，振杰还是不能上场担任执行官。

吴青江犯难了。众人都看在眼里，两人恩恩爱爱的，人家小罗从来没有拖李振杰后腿，一直支持他的工作，突然遇到一个坎，你总不能直截了当命令他和小罗"吹灯"吧？两人已经吹过一回，差点把李振杰搞垮，难道这回又要强行拆散他们？

吴青江和卢天祥、孙哲三人聚到一起，商量了一个晚上，拿出的意见是，让振杰自己考虑，组织上不过多干预。

几日后，振杰主动约罗澜见面。罗澜开车过来，他们哪儿也没去，就在车里交谈。他把一个厚厚的信封交给罗澜，说是她以前请客花的钱，现在还给她。

罗澜顿时愣住了！

振杰不想有任何隐瞒，和盘说出了自己的想法：他们真的不合适。他是个农村孩子，父母在乡下种地，没人瞧得起，他来前什么也不是，就是个调皮捣蛋的熊孩子，人见人烦，如果不当兵，肯定在家种苹果呢。来后，靠部队支持，靠耿班长和吴青江、卢天祥的帮助，成了所谓的明星兵，上了画报，上了电视，经常收到来信，又被提拔当了军官。而很多比他好的士兵，就像耿班长那样的好兵，却没有这个机会，复员回到了农村。现在走到这一步，他只能一条道走下去。他想顺顺利利走下去，不想再惹什么麻烦，不想让自己和仪仗队其他人的心血白费。而她呢？在外人眼里，家境、背景都太神秘、复杂，他们认识，本身就是个错误，如果他不当仪仗兵，她能爱他吗？恐怕都不会正眼瞧他一眼。他现在的一切，都是三军仪仗队给予的，他不想辜负仪仗队。这两天，因为他没能上场，因为他以后不知有没有上场的机会，很多人看他的眼神都是不对的，仿佛他惹了众怒，辜负了所有人。现在他才知道，不仅身体，而且连爱情都已经不属于自己。

罗澜已经获悉是自己的家庭背景影响了他，感到十分抱歉，因为她此前并不知道会这样，出国的那么多，恰恰她一家不能出国？振杰早做了准备，不想被她牵着鼻子走，自顾自地说了下去，说他们就像是在两条道上跑的车，虽然偶有相交，但终究要各走各的路。他感谢她这几年的陪伴，请她原谅并理解他的决定。这是个无法改变的决定，虽然痛苦，但长痛不如短痛，这就是命运吧。他希望罗澜赶紧和家人一起出国，发展自己的事业。留下来和一个"个儿高无脑"的仪仗兵一起，除了吃苦，除了忍受孤独，除了得一个不实惠的虚名，还能得到什么？

看着振杰决绝的脸色，罗澜知道他的这个决定眼下已难以挽回，几乎一句话没说，也没有流泪，只是久久地沉默着，沉默着，平时能言善辩的她，思维仿佛停止了。

不知过了多久，振杰和她握了一下手，要下车。她从他手里抽出自己冰凉的手，脸伏在方向盘上，从后视镜里看到他越走越远，越走越远，最后不见了。

这年年底的一天，下午三点，人民大会堂东门外广场举行仪式，欢迎欧洲某国总统。振杰终于迎来了人生中第一次执行队长的正式亮相。柳大队长对他说："去了检阅场，你就是场上的灵魂，你代表的就是中国。"

但是这一次，他却差点演砸了。

接过沉甸甸的军刀，振杰心潮澎湃，他所付出的，终于有了展露的机会。一定不能有丝毫差错！可越是这样想，就越容易出差错。一到现场，军乐队的现场演奏、地上铺着的长长的红地毯和正紧张奔走的工作人员，一下就让他没了感觉，有点慌神，心也提到了嗓子眼。现场预演和平时模拟演练时重复了无数次的口令变了调，练习了无数次的动作也感觉变了形。天气寒冷，他却额头直冒汗。尽管他心理素质算好的，但毕竟是人生第一次经历这样的大场面啊……

怎么办？情况紧急。柳大队长、吴青江和卢天祥等人聚在一起商量。大队长吩咐卢天祥先做好上场准备，然后征求他的意见："换不换？"

卢天祥犹豫片刻，一咬牙道："我相信李振杰。"

吴青江赞许地冲他点点头。

执行官第一次上场非常非常关键，如果成功，以后会一顺百顺；如果失败，他以后的心理压力会更大，半途而废的可能性也不是没有，等于白培养他了。如果现在把他换下来，等于宣布他第一次的失败。所以卢天祥和吴青江宁愿让振杰顶着压力上，而不希望撤换他——但这要让领导承担更为巨大的压力，如果他上场出了差错，演砸了，大家就都等着吧！

大队长从卢天祥的眼神里读出了信心，郑重地点点头。吴青江紧接着走到已经冷静下来的振杰面前，握着他的手说："李振杰，要相信自己，我们都认为你是个优秀的执行队长，都对你有信心，相信你一定能完成任务。中国仪仗兵，永不服输！"

众人期待的目光，让振杰红了眼圈，他极力克制着自己的情绪，鼓起勇气，握紧拳头，心中默念道："中国仪仗兵，永不服输！永远争第一！"

国家仪仗司礼活动通常分为三种规格：第一种规格是由一百五十一人组成的陆海空三军仪仗队，主要迎接国家元首、政府首脑；第二种规格是由一百二十七人组成的陆海空三军仪仗队，主要迎接国防部长、参谋总长；第三种规格是由一百〇一人组成的单军种仪仗队，主要迎接外军的军兵种司令。今天属于规模最大的一种。

两点四十五分，三军仪仗队入场完毕。站立在长长的红地毯上，振杰稳住情绪，静静等待。当迎宾进行曲那热情而欢快的旋律在耳畔响起来时，说也神奇，他完全恢复了镇定，找到了平时练就了无数遍的那种饱满状态，满脑子都是检阅的动作和流程，根本就没有时间紧张。

他找到了自己的魂！

这位欧洲国家的总统第一次踏上中国的土地，有上百名记者围在红地毯周围，场面盛大。三时整，一辆加长的高级轿车在国宾护卫队的簇拥下，来到人民大会堂东门外广场，国家领导人及夫人与来宾夫妇亲切握手。两位领导人彼此介绍了出席欢迎仪式的嘉宾，然后两人友好地微笑着走向检阅台，两位夫人远远站在检阅台后面的红地毯上。

仪式开始，二十一响礼炮伴随着国歌奏起，响彻在人民大会堂东门外广场上空。紧接着，振杰上前，利落地完成军刀礼，然后以洪亮的声音、标准的动作向总统报告："总统阁下！中国人民解放军三军仪仗队列队完毕，请您检阅！"

做这一切的时候，他的目光与总统对视着。他从对方的眼神中看出了对中国军人的由衷赞许，他的眼神则热情大方、不卑不亢。一瞬间，他的目光与国家领导人的目光相遇，这一刻，他有一种震慑心灵的感动，一种无法用语言表达的感受，特别神奇，不可思议，宛若梦境。

报告完毕，两国元首互相打着手势，在检阅曲中走下检阅台，顺着红地毯缓缓走向队列。振杰陪同在侧，看到战士们的精神面貌非常好。这一刻，领导人与士兵用眼神交流，虽然没有语言，没有手势，但这是人与人之间最简捷的交流方式，平等、友好、近距离。这也正是检阅的魅力所在。

检阅完毕，两国领导人走回检阅台。分列式是重点，在振杰的引领指挥下，三军仪仗队堪称完美而辉煌地走完了一百五十米的距离。

仪式终于结束了，广场上安静了许多。振杰出色地完成了自己的第一次，他合格了！这个第一次，非同寻常，将会永远镌刻在他的心中！

大队长、卢天祥、吴青江等人，这才松了一口长气。

卢天祥手心里的汗一直往下滴淌——这些年来，他数百次担任执行官，似乎从未这样紧张过，心口窝一直怦怦跳。振杰下了场之后，卢天祥上前猛烈地拥抱了他一下。众人都向他表示热烈祝贺。

振杰红着脸，像个小姑娘一样羞涩地笑了。

那天晚上的《新闻联播》，罗澜从头看到了尾。虽然不再和振杰联系，但她看《新闻联播》的劲头反而更大。有时她恨自己"没出息"，但又实在控制不住。振杰能够上场，说明他"过关"了，她心里的一块大石头终于落了地，为他高兴的同时，也盘算着自己的未来。

那晚老罗也在家，父女俩一块儿看电视。罗澜已经把和振杰"吹灯"的事告诉了父亲。老罗看清电视上是李振杰后，不耐烦地嚷嚷换台，说道："我不想看见这个家伙，死脑筋不知好歹！"

罗澜决定和父亲"摊牌"，她让父亲决定，是全家要美籍华人的身份，还是要这个小伙儿做女婿？老罗知道女儿心里放不下这个家伙，想了想，咕哝道："都要。"

罗澜道："只能选其一。"

老罗停了好一会儿，抽完半截雪茄烟，才道："那我要身份。我到哪儿不能选个好女婿？非要在他一棵树上吊死？笑话！罗家不能被这小子绑架，传出去，多不好听！"说罢，老罗很烦躁，起身离开客厅，去了书房。

第二天早晨，在餐桌上，罗澜向父母"摊牌"：她要撤回移民申请，她不想离开中国。

她母亲于素琪比较开通，早就放话，你想爱谁爱谁，想在哪在哪，她都没意见，不干涉。主要是父亲，父亲爱面子，霸道惯了，什么总想一个人说了算，不想被别人牵着鼻子走路。

老罗道："你不就是放不下那个仪仗兵嘛！至于吗？说好的研究生一毕业就出国，非要改。不出去也可以，但不能再和那小子来往。我给他面子，想培养他接班，换别人，还不得乐死！他倒来劲了，竟敢蹬掉我姑娘，妈的，反了他啦！"

罗澜横眉道："人家有人家的追求，是我们的身份影响到了他的事业，不怪他。换我，可能也会这么干。爸，今天我把话撂这儿，如果你们不同意，那么，以后咱们之间就当亲戚走吧！"

罗澜把筷子一放，拿出与父母断绝来往的态度，出了餐厅，上楼去了。老罗气得拿起一个茶杯盖摔在地上。于素琪不动声色地说："炳鑫，她不想出国就不出吧，你有啥好发火的；她想跟谁跟谁，你没必要干涉。姑娘大了，自己选择道路，自己对自己负责，做父母的，更省心，对不对？"

老罗有个特点，火来得快，去得也快。当下就消了气，吃了两个三明治，喝下一大杯牛奶。反正他就这么一个女儿，他拿她真没办法。

过了没多久，罗澜研究生面临毕业。同学们都在铆足劲找工作，选择未来。中国人民大学新闻学院新闻学专业的硕士研究生，向来不愁找工作，主要是岗位好还是更好的问题。当然，对于很多人来说，出国是重要的选择，甚至是第一选择。像罗澜家那个条件，全世界都可以平蹚，什么都不用愁。

六月初，有好几家部队派员来人大搞特招，海陆空的都有，学校专门做了动员，发了简报，楼道里也贴了特招简章。然而，个人条件好又对军队感兴趣的同学，并不多，因为那个时候，在年轻人眼里，部队已经不那么香了，地位下降了。不可否认，重点高校的毕业生选择参军入伍的，越来越少。

谁也没有想到，罗澜却选择入伍，这实在出人意料。本来，所有人都知道她要办移民的，这个风可是早就放出去了。

也有很多人说她是心血来潮。反正她想干啥，别人是不好预测的。学校在7号楼给前来搞特招的部队同志腾出几间办公室，罗澜款款走过来，说要报名，这让军官们眼前一亮！空军的、海军的、国防大学的，抢着上前问她的情况，问她有什么要求。她不说，只打听有没有北京卫戍区的，人家说没有。正失望时，一位军官热情地对她说："同学，北京卫戍区归北京军区管，你可以到那边问问。"

她说了声谢谢，径直来到挂着北京军区牌子的那间屋，里面的两位军官有点不敢相信自己的眼睛，愣住了。

填入伍申请表时，其中一位军官问她："罗澜同学，能说说你为什么想当兵吗？"其实他们心里一直纳闷，像她这种条件的人选择入伍，一定有着非同一般的原因。

她不想隐瞒什么，庄重地回答道："我的爱情，因军营而生，现在没了。我想去军营，找回属于我的爱情。"

这个回答很冒险。但是两位军官明显被打动了，互相看了一眼，然后郑重地冲她点点头。

迈出这大胆的一步之后，罗澜没忘记给远在天边的闺密程菲打个招呼。程菲已经结婚，有了小孩，现在在做全职太太，家庭和睦，生活无忧。听她讲完后，程菲电话里怔了好一阵，才道："亲爱的，你认为你这么做，会幸福吗？"

罗澜顿了顿，说："对我来说，现在有一份牵挂，就是幸福。"

程菲叹口气道："亲爱的，最后提醒你一句：种地一季子，嫁人一辈子。你可得想好了，世上没有后悔药。"

罗澜办理入伍手续，前期很顺利，最后却卡在政审上，因为她父母拿了美国绿卡。虽然当时并没有明确的政策规定，说这个事情不行，但是各接收单位都宁愿从严把关。

她入伍的事情就此搁浅。

收罢秋庄稼，李恒年给振杰打来电话，说要来北京看一看。儿子当兵走了八年，两口子没来过一趟北京。往远了说，他们活到五十多岁，还从来没到过北京城呢！

有位名叫刘薇的姑娘，这次要随李恒年夫妇一块儿过来。老李电话里也没隐瞒，给儿子透了实底——刘姑娘是家里给他介绍的女朋友，想带到北京来让他见见。

振杰这一阵不太忙，感情上处于空窗期，也想见见亲人。至于这个刘姑娘，父母既然铁了心带她来，他也不便拒绝。来就来吧，反正自己目前没有对象，教导员孙哲催过他好几回了，尽快解决个人问题——当执行队长，如果婚姻问题老解决不了，也是个瑕疵，会被人诟病的。

把刘薇介绍给振杰，说起来与小土豆肖土平有关。

肖土平从农学院毕业后，没有留在大城市，而是回到县里，在县农业局当科员。他醉心于苹果种植和品种改良，不辞劳苦，常年下乡，有时还通过关系邀请省农科院的专家来县上指导，深得乡亲们好评。景芝镇是本县苹果种植的核心区，年初他要求到景芝镇代职副镇长，整天和种植户泡在一起。李恒年家的苹果园，他来的次数不少。谁热爱种苹果，李恒年就喜欢谁，因此逐渐改变了对肖土平的印象。振杰每次往家打电话，老头都要夸一通小土豆。

这几年振杰回家次数有限，只见过一回肖土平，平时也没空联系。振杰曾对肖土平说过一句话："我跟国家领导人一年见好多次，跟你，多少年见不上一面。"

前一阵儿，肖土平突然陪景芝镇曹书记带着厚礼来看望老李夫妇。曹书记打开天窗说亮话："咱县出了振杰这么好的小伙，是全县的光荣。肥水不流外人田，得在县里挑选一个最好的姑娘许配给他，将来姑娘可以随军到北京，照顾振杰。"边说边拿出一张姑娘的照片，说："老李、嫂子，你们仔细看看，这姑娘好看不？她叫刘薇，大学刚毕业，在县委工作。人品好，家庭条件也好，请你们放心！"

李恒年拿过照片端详，又递给赵亚梅端详，感觉姑娘长相还不错，虽谈不上多漂亮，但是耐看，便点点头。曹书记见时机到了，才透露说，姑娘是刘县长的独生女儿，这门亲事如果成了，你们老两口以后可就有好日子过啦！

老李夫妇这两年别的心不操，就操这个心。连肖土平都有对象了，自己儿子是堂堂的国家仪仗兵，不能老大不小了，连个对象都没有。可是，他们又拿不出办法，只能干着急。见曹书记把条件这么好的姑娘介绍来，哪有不同意的，心里高兴，嘴上却都说，人家县长家姑娘能看上我家小子吗？就怕咱做美梦高攀哩。

送走曹书记后，肖土平反身回来，挠着头皮说："叔、婶，曹书记非要我带个路，我不能不带。"李恒年笑道："你带得好啊！这事成了，你就是振杰的红娘，我老李家不会忘了你。"肖土平摆摆手道："我本想先给振杰打个电话说一声，怕他一口回绝，没法给曹书记交差，只好先斩后奏，将来他别怪我就好。我的意思是，振杰那边，先别说是我牵的线。"

肖土平打的如意算盘是，如果二人能成，他当然是个功臣。就怕振杰在北京啥样的大官都见过，眼光变高了，未必瞧得上县长女儿，但既然曹书记托他撮合，他又不能不当回事。

李恒年觉得小土豆多虑了，劝他不要多想。不管成与不成，李家都会感谢他。

过了几天，肖土平派小车把老李夫妇接到县城宾馆吃了顿饭，还叫来曹书记、刘薇作陪。老两口见过姑娘一面，比较满意。当下议定，以逛北京城的名义，把刘薇带去。

李恒年晚上睡不着觉，美滋滋地对赵亚梅说："我看有门儿。这回可以和县长搭亲家了。"

赵亚梅讽刺他道："看你这样子，都快成副县长了。"

为了方便，老李想了一招，让刘薇以振杰"表妹"的名义出现。振杰想，谁都不傻，父母领个"表妹"从大老远跑来，不是对象也成了对象，不如给组织上说实话。他把情况报告给教导员孙哲。孙哲认为，老家的姑娘，朴实能干能吃苦，对老人孝顺，一方水土养一方人，两人更容易有共同语言，真成了，双方家庭也能更好地相处。事实证明，从家乡找更靠谱。如果在北京找一个，会有许多隔阂，尤其是三军仪仗队的干部，都顾不上家，看着风光，其实一点都不浪漫，家庭矛盾往往不断，闹离婚的这两年也逐渐多起来。

他鼓励振杰好好和人家姑娘处一处。

不巧，父母动身的前一天，振杰训练时扭伤了膝盖，走路有点困难。中队派文书到车站把三人接回来。一见面，大伙都感觉刘薇挺不错，戴一副眼镜，中等个头，白白净净的，看上去蛮有气质，很文静，就是眼睛有点小。

振杰拄着拐杖，带父母和刘薇参观战士宿舍，整齐划一的床铺让大家惊叹不已。随后又带他们到操场参观战士训练。

虽然是秋末冬初，天气比较寒冷，但操场上每个人都大汗淋漓，全身湿透。操场边上有一些战士，站着看。振杰说，这些都是伤号，上不了场。刘薇感叹当一个仪仗兵不易，吃那么多苦，社会上并不知情。振杰坦诚地告诉她，仪仗兵看着外表光鲜，其实是个非常枯燥的职业，一年到头在训练场上待着，出操一身汗，收操一身碱，个个晒得像黑蛋一样。仪仗无小事，再小的事，都关系着国家和军队的形象，上场要求万无一失，绝不能有差错，国际影响呀，一点马虎不得，因此压力很大，一般人神经受不了。要命的是，当几年仪仗兵之后，几乎个个有训练伤，膝盖、腰、脚踝受伤是常事，百分之百患有脚气，有的甚至累得尿血，将来难免落下一身病根。别的部队是养兵千日，用兵　时，仪仗队几乎每天都有任务，可以说是养兵千日，用兵千日。结了婚，根本顾不上家，夫妻闹矛盾的现象，比比皆是，离婚也不是什么新鲜事……

刘薇听着，听着，逐渐皱起了眉头。

如果说振杰所讲的这些还比较笼统的话，那么到了晚上，她亲眼见识到了。

吃过晚饭，大家一块儿回到振杰父母住的房间。待了没一会儿，李恒年出屋吸烟，赵亚梅从行李箱里拿出一双布鞋，说是临来前赶做的，让振杰穿上试试，如果不合适拿回去改一下再邮回来。

振杰不敢脱鞋，担心母亲和刘薇看到他的脚害怕。长期的高强度训练，长期穿高靿皮鞋和马靴，他的脚病得不轻，变了形，走了样，还有严重的脚气，皮一块一块往下掉，脚上露出鲜红的肉，甚至还有渗血点，脚后跟全是裂口，涂药水、抹油脂、泡白醋，全不管用。但是母亲非要他换上，小时候就是这样，母亲做好了鞋，必须当面看他换上，仿佛这样她才踏实。

他再三说拿回房间试。母亲不同意，非要他当场试。他拗不过母亲，心一横，想着，让刘薇看一下自己的脚也好，便把皮鞋脱了，索性把一只袜子也脱下来——结果他脱下来就后悔了！

母亲和刘薇都惊呆了。母亲眼里有了泪光，扳过振杰的脚左看右看，泪水也忍不住滚落下来。她缓缓抹去眼泪，说："孩子，你的脚咋成这样了？"

振杰笑笑说："娘，别这样，我的脚还是好的呢，真没啥，比我严重的多着呢！"他边说边穿上袜子，试了试新布鞋，大小正合适。

当兵八年，他从没向家人念叨过仪仗兵的苦，因为这是他自己选择的，怪不得父母。父母不了解这边的情况，每次写信或打电话，他都说好着呢，吃得好穿得好用得好，还经常见国家领导人、外国总统，风光得很。天底下有几人能有这个福分？还有什么好抱怨的？因此他父母并没想到儿子会在这里受这么大的罪。

今天一不小心暴露了。他有点后悔脱鞋脱袜。下午在操场边上说的那些，父母也听进去了。他觉得不该说那些，他们知道太多，会伤心的。

刘薇眼圈也红了。这下她终于见到了真实的中国仪仗兵。如果早知道这些，她还愿意跑这一趟吗？

刘薇回去后，没再和振杰及李家人联系。李恒年憋不住，跑去找肖土平问情况。肖土平心里也纳闷，就去找曹书记问缘由。曹书记说，他也不知道，也不好问。不联系就是觉着两人不合适吧？

肖土平既感到相当遗憾，又觉得心里一块石头落了地，对李恒年说："叔，这不怪咱。有好的，我再给振杰介绍，下次没准市委书记的女儿看上咱振杰呢！"

事情泡汤后，李恒年给振杰打电话，说不能和县长做亲家，怪遗憾的，看来人家姑娘没看上你，还是你不行，你得继续好好干。

振杰终于松了一口气。没见到刘薇之前，他觉得自己已经忘了罗澜，见到刘薇，又让他想起罗澜。原来罗澜一直藏在他心里，只是很少冒出来而已。"吓退"刘薇，他觉得才对得起人家罗澜。

罗澜特招入伍的事一直卡在政审上。父亲神通广大，她想请他托人说说情。旋即又想，父亲本来就反对，让他掺和，只怕更要坏事。后来她灵机一动，想到卢天祥，给他打了个电话，述说了自己投身军旅的强烈愿望，并且承诺会动员父母放弃美国绿卡成全她。

眼看快到入伍截止期，卢天祥拿不准怎么办，很着急，于是去找副政委吴青江商量。吴青江经验丰富，给卢天祥出主意说，马上让小罗写个情况说明。拿到她写的材料之后，吴青江提议绕过大队，以两人的名义，直接呈卫戍区首长。这样办，一是效率高，二是不让大队为难。

卫戍区司令员经常来仪仗大队，见面机会多，卢天祥把材料直接递到了首长手中。这一招果然好使，没多久，事情便有了转机，罗澜终于在最后一刻穿上了军装。

第十七章　宿命

这年年底，罗澜以军区《战友报》记者的身份来仪仗大队采访。

隔着老远，她就看到大门改造过了，气派多了，洋气多了，和改造过的大门比起来，以前的大门挺寒酸的。哨兵已经接到电话，直接放人，她得以顺利地进入，把新买不久的紫色新款宝马车停好。这车比较扎眼，隔老远就能看到。

下了车，她看到营房、操场全部改造完毕，整个营区焕然一新。战士宿舍、办公楼都是那么亮堂气派。过去她每次来这儿，都觉得条件太差，太土气，太陈旧，与三军仪仗队的地位严重不符。现在一切都变了。

她的心境，也与以前大为不同了。办妥入伍手续后，她要求到北京卫戍区机关工作，这样可以经常有机会接触三军仪仗队。但是本年度卫戍区没有特招计划，最后她被分配去了北京军区《战友报》报社，当了一名编辑、记者。这个安排也不错，记者可以到处跑，相对自由。

吴青江出面接待罗澜。他希望罗记者采访一下李振杰。他相信振杰心里一直没放下罗澜。一年之前他们是被迫分手的，并非两人之间有什么化解不开的矛盾。这期间有不少人给他张罗对象，均被他拒绝了。罗澜勇敢地选择携笔从戎，全是因为振杰，这也是毫无疑问的。像这样的爱情，足以打动人。吴青江希望二人早点恢复关系，这样大队和中队也都少了一份牵挂。

罗澜此次来大队，当然是冲着李振杰来的，想给他来一个"下马威"，只是不好意思直接说出口。吴副政委既然提出来，她便借坡下驴，同意采访李振杰。

振杰事先一点不知情，没人给他打招呼说罗澜来了，衣服也没换，穿着训练服，从操场直接来到了大队部的小会议室，在门口喊了声报告，结果一进门就吓了一跳——这位穿军装佩戴上尉军衔的女记者，怎么和罗澜长得那么像呀！简直就是双胞胎姐妹！

罗澜低头整理着笔记本，故意不看他。振杰一瞬间明白过来，来人百分百是罗澜无疑。他的脑筋一时转不过弯儿来，因为她的这个转变也太大了，任你做梦都想不到。此前，罗澜要求卢天祥、吴青江务必为她保密。看来二人嘴巴够严，振杰果真　丝消息都没得到。

振杰站在门口，进退两难。罗澜抑制住内心的慌乱和激动，抬起下巴来扫他一眼，不冷不热地打声招呼，道："李分队长，请进。"

振杰木偶一般地走进来，找了个不远不近的位置坐下，摘下军帽，抹了抹额角和头上的汗水，往训练服上擦了擦。罗澜把手边的一盒面巾纸推给他。文书进来，往他面前放上一瓶矿泉水，然后无声地出去了。

一时间，两人都沉默着。什么都不用解释了，她穿上军装，一定是因为自己。振杰心里边火辣辣的，既感动又愧疚，却又不能表露出来，克制着，沉默着，等她发话。罗澜也是，她非常非常爱振杰，但也不是没有恨意——他两次提出分手，极大地伤害了她的自尊，打击了她的自信，令她在父母、亲戚、同学、朋友面前颜面扫地。

可是，自己又不能割舍他，难道这是她的宿命吗？

她今天来见他，一是用行动告诉他，她爱他是真的，不是一时冲动，不是因为他仪仗兵的身份，即便现在他是个普通军人，她也照样爱他，并且义无反顾；二是她有任务在身，是报社领导安排她来大队采访的。

显然这种场合，不适合说爱谈情。那就只谈工作吧。罗澜公事公办的样子，要他讲一下晋升执行队长以来的感受，并特别说明这是报社领导专门安排的，而不是她个人非要跑来。她打算写一篇重量级的稿子，这是她作为报社新人头一回出手，她相信自己有这个实力，更有这个条件。

没想到他不配合，说现在还是不谈这个吧，大队典型多的是，请你写写他们吧！罗澜只好进一步说，宣传你，不是为你，而是为了让读者了解三军仪仗队。

振杰一看躲不过，只好讲。但他讲的都是上不得台面的事，比如他讲自己第一次上场，开场之前，当时如何紧张，血液直往脑袋上顶，眼睛是模糊的，老想流泪，脸也是麻的，感觉自己非常渺小，非常无助，还差点被替换掉。他甚至希望卢天祥中队长把他换掉，这样他就不用承担那么大的压力；他还讲自己在整个执行任务过程中的小失误，虽然一般人看不出来，但他知道问题在哪儿。

罗澜要他讲讲平时是怎样刻苦训练的，怎样知难而进的，要有高度。他不讲自己如何刻苦，反而津津乐道地讲自己怎样偷懒，怎样耍滑，怎样糊弄。谈了两个小时，净是些"灰色"的东西。谈得差不多了，往下不知该说点啥，这时他接了一个电话，是教导员打来的，让他接受完采访到操场来一下，有事商量。他借着这个电话，道个别就溜掉了。

罗澜看出来了，他是成心不想让她写成稿子发表。他不想出名，更不想通过罗澜以这样的方式出名。但罗澜恰恰认为，他讲得很实在，很接地气，真实可信。一般典型人物接受采访，是不会讲这些东西的。罗澜此刻就想和他掰掰手腕——你小子不让写，我偏要写！别人认为这些东西不好写，我非要写好它！

罗澜用一个礼拜，拿出一篇长达六千字的通讯——《一个执行队长的内心独白》，写出了一个初次上场担当大任的执行官的微妙心态，她自感很满意。但是报社领导却把稿子毙了，认为境界不高，格调较低，比较灰暗。这样写仪仗兵，而且写 个执行队长，上面是不会同意的。

罗澜初战失败。本来这个任务是她主动请缨的，想露一手，却得到如此结果，这让她下不来台。她很郁闷，越想越来气，打电话找振杰抱怨，怪他不谈点高大上的，光讲格调不高的，成心害她。振杰哈哈大笑，说："不让你写，你不听。我一早知道会这样。"

振杰放下电话，想到罗澜为自己付出太多，心生惭愧，又把电话打过去，建议罗澜抽空再来三军仪仗队看看，多写写战士，不要老盯着仪仗队里那些所谓的明星，普通战士才是最可爱的。

罗澜赌气道:"再也不去了! 受够了!"

有一段时间,罗澜真的不想来仪仗队,因为她的心情太过复杂,一下子理不顺。各类媒体都想去三军仪仗队采访,碰钉子的情况常有,不是想去就能去的。报社领导知道她和仪仗队的这层关系,不时给她加任务,提醒她利用好这个得天独厚的条件,经常跑跑,随便摸点素材回来,都能写出引人注目的稿件。当然,如果能写写卢天祥这样的仪仗队大明星,那就更好了。

罗澜只好硬着头皮去找卢天祥。卢天祥坚决不同意写自己,也不赞成罗澜写一中队的任何人。他被罗澜缠得没办法,想了一招,把她往吴青江那里推,说吴副政委身上有很多素材,不妨写写他。

罗澜便又去找吴青江。吴青江倒想起一个人值得写写,但是这个人肯定也不会同意写他;那么,让罗澜了解一下这个人,还是很有必要的。

这个人便是三军仪仗队前任大队长成敬捷,现任卫戍区副参谋长,他的夫人原在一家企业工作,刚刚退休。吴青江往成家打了个电话,找到成夫人说明原委。成夫人起初坚决不同意见记者,吴青江说:"嫂子,这个记者不是外人,是一中队分队长李振杰的女朋友。她刚刚特招入伍,想了解一下咱们仪仗兵的过去,您知道什么就说什么。您有什么要求,她会听的。"

成夫人知道李振杰,于是口气软了下来,同意见面聊个天,但不能发表。如果想来,最好现在过来,明天老成出差回来,就不方便了,他知道了会生气。

放下电话,吴青江说:"罗记者,就当收集点素材吧,别往报纸上登，将来当小说写出来，可不可以？"

罗澜点点头说："我会记在心里。"

部队离成家住的地方很近，吴青江步行送罗澜过去。路上他简单讲了讲成敬捷的过往。他当战士时，成敬捷是他的中队长，所以他对成敬捷十分了解。

成敬捷在仪仗队是个传奇人物，无人不佩服。从当战士起，坚持天天比别人早起晚睡，成天泡在训练场。练站立，别人练四个小时，他加码练五个小时，直练得两腿浮肿，爬不上床；练操枪，他数九寒天不戴手套，虎口经常震出血，一天下来，两手全麻，连解裤带都困难；练眼神，他对着电灯泡瞪眼睛，直瞪得两眼流泪，充满血丝。一次，连队组织操枪训练，左后侧的一名战友劈枪动作过猛，一不小心把他的胳膊划了个口子。后来伤口感染，胳膊肿得老粗，中队长命令他在家休息，可他坐不住，别人上了训练场，他就躲在屋里练正步踢腿带风、落地砸坑的爆发力，一踢就是几百次、上千次，汗水浸着伤口，让他钻心地疼。有一次，他用力过猛，一脚踢到墙根上，掀掉了脚拇指盖，痛得他倒在地上半天爬不起来。就是凭着这股拼劲，他练就了一身硬功夫，在同一茬兵里最早进入编队，第一个被提拔为教练班长，也是第一个提干。一九八四年，国家举行新中国成立三十五周年大阅兵，上级决定他担任军旗手，这可是个莫大的荣誉。为了完成好，他每天冒着高温举旗训练，常常是几天就晒脱一层皮，皮靴里都能倒出汗水，潮湿的沙袋长时间绑在小腿上，蹭破皮肉，发炎溃烂，每天晚上他都关起门来，背着别人用酒精清洗伤口，常常疼得龇牙咧嘴，忍不住地跺脚乱跳，折腾得浑身直冒冷汗。十月一日那天，他高举军旗，以每步七十五厘米的标准步幅，率先通过天安门，分毫不差地落步在礼毕线上。当时，中央媒体以"天下第一兵"为题报道了他的事迹。

罗澜边听边想，这不是又一个李振杰吗？或者说，李振杰不也是这么过来的吗？

说话间，他们到了。吴青江小时候曾在这个院子里面住过，他很熟悉，尼克松访问中国那年，他和姐姐在这里煤气中毒，差点送命。过去的小平房大部分不见了，新建了六层高的楼房。成家住着一套八九十平方米的三室一厅，陈设极其简单。成夫人苏凤芸看上去比实际年龄大不少，头发花白，脸上的皱纹虽然不深，但纵横交错，面部像是笼罩在岁月织成的网格里。

吴青江离开后，苏凤芸像拉家常一样缓缓向罗澜讲起往事……

苏凤芸比成敬捷小一岁，当兵前二人就定了亲。可是他一走八年，回来次数寥寥，一直结不了婚。眼看村里和她差不多大的姑娘都抱上了娃，双方父母催着他们定婚期。家里选了三个好日子，他推了三次，每次都说走不开。他弟弟也早该结婚了，就因为他们不结，弟弟的婚事一直拖着，全家都急。再三商量，终于把他们的婚期定在那年的腊月十六。东西置备齐了，请帖也发了，单等他回来办喜事。哪想到节骨眼上，人没回来，只由邮递员送来一封电报，说"工作紧张不能回"。公公婆婆气坏了，赶紧打发他弟弟去北京，捆也要把他捆回来。快过年了，车票不好买，他弟弟坐拖拉机，倒汽车，转火车，好不容易跑到北京找到他。他说，迎外宾的任务都定下他了，绝对不能因为临时换人搞砸了！

他就是不回。他不回来，全家人都感到婚事又办不成，都没了主意。苏凤芸偷着哭了好几回，心里多多少少是怨恨他的。别人还以为是他提了干，想找借口蹬掉她呢，她有苦说不出。正当全家左右为难时，他又打来一封电报，说：只要凤芸同意，让妹妹代替我拜天地。

小姑子代替哥哥拜天地，以前谁听说过？尽管她感到很委屈，难以接受，但也没有别的好办法。婚礼轰动了四乡八村，当天来看热闹的人很多，有说好的，也有讥笑的。新婚之夜，新房里只有她一个人和一盏煤油灯，北风刮得呼呼的，她又冷又怕又孤单，怎么也睡不着，泪水把枕巾都湿透了。

结婚以后，她和他全家十口人挤在三间土坯房里。他兄弟三个，谁结婚都得住正房，来回倒腾了好几次。总这样也不是办法，婆婆提出分家。他还是回不来，让她做主，家里给什么，就要什么；不给，就不要。实际上，穷家更难分，现在说起来别人可能不信，当时她分得的全部家产是：一把筷子，四个碗，七个馒头，半斤油，两家合用一口锅。另外还有一千五百多元的欠债和三百斤小麦、四百斤玉米的粮债。总共六十多个欠债单。

这么多的债，她一人在家带着刚过周岁的儿子，愁得不行。他安慰她说，不用怕，我拿工资慢慢还。他每月工资五十二块钱，平时一分钱都舍不得花，部队发啥他就用啥，一件像样的衣服都舍不得买，一双三块五毛钱的塑料凉鞋，穿了十年都舍不得扔。为了让他安心，她一边带孩子，一边下地挣工分，分家头一年就挣了两千八百多个工分，是生产队出勤率最高的妇女。为了还债，她舍不得买菜吃，过中秋节，只买了五分钱韭菜，一毛钱的葱，包了顿饺子。一年里，娘儿俩所有的开销总共三十几块钱。一次家里来了客人，她买了一斤羊肉，孩子看到了，闹着要吃，她说，这是生肉，不能吃。孩子不管这个，抓上一块就往嘴里塞。看到孩子馋成这个样子，她转过身子偷偷抹眼泪。

一九八四年大阅兵，他是受阅部队扛军旗的，乡亲们都觉得脸上有光，阅兵那天很多人围住了村支书家的黑白电视机。她有好久没见他了，也想看他一眼。可是，熟透了的秋庄稼等着收，她就把孩子带到地头，一个人收玉米。谁知突然下起了大雨，淋了庄稼，孩子也被淋得生了病，到天黑，才把二亩责任田的玉米弄回了家。有个邻居跟她开玩笑说，看人家敬捷电视里面多神气，看你寒碜成啥样子啦？她感到欲哭无泪。这一年，她种的五亩半责任田获得了好收成，他在部队荣立了二等功。

然而就是这一年，她患上了好几种病，有胃病、腰痛病、妇科病，体重下降到八十多斤。他催她来北京看病，带她到医院检查。医生看到她又黑又瘦，就问他，这是你妈还是你姐？

实际上，那年她还不到三十岁。

医生说病情比较严重，要住院治疗。她听说住院要花一大笔钱，拉着他就走，说，家里的债还没还清呢，不能乱花钱。她这么一说，他当场就掉泪了，一个大男人，哭起来吓人。他劝了好长时间，她才同意住院治疗。

后来，她随了军，身体逐渐康复，他的身体却越来越糟糕。平时闹毛病，他总爱说，没事儿，我这么大块头，这点小病拿不住我。他经常忙得每天睡不了几小时，有一年得了肾炎，腿肿得像面包，一按一个坑，还不时地尿血。他嫌耽误时间，就是不去看病。没办法，她去找大队政委反映，政委出面请一位老中医上门，帮他开了几十服中药，让他每天必须吃一服。她每天一大早把药熬好，送到他办公室，可是要找到他却不容易。有个周末，她把药端到办公室，通信员说他去了一中队。她追到一中队，战士们说他去了二中队，她端着药罐追来追去，最后在训练场找到了他。这时，药已经凉透了。

香港回归前两个月，眼见他的身体一天天瘦下来，有时一天要上十多次厕所。她很害怕，劝他去医院查一下。他说，等完成了任务再说吧。从香港回来后，他的病加重了，一天换四五次内裤，体重一下减了将近五十斤。她急得不行，他还是不去医院，说他的身体没事儿，如果有人问，就说他吃了减肥药。再往后，他心慌气短，连楼都上不去了，有时晚上回家，提前打电话让她在楼下等着，他抓着楼梯扶手在前，她在后面推着他爬上四楼。

有一天，他一大早起床，出门没几分钟，又返回来了，发了一会儿呆，才对她说，老婆啊，我这次恐怕真的不行了。她一听，吓了一跳，脑袋一下子蒙了，半天说不出话来。他又说，刚才下楼时头晕得厉害，老想往下栽，试了几次都下不去。他四十岁刚出头的人，半个月不染头发就两鬓斑白，牙齿掉了好几颗，吃东西全靠囫囵往下咽，现在又病成这个样子，她心疼极了，害怕极了，赶紧喊人来把他送到卫戍区医院。大夫认为可能是直肠癌，让转到三〇一医院。她提心吊胆了好几天，老天爷有眼，三〇一医院最后给的诊断结论不是癌症，是甲亢。老主任解释说，甲亢轻微时，不会有大问题，就怕严重；危重的可以导致精神异常，心率失常，大汗失水，虚脱休克，甚至昏迷。目前他的甲状腺素检查指标还是很高的，要求住院治疗。

一看问题不大，他又来劲了，要求开药带回去治疗。大夫被他缠得没办法，只好同意放他回去；任务结束，必须赶回医院。住院两个月，二十多个任务他次次到场，一次都没误过。

　　他在仪仗队工作了整整二十六年，有人给他算过，二十六年，他一共休了五十九天假。父亲去世他都没能赶回去——那是一九九三年八月，全国第七届运动会，他是开幕式上的国旗升旗手。家里突然来了电报，父亲病故，他只能让她拿着他的录音回家，在父亲灵前播放。

　　平时他跟她和儿子说得最多的一句话是：家事再大也是小事，国事再小也是大事。就凭这句话，他一年到头在家吃不了几顿饭，都是晚上回来，一大早就走人；这么多年，他没有给老婆孩子做过几顿饭，没拖过几回地板，没洗过几回衣服，没陪老婆看过一场电影、逛过一回公园。他说过，自己愧对父母，愧对妻儿，但却无愧于国家。她呢，从来没有抱怨过他一句——谁让你嫁给仪仗兵呢？礼兵礼兵，他就是给国家争面子的，你能怪他什么？

　　从大队调走后，他仍然在背后关注着三军仪仗队，每天都看《新闻联播》，雷打不动。发现场面上的仪仗兵有啥问题，他都记下来，过一阵子就给柳大队长打个电话聊一聊。他现在压力比以前小多了，但他干工作的劲没变，有事没事都爱去办公室。她盼着他早点退休，因为他说过，退休之后，他要多带她外出旅游，要承包家务，把上半辈子欠她的，补回来。

　　其实呢，她心里想的是，他能一日三餐在家吃就好，啥也不用他干。

那天罗澜在苏凤芸家聊到很晚才离开。下到楼底，发现自己胸前湿了一片，那是不知不觉间洒下的泪。

过了晚饭时间，她一点都不饿，把车开到一个空旷处，下车吹了吹冷风，心里才算平静了一些。

没多久，她把那辆心爱的紫色新款宝马车处理掉了，换成了一辆普通的丰田轿车。报社领导对此很满意。这以前，看它别扭的人不少。这以后，那些想对她的车评头论足的人，也都找不到目标了。

第十八章　缩影

转过年来，又一批新兵来队。振杰到新兵连带兵，担任连长。陆纪超也被抽来担任新兵一班的班长。陆纪超盯上了两个新兵——林国龙和马磊，两人身高、相貌都很出众，几项条件感觉比当年的卢天祥、李振杰还要出色。新兵组班时，陆纪超想办法把他们要到了一班。

但他马上就后悔了。

马磊身体条件很出色，但他一来就要求调走。林国龙看上去很老实听话，哪想到一天夜里他竟然尿了床！别人笑话他，他竟然当众哭了鼻子。

这两个兵让陆纪超伤透了脑筋。

振杰靠上去做工作，了解到马磊确实没有安心当仪仗兵，心里甚至很有些瞧不起仪仗兵，认为仪仗兵就靠两条腿，只会踢正步，不能跳，不能投，不能爬，不能打，不能飞，不能上天入地，就一只脚离地三十厘米高，另一只脚还没离地。他喜欢特种兵，他要当特种兵，他要以一当十，面对面和对手干。由于他不安心，所以他就不好好训练，整天想着调走。他以前练过拳脚，确实有两下子。入伍的时候，他首选特种兵部队，结果那一年他家乡所在的县没名额，父母希望他当仪仗兵，连哄带劝把他送到了三军仪仗队。

林国龙上高中时学习成绩还不错，为了他能考个好大学，高三那年，父亲借了一辆车，每天接送他上学；母亲腰不好，天不亮就爬起来做早餐，经常扶着腰进出厨房。到了高考成绩发布，他只考了四百多分，勉强能上个大专。他希望父母打骂自己一顿。但是父母并没有责怪他，更让他感觉对不起人，心中有愧，难以解脱。他去一所大专学校上学，离家并不远，但他常常找理由不回家，连节假日都不想回。年底，赶上三军仪仗队到他所在的城市徐州征兵，为了逃避家人，他报名应征，顺利来到了仪仗队。那天下午站军姿，班长批评他两句，他心里放不下，晚上失眠，后来好不容易睡着，竟然尿床了。

对于马磊要求调离，振杰非常恼火，这是他头一回遇到瞧不起仪仗兵的人。以前不是没有士兵调走，但大都是身体不适合干仪仗兵。尽管大队领导认为，强扭的瓜不甜，不想留就放他走，但振杰不想轻易把这个对仪仗兵有成见的人放走。

这天马磊又嚷嚷着要走人。振杰把炊事班的老兵梁小伍叫来，跟他比试。马磊身高一米九，梁小伍个头也就一米六五，看上去非常不起眼。谁知两人一交手，马磊就感觉对手不一般。只用了两个回合，马磊就被梁小伍轻易地给干趴下了。

振杰站在一旁观望，一声未吭。

梁小伍俯身冷冷地告诉脸红脖子粗的马磊，他以前在军区特种大队干过，他是那里淘汰下来的，算是最差的特种兵。"你连我都干不过，到了那里，就是个挨摔的料，根本没什么前途。"

又问道："你为什么干不过我？就因为你个头太大，当特种兵身体太吃亏。"

梁小伍趾高气扬地走开了。

轻易让一个不起眼的炊事员打败，马磊非常泄气，蹲在地上不想起来。振杰上前告诉他，想走，可以，先当好一个合格的仪仗兵再说。

林国龙是个腼腆的大男孩，属于典型的心理素质不好。振杰开导他几句，又嘱咐陆纪超多关心他，近期无论他多么差，都不要批评他。其实林国龙非常要强，样样都不想落人后，非常努力，训练非常刻苦。

一天夜里，振杰去一班查铺，别人都睡得很香，林国龙竟然穿着裤衩，在角落里练习踢腿。振杰过来小声道："黑灯瞎火的，你怎么还不睡？"

他道："班长刚才说了句：起来踢腿。我听见了，就起来踢。"

振杰一看，笑了。陆纪超睡得跟死猪一样，刚才一准是在说梦话。他吩咐林国龙赶紧上床休息。

马磊在梁小伍面前丢了人，就想在训练时找回尊严来。他本来身体素质好，心理素质也过硬，只要他一发力，很快就可以在新兵中崭露头角。每一次受到表扬，都让他找回了些许自信。

马磊和林国龙相比，样样占优，他瞧不起林国龙，时常嘲笑他。二人队列里挨着，床也挨着，个头也一样。林国龙向马磊看齐，暗暗与他较劲。二人虽然互相撂着干，好在没闹大矛盾，并渐渐产生了友谊。

林国龙平时训练、表现都不错，但是一考核，就容易掉链子。新兵连领导除了振杰，所有人都认为，他不是干仪仗兵的料，甚至不是当兵的料。这里一结束，不如直接把他分到炊事班，或者公务班。振杰嘱咐马磊，多带动林国龙，帮助他渡过难关。在仪仗队，一个人好不行，集体好，才算真的好。振杰还找机会，指导林国龙多练。练齐步摆臂时，振杰说："你什么时候把腋毛磨没了，就说明你齐步练好了。"不久之后，他果真就磨掉了所有腋毛。

林国龙的心理素质在缓慢进步。帮助他克服心魔，反而成了振杰的心病。正步练习，林国龙一直比不过马磊。他有些泄气。振杰对他说："你别急。一个人，不是看他跑得有多快，而是看他跑得有多远。"

罗澜入伍之后，也许是不再担心煮熟的鸭子飞走，和振杰的关系一反常态，变得不冷不热，没有了先前干柴烈火般的情状。知道内情的吴青江反而为他们着急，主动打电话约请罗澜来仪仗队采访。

这天，罗澜亲眼看到林国龙在队列里晕倒，磕破了下巴，她为这个兵而感动，拍了照片，回去又给林国龙写了一篇小稿，很快便发表了出来。

看到报纸，有几个新战友向林国龙祝贺，马磊却不屑一顾。振杰看到报纸，满脸不高兴，见到罗澜，责怪她胡写，说："普通的训练，仪仗兵怎么能够晕倒？他晕倒，说明他不合格，你却写文章表扬他，你的价值观有问题。"

罗澜为林国龙辩解，认为振杰不讲人情，心变硬了，都赶上卢天祥了。三说两说，罗澜脾气上来，饭也没吃，开车走了。

爱情也有疲劳期。不知道他们的关系算不算进入了疲劳期。不在一起，想；到了一起，又时常闹点小别扭。但谁要想拆散他们，那也是万万不能的。

半年之后，这批新兵即将下连。新兵们最看重的，自然是下连后能否尽快编队。大队采用老办法，把新兵们拉到训练场上，一个一个过堂，大队领导上检阅台打分。

不出所料，马磊的分数排在第一名，头一个被宣布编队。振杰担心林国龙故态复萌，关键时刻掉链子，比谁都紧张。还好，林国龙发挥虽然小有失常，排名第六，但依然幸运地拿到了最后一个编队名额。

振杰没奖励排第一的马磊，而是奖励给林国龙一包方便面、一根火腿肠。那年月，这两样东西对于一日三餐吃大食堂的连队战士来说，还是蛮珍贵的，林国龙非常开心，没舍得吃。

马磊离一个合格的仪仗兵已经很接近了。可是，振杰能够感觉出来，他想当特种兵的心魔一直未曾消除，电视上正在播放一个农村傻小子许三多最后成长为最棒特种兵的电视剧《士兵突击》，有人觉得很假，像许三多那样的傻小子根本来不了部队。马磊不但天天跟剧，不少台词都能背下来，而且谁说这个剧不好，他就跟人瞪眼。

振杰有一天叫住他，对他说："小马，如果你非要走，那么仪仗队一定满足你的愿望。等你想好了，告诉我，我去找上级。"振杰对他说这话，不光是激将的意思。仪仗兵上场执行的都是最重大的任务，一个不热爱这项工作的人，是不能强留的，否则是会出大问题的。

马磊再度陷入了纠结之中。

一天晚上，要熄灯了，林国龙把一个感觉热气腾腾的刷牙缸端给马磊。马磊问："你搞什么名堂？"

林国龙道："你看看。"

马磊疑惑地揭开上面的白纸，原来是泡好的一包方便面。这天是马磊生日，他忘了，林国龙却记着。没有饭盒，他把振杰奖给他的那包方便面，泡在了牙缸里。全班都围过来，小声为马磊唱生日歌。马磊格外感动，不经意间洒下了两行眼泪。

进入编队的马磊、林国龙很快迎来了任务——在军事博物馆举行仪式，欢迎某国国防部部长来访。振杰担心林国龙旧病复发，非常关注他的状态。在一次任务前的合练中，摆臂的时候，林国龙动作慢了小半拍，振杰及时发现，叫停，嘱咐了他两句。接着往下合练，最后一次托枪的时候，林国龙因为紧张，枪背带挂了一下军上衣的兜盖——他没把这个动作做利落——虽然没人发现，马马虎虎下来了，但是他非常害怕，心里老打鼓，不敢上场了，脸发白，找到振杰要求换人。

这是新兵上场前普遍具有的心理魔障，没有毛病，他疑神疑鬼；有了瑕疵，他更是惊恐不安。振杰知道，倘若这一关过不去，林国龙会倒退很多，以后可能更不敢上场。本来他心理素质就不好，经此一折腾，谁还敢让他上？

振杰暗自决定，把这个小失误压了下来，不给上面报告，冒险让他上，并且对他说："只有走好这一步，才会有下一步。"

马磊也过来，拿话激他道："我能行，别人都能行，为什么就你不行？你比别人少一个脑袋，还是少一根胳膊？你一点不比别人差！"

还好，一番安抚加勉励之后，林国龙重拾信心。在执行队长振杰洪亮的口令声中，林国龙、马磊等六名新兵在队列里成功完成了首次亮相。

林国龙的心魔，也至此除去。

上场前，他怕拉肚子，提前三天吃黄连素片，结果任务结束后又便秘，搞得痛苦不堪，洋相百出。

林国龙的问题解决了，马磊的问题仍然悬而未决——走还是不走？终于有一天，他跑来告诉振杰，不想走了，因为他发现自己已经喜欢上了当仪仗兵。他认为这个岗位，能够代表国家，比当特种兵光荣。

振杰笑了，使劲捶了他一下，说："你这么个身体条件，当仪仗兵，是你的命！如果想成为一个真正的男人，你就得先把命中注定的事情干好。"

马磊眼里渐渐有了泪光，说："连长，我记住了。"

罗炳鑫终于决定放弃美国绿卡，他的富豪朋友们都惊诧不解，说："老罗，没看出来，你这么爱国啊！"

他严肃地对他们道："本人在哪里都爱国，一直都爱国。但我就一个女儿，女儿不想出去，我和她妈妈不能和她成为两个国家的公民，对吧？"

振杰十分感谢罗家为自己所做出的牺牲。

有一次，卢天祥对他说："罗家如此'宠爱'你，我认为这是全国人民喜欢咱仪仗兵的一个缩影。"

这话有点大，但是听到的人又都觉得很贴切。

一次吃饭聚会，说到动情处，振杰站起来，庄重地向罗炳鑫和于素琪敬了一个礼。

那天卢天祥在场，他道："一个人敬不算，得两个人一块儿。"

罗澜抿嘴笑着站起来，和振杰肩并肩，向父母，同时也向卢天祥敬礼。想当年，卢天祥曾经是振杰的偶像，也是罗澜的偶像。或许就是因为有卢天祥存在，他们才走到一起的。他是个无形中的媒人，他用一只无形的手，把两个有情人牵到了一起。

振杰与罗澜的恋爱关系正式确立了下来。吴青江和卢天祥鼓动二人早点把婚事办了，仪仗队任务太多，没那么多时间谈恋爱，干耗着也是浪费时间。由于振杰的身份不同，他们的婚事要报卫戍区首长批准，保卫部门要审查。他们现在已经完全经得起审查，而且其中的过程令人感慨感动，所以上级很快就批准了。

振杰和罗澜商量后决定，不办婚礼，找个地方旅游一趟，就算结婚了。这样省事。老罗夫妇一开始不干，振杰父母也不同意，两边都想大办一场。振杰告诉他们，他的时间没有保证，如果非要大办，有可能请帖发了，客人到了，他却因为有重大任务无法到场，想想吧，那有多恐怖！

他这么一说，把两边的老人都吓退了。

罗澜喜欢杭州，想看西湖的风景。二人决定先去杭州，然后再奔振杰老家沙岗子村拜见公婆。

第二天一早，小两口飞往杭州。飞机上，望着窗外掠过的朵朵白云，罗澜沉浸在幸福之中，斜倚在振杰怀里，说："老公，下了飞机，先陪我到楼外楼，我要吃东坡肉、西湖醋鱼、叫花鸡。我知道吃肉会长胖，但我这回要放开了吃。"

振杰觉得亏欠她太多，紧紧握着她的手，心里说，这次一定让你尽兴而归！

他们从杭州萧山机场下飞机，准备打个车到西湖边上，找家宾馆先住下，再去楼外楼，中午狂吃一顿。时间长着呢，慢慢享受吧！

刚坐上出租车，振杰手机响了。他现在不怕天不怕地，就怕手机响。他拿起来一看，是柳大队长打来的。

大队长电话里简短地说："李振杰，临时有紧急任务，今天必须归队！"

振杰只轻轻吐出一个字："是。"

他暂时没把大队长的话透露给罗澜，只是抱歉地让出租车师傅就近找个饭馆，暂不去西湖边了，饿了，先吃点垫垫。下车时，振杰觉得过意不去，还多丢给司机五十块钱。

在机场边的一个小餐馆，振杰要了西湖醋鱼、东坡肉、叫花鸡等六七个菜，还要了红酒。八年多的恋爱，披荆斩棘，不离不弃，相追相随，终成正果，他直向罗澜表达感激之情。

他越是夸罗澜，罗澜越是感觉不妙，终于猜到，出情况了。

振杰以为罗澜会不高兴，哪个新娘子遇到这事，能高兴？然而罗澜却道："敢嫁给你，这些早想到了，算什么呀？再说了，叫你回去，说明国家都离不了你，我老公多厉害，多牛啊！"

说着说着，她的眼圈红了。

于是他们当天就返回了北京。原来卢天祥突患重感冒，明天下午的一场重要仪式不可能让执行官带病上场，新培养的一个年轻人暂时还顶不上来，只能把振杰紧急叫回。

两人去大队卫生室看望打点滴的卢天祥。卢天祥带着歉意说："十多年来头一回生病，让你们赶上了，真不巧。"

振杰开玩笑道："中队长，我怎么感觉你这是有意考验我们，故意整治我们呢？"

卢天祥笑问："出去花了多少钱？"

振杰道："来回机票，加上那顿饭，两边打的费，一共八千。"

卢天祥笑道："你们花八千打飞的到杭州吃顿饭，多浪漫！这故事一定会流传下去的。"

陆纪超谈了好几年的对象突然吹了，他女朋友嫌他没前途，跟一个做小生意的人去了深圳。陆纪超受不了，一个人躲起来哭鼻子。马磊、林国龙百般劝慰他，不管用。有人报告振杰，振杰把他叫到一旁，没好气地说道："老陆，你好赖是个班长，而且是仪仗队的班长，为了个不爱你的女人哭天抹泪，值吗？你难过，你哭死，你上吊，又顶屁用！她能回心转意吗？她回心转意了，你还愿意爱她吗？"

陆纪超抹抹眼泪道："让我哭一场……过去今天，就没事了。"

陆纪超当兵快十年，面临复员，对于退伍后的出路感到迷茫。他只是初中文化，想找一个好单位，没人要。地方上有单位来仪仗队招退伍兵当保安，他打算去，振杰却坚决反对——堂堂一个经过无数次天安门广场的仪仗队班长当保安，太屈才了！

他动员罗澜帮老陆找工作，最好能安排到她父亲的公司坐办公室，薪水开得高一点。

罗澜找父亲帮忙，没想到父亲一口回绝：炳鑫集团不是大学生谁也别想进来！

罗澜犯难，也只能推荐他到父亲的公司当保安。振杰仍然反对，但陆纪超本人愿意去，最后还是去了。

一天，罗炳鑫来公司，又看到了雨中巍然挺立的陆纪超。陆纪超不打伞，浑身快湿透了，也不知道躲躲，一丝不苟地站在大门口，向他的车子敬礼，动作十分标准。

每次进出，这个保安只要在岗，都要向他的车子敬礼。他还了解到，只要有车子过来，不管是谁，他都要敬礼，给公司增光添彩。朋友们都说，老罗公司有个保安，不像保安，像个仪仗兵。人家老罗就是牛，女婿是仪仗兵，连看大门的都很不一般。

后来，老罗把陆纪超调到身边担任随从，也就是保镖。振杰知道后，为老陆感到高兴。是金子到哪儿都闪光，作为一名仪仗兵，阅兵场上他证明过自己，到了地方上，需要重新证明自己，老陆做到了。

罗澜则道："爸爸交给老陆保护，我就放心了。"

第十九章　每一个细节

二〇〇八年北京奥运会和残奥会，人们可以在各个场馆看到仪仗队员的身影，主要是升旗。他们并不是运动场上的主角。外人有所不知，为了奥运，仪仗大队几乎全体出动，参加了多项任务，极其烦琐，极其艰难。

没人知道，他们背后做了什么。

世界上大多数国家，都来参加奥运会和残奥会，光是奥运村、比赛场馆升国旗这一项，就够烦琐的。更不用说还要担负奥运会和残奥会开闭幕式的升降旗任务，这可是举世瞩目的。

说来说去，升旗是最主要的工作。开始时，组委会打算让武警上。后来组委会认为，武警是对内的，三军仪仗队代表国家，应该让仪仗队上。任务就这样交给了三军仪仗队。

以前仪仗队凡遇升旗，都要求必须做到"乐终旗止"。奥组委负责人来仪仗队会商，提出的要求并不高：只要把旗升上去，别卡半截，别掉下来，就行，不一定非要"乐终旗止"。根据观摩和资料片中的情况看，外国搞奥运会时的升旗仪式，很少做到"乐终旗止"。

但是，大队领导却认为，仪仗队"要么不做，要做就做最好的"，既然国家决定让仪仗队负责开闭幕式以及其他场合的升旗仪式，那么，就一定要做到"乐终旗止"。

已经升任副大队长的卢天祥被确定承担奥运会开闭幕式的升降旗任务，后续肯定还要担负残奥会的相同任务，不但要升中国国旗、奥林匹克会旗，还要升希腊（奥林匹克运动发源地、首届现代奥运会举办地）和英国（下一届奥运会主办国）国旗。

这之前，李振杰升任了一中队副中队长。他的任务是率一个共有八人的抬旗小组，在奥运会开幕式上，护送国旗进场。另外，各个场馆、各种各样的升降旗任务，由各中队负责实施。

在大队全体人员参加的援奥动员大会上，吴青江说，今天仪仗队做出的每一个细节，每一个动作，都将成为中华民族奥运史上浓墨重彩的一笔。

一开始，他们还是太乐观了，以为经历过无数次重大任务的锤炼，做个升旗手、抬旗手，不在话下。然而一接手，便意识到，这事不好办。比如，一开始并不知道鸟巢的旗杆高度是多少，没有办法练，卢天祥直犯愁，只能找组委会交涉，对方却让等等再说。

从三月开始，振杰、马磊、林国龙等八人练习抬旗。先练习臂力，每天不停地举三十斤重的沙袋。大家都认为抬一面旗帜，没啥大不了。只等组委会把国旗送来，就可以上手练。

国旗送来了，比想象的大不少。抬旗行进时，要求不能有皱褶，不能鼓荡，旗面必须是平展展的。巨大的国旗展开来，八个抬旗手站到自己的位置上，振杰负责右前角，这是最重要的位置，镜头正对着的地方。

卫戍区司令员前来观摩他们第一次抬旗。北京的春天，刮大风是常事，乐曲响起来，突然就有一阵大风吹过，八人手中的旗被大风吹起，人被带得东倒西歪。

事态严重，司令员脸拉得老长——开幕式那天，全世界都在看，很可能也有大风，如果出现这种情况，那可毁了！这将是国际洋相！司令员要求他们，每天举四十斤重的沙袋，练习时间由四小时，增加为五小时，严格按时间来，一分一秒都不能少。

每天练下来，他们的胳膊都是肿的。振杰偶尔回一趟家，他不敢让罗澜看到他粗肿的左胳膊。此时罗澜已经怀孕。振杰趴在她肚子上听动静，希望她生个儿子，将来也当仪仗兵。罗澜道："你算了吧，咱家有一个仪仗兵，够了，再添一个，会把我累死。"

他们计算了孩子的预产期，也是巧了，大致就在八月八日——奥运会开幕式前后。二人盼着孩子最好在开幕那天出生，多有意义啊。

卢天祥更是愁得不行，以前当执行队长、当人阅兵的军旗手，也没见他如此犯愁。旗杆的高度好不容易确定下来，十八米五十厘米，差不多有六层楼高。但是眼下没有旗杆，按照商定，奥组委会应该把一根标准旗杆安装到三军仪仗队的操场上。人家一直不来安装，你就没法练习升旗。

还是振杰主意多，他带着安装师傅，爬到一中队六层高的楼顶上，想办法安装了一个滑轮，按照规定高度系上绳子，这样就可以土法练习升旗了。

升国旗，卢天祥不怕。升国际奥委会会旗，就很麻烦，因为奥运会会歌很长，只能选取其中一段；到底选哪一段，需要报告国际奥委会。要命的是，这件事一直确定不下来。再就是，奥运会会歌是希腊语，很难踏准"点"，练习起来非常头疼，卢天祥练习多天，仍然做不到"乐终旗止"，快把他愁死了。他吃饭时都戴着耳机反复听会歌，找"点"。

与此同时，各中队抽出大部分兵力，练习识别各国国旗，还要记住各国国歌，避免人工或电动升旗时搞混。升旗时，如果把旗和歌搞混，就是外交事件了。

与会的二百零四个国家和地区的旗帜中，有不少相似度很高，非常难记；还有各国国歌，每人发个MP3，反复听。但是那些国歌听上去千差万别，让仪仗兵们苦不堪言。他们宁愿上操场出力流汗搞训练，也不愿识别国旗国歌。振杰想出办法，把二百零四个旗帜缩小印在手帕上，便于战士们携带，随时拿出来背记。

奥运会开幕前，在水立方举办了一次国际游泳比赛，其实是一次预演。颁奖时，仪仗队的战士负责升旗，结果把瑞典国旗升错了。该国外交部向我国外交部提出抗议。

事态很严重。各部门领导齐聚仪仗大队进行处理。很快查明，不怪仪仗队，而是大会志愿者在升旗之前穿旗时，搞错了，仪仗队的战士只负责升旗，穿旗不归战士们管。

这件事情三军仪仗队虽然没有责任，但它让各级领导十分警惕。各方商讨后正式决定，必须吸取这个教训，确保奥运会时绝对不要发生此类事情，仪仗大队把穿旗任务一道接过来，这就好比厨师炒菜，让他把洗菜的工序也一块儿干了。

这样一来，要求更高了，任务更繁重。

卢天祥费尽心机终于找到了会歌的"点"，升会旗有所进步。操场上，终于安装了一根标准旗杆，练习起来也方便多了。

振杰等八人苦练了四个月抬旗。按照规定，八人抬旗正步走一百四十七米，到达旗台前，叠好，交给升旗手，才算完成任务。到七月，他们抬旗行进时，就是有八级大风，也吹不皱，更吹不走他们手中的国旗。

他们到鸟巢实地训练，英俊的仪仗兵引起了现场女孩子的追逐。有个女孩把一个小字条塞给马磊，上面写着她的姓名、电话、QQ号。马磊乖乖把字条上交了，振杰表扬了他。

训练很苦很累很枯燥，为了活跃气氛，中间休息时，振杰带他们到小树林里抓蚂蚱，装到矿泉水瓶子里，带回来到炊事班炸了吃，大家都说很香。小时候家里没有肉吃，母亲经常捉了蚂蚱回来油炸一下让他补身体，他对这小东西不陌生。

一次预演结束后，司令员带回了令振杰他们崩溃的消息：原定仪仗兵抬旗，踩着铺在地上的一条巨幅画卷，走完全程一百四十七米。但是这个设计被取消了，改为五十六个身着民族服装的儿童簇拥国旗进场。

振杰他们八个抬旗手全都愣了，傻了。四个月，跨越了这一年的整个炎热的夏天，每天，旗组人员围着操场练习抬旗，一百四十七米正步走的长度，比阅兵时天安门广场上的九十六米距离，多出五十一米！八个人抬旗行进，每一步都是考验，为了增强踢腿力度，每天都要在自己两条腿上各绑三公斤重的沙袋，下了场，他们的双腿都肿得脱不下靴子；走一个一百四十七米，差不多需要二十分钟，每天至少要走二十次！四个月，每人都要磨破几十双非常结实的胶皮手套，长时间戴手套，里面全是汗，每个人手上要么是血泡，要么是水泡，都不敢伸出来让人看。胳膊肿了消，消了又肿，反反复复。吃饭捏不住筷子，恨不得直接用吸管。马磊的左脚掌磨出过鸡蛋大小的血泡，每走一步，血泡都要被挤压，一天下来，鲜血都浸透了马靴。林国龙的两只脚板一度长了二十个鸡眼，走起路来，像踩在二十多枚针尖上，钻心地疼。就这样，没人退缩，没人发牢骚。

可是，四个月熬下来，原地归零。这种心情，这种滋味，谁能体会得到？

晚上熄灯后，振杰违反规定，跑出去买来一箱啤酒，悄悄搬到储藏室里，没惊动任何人，关上门，八个男人边喝边哭，边哭边喝，又不敢搞大动静，怕人听见。他们互相安慰，痛痛快快地哭一场，回去睡一觉，这事也就过去了。

上百个士兵背记外国国旗、国歌，也不顺利。心情不好的振杰有一天发火，罚所有人一边做俯卧撑，一边记手绢上的各国国旗图案。然后逐个提问。他一发火，果然有效果。

不久，关于抬旗之事，组委会又拿出一个新方案：仪仗兵抬旗环节还要，只是缩短为七米长，走九步——从五十六个儿童手中接过，然后正步行进九步，到达旗台上。

如果让上场，走一步也好啊！于是振杰他们重新抖擞精神，继续练习。

第一次到鸟巢彩排，是吴青江带队去的。场面很乱，连通道里都站满了彩排的演员，有好几千人。战士们连换服装的房间都找不到，礼服也没地方挂，随便放的话，一穿就会起褶子，大家都为这事急得不行。吴青江眼尖，看到了总导演张艺谋，他挤过去，大声道："张导！总不能让军人当众脱军装吧？"

张艺谋同意把自己在鸟巢的办公室借给仪仗队员使用。

第一次彩排，从抬旗到升旗，近乎完美，出乎意料。导演组非常满意。结束的哨声响了，一个男子找到卢天祥，满脸堆笑，说："刘老师想跟咱仪仗兵合影，请赏个光。谢谢，谢谢。"

"哪个刘老师？"卢天祥问。

"刘德华嘛，演员。就在那边。"男子往不远处指了指。

卢天祥对振杰等人道："哎，大明星刘德华想跟你们合影，你们几个快去快回。"

几个人都乐了。以前都是别人追着大明星要合影，这回变了。

万事俱备，只待开幕。八月八日那天中午，仪仗队员们乘车去鸟巢参加开幕式表演，振杰路上顺便到医院看了一眼即将临盆的罗澜。他不能留下来陪伴妻子，深感歉疚，说："最好等开幕式完了以后再生，我赶回来陪你。"罗澜道："你放心去，今天生不了，没动静呢。我有家人陪，没事的。"

晚上八点整，开幕式隆重开场。全世界都在注目中国，鸟巢成了这一晚地球上最闪亮的地方。振杰带领旗组完美地完成了抬旗仪式，卢天祥把中国国旗——这面世界上最美的五星红旗和奥林匹克五环旗完美地升了起来，整个过程无可挑剔！

差不多就在这个时间，罗澜在医院诞下一个女婴。盛大的开幕式结束，振杰打开手机，收到一条罗澜平安生产的短信。他激动不已，大声对战友们道："我有女儿了！八斤！八斤重！"

这天是八月八日，罗澜生了一个八斤重的女儿，真是太神奇了！马磊、林国龙他们把振杰抬起来，一次次抛到空中，又笑又闹，都笑岔了气。

振杰兴冲冲地赶到医院时，已是夜深人静。罗澜知道他会来，虽然特别疲惫，但她一直未深睡。振杰上前握住她的手，单腿跪在地上，深情地吻了吻她身旁女儿的小脸蛋，眼泪忍不住往下滚落。

罗澜微微笑着告诉他，已为女儿想好了名字，大名李罗奥，小名运运——这孩子既是个奥运儿，也是个幸运儿。

"如何？"她问道。

"完全同意。"

第二十章　排头兵

　　很快又要迎来新中国成立六十周年大阅兵。进阅兵村之前，谁当军旗手，再一次牵动着上上下下的神经。军旗手是受阅大军的排头兵，数十个方队，成千上万的受阅大军，要跟着军旗手的步伐走，万一出点差错，那可不是闹着玩的。因此，每次阅兵，军旗手的选拔都最引人注目。

　　卢天祥和李振杰，是最有可能的两个人。卢天祥曾经是一九九九年大阅兵的军旗手，经验丰富，年富力强，正是最为成熟的时候；李振杰作为后起之秀，势头正旺，是仪仗队重点培养的日后扛大旗的人物。

　　大队一时定不下来，请卫戍区首长定夺。首长们也很犯难，手心手背都是肉，让谁上都可以，让谁下都可惜。无奈之下，首长们建议仪仗大队集合中队以上干部搞个民主测评。十五人参评，结果出来，是七票对七票，一人弃权，二人打了个平手。

　　司令员拍板，暂时不定人，二人都做好正式上场的准备，先从平时的训练考核做起，最后让状态更好的那一个上场。

卢天祥是振杰最早的偶像，振杰那时还是沙岗子村的苦孩子，熊孩子，无人待见，而卢天祥已经为天下人所尽知。可以说，一个在地上，一个在天上。这么多年来，他一直瞄着的，不是别人，正是卢天祥。他一直没有资格，也没有机会跟他的偶像兼师父同台比试。

现在，机会终于来了！

既然命运给了他机会，那么他就不会轻易放弃。

一到沙河阅兵村，他率先进入了又一轮疯狂的训练模式。

大阅兵所用的"八一"军旗旗杆是铝合金做的，高三点二九米，直径三点五厘米，十五斤重。加上旗帜和风的张力，一般人举不到十分钟就会胳膊发酸，腿发软。更难的是，擎旗行进，风向随时都会影响到旗手擎旗的稳定性，要求不管风力大小、风向如何变化，旗手必须做到军姿标准，步幅准确，步速均匀，走向笔直，也就是说顺风不能快，逆风不能慢，横风不能摆。

为了练好举旗，振杰有时把灌满水的水壶吊在旗杆顶端。后来干脆把旗杆换成重得多的旧钢管，并且逐步往钢管里灌沙子，先灌两斤，然后加到三斤，五斤，十斤，还要往手臂上绑沙袋。每天，他站在两块竖起的木砖上，一站就是几个小时，要成百上千次地重复训练举旗、劈旗的动作。为了保持姿态端正，两膝间还时常要夹上一个小小的螺丝帽，训练中不能掉下来。他一双粗壮的大手搞得一片血泡，经常会染红旗杆。有时赶上背部肌肉痉挛，收操后要找两个人帮忙，才能把训练服从身上脱下来。双臂举肿了，吃饭连筷子都拿不住，只能用手抓着吃，他的体重很快就减了十斤。他的皮鞋也很特殊，专门加钉了两层鞋底，八个大号铁掌，重量比原来增加了一倍。

　　他也设想过，如果阅兵当天的风力很大，军旗缠上自己的脸，怎么办？那么自己就只能在两侧护旗手的护卫下凭感觉盲走。以防万一，他加练盲走，蒙上双眼练习擎旗行进，直到连续走出一条笔直的直线，确信绝对无误，心里才踏实些。

　　正是通过这种顽强的训练，他终于摸索出了根据不同风向甩旗、端旗、展旗的规范动作，达到了"走百米不差毫厘，迈百步不差分秒"的标准，完全可以把误差减少到零。

　　而卢天祥身为副大队长，还要分身大队工作，训练时间得不到保证。一中队振杰带的兵都认为振杰会最终胜出，大家都暗暗高兴，满怀期待。

　　在一次举旗训练中，卢天祥扭伤了右胳膊。一阵剧痛袭来，他汗如雨下，脸色煞白，让人搀到卫生室简单治疗一下，就回房间休息了，晚饭都没吃。晚上，振杰过来看他，灯光下，突然看见他头顶有了缕缕白发！

　　振杰感到惊奇，不由得问道："师父，你的头发怎么突然白了？"

　　卢天祥苦笑一下，说："早白了，你们不知道而已。半个月不染就成白头翁，这两天没顾上染。"

　　他还不到四十岁，怎么就这样了？振杰心中酸涩，一时难以接受。

　　卢天祥叹口气，告诉振杰，他全身上下患有静脉曲张、腰肌劳损、肩周炎、脚气、鸡眼等七八种职业病，这些年，病痛一直折磨着他。特别是他的两只脚，成了"蜂窝脚"，因为常年超负荷训练，脚板长出了厚厚的老茧，每周用刀子刮一次，刮不干净走路都垫得生疼，越刮越坑洼不平，粗看像个扁平的"蜂窝"。有一次，他去医院找专家治脚病，他脱下袜子之后，医生看了都直摇头，说，你这双脚，治起来恐怕比癌症还难。

回到宿舍，振杰久久睡不着觉。卢天祥，这位自己心目中的硬汉，一位仪仗队伍里最强的强者，似乎在一夕之间，变成了另外一个人，有点无助，有点无奈，有点英雄气短。想到过往卢天祥对自己无微不至的帮助和关爱，他突然产生了退出的想法——把机会让给师父，因为这可能是他最后的机会了，而自己以后还有机会。

他在电话里把想法透露给罗澜。罗澜有不同的意见，她用仪仗兵"永远争第一"的话来堵振杰，说："耿班长不是留给你一张大王扑克吗？你为什么就不掂量掂量呢？老班长的话是对的，你别无选择！"

振杰无言以对。

罗澜又道："我嫁的人不能退缩。真英雄永远都不会退缩，不论有何种理由。你让给老卢，我反而觉得那是对他的侮辱和贬损，他会接受吗？你小瞧人家了。"

振杰沉默不语，感觉脸上凉凉的，不知是汗水还是泪水。

司令员专程来阅兵村观摩指导卢天祥和李振杰比试。二人先后上场。打分时居然又是七比七。司令员要投出最后的一票，他犹豫了好一阵，最后把票投给了卢天祥，感慨道："同志们，今天没有失败者，两人都是好样的。"

振杰获得了与卢天祥同样热烈的掌声。

这个结果，并没让振杰难堪。他由衷地向卢天祥表示祝贺。

卢天祥表情十分严峻。谁也没有想到，他竟然当着司令员的面说："我想好了，自己退出，希望组织上重点考察培养李振杰。理由呢，主要是我年龄渐大，伤病多，勉强担任一次大阅兵军旗手，没有问题，但从培养后备力量出发，我更愿意李振杰这拨人顶上来。不当军旗手，我可以拿出全部精力抓全方队的训练和管理。请司令员批准！"

在场的人，都望着卢天祥，然后又望向司令员。卢天祥的决定，让所有人感动和震撼。"争"，是一种精神，而"让"，是一种胸怀，是大胸怀！队伍里最棒的人，往往是让而不是争。就好比顶尖的武林高手，天下第一，他还要争什么？再带出一个、几个天下第一，他会更加了不起！

司令员半天没表态，愣了好久，把上面的这层意思说了出来。

卢天祥淡淡一笑道："首长，我不是天下第一，我只是做了自己应该做的。"

司令员带头鼓掌。现场热烈的掌声证明，此时的卢天祥，征服了所有的人，更征服了李振杰。在众人的注目下，卢天祥正式把"八一"军旗交给了眼含热泪的李振杰。

军旗手就这么定下来了。

与此同时，两个护旗手的争夺，也进入了白热化阶段。马磊终于竞选上了海军护旗手，他鼓励林国龙竞选空军护旗手。林国龙以微弱的优势战胜了对手，竞选上了空军护旗手。

振杰看到自己的两个左膀右臂进步如此神速，比自己上位还要高兴。

罗澜来到阅兵村，为三人照了一张合影。

八月底，马磊接到家人电话，说是奶奶突然病逝，已经下葬，怕他分心，没有告诉他。马磊从小是奶奶带大的，他和奶奶最亲。奶奶的去世，让他情绪很低落，边训练边忍不住淌眼泪。林国龙问他，他说是流的汗。大家也搞不清是汗水还是泪水，反正都是水。一天夜里，马磊实在难过，悄悄爬起来，走到空荡荡的训练场上，朝着家乡的方向磕了三个响头。林国龙从远处盯着他呢，获悉内情后，他报告给了振杰。

训练场上，当卢天祥知道情况后，叫停了全方队的训练，他站在队前，大声说道："队列里有一个士兵，奶奶病逝，没给队里说。像这样的事情，在我们大队，过去有很多。去年我们就有五名干部战士的亲人病故，有四个没能回去尽孝。我命令：全体脱帽，为一个士兵的奶奶致哀一分钟。"

队列里，马磊克制着，克制着，不让自己哭出声来。

这次大阅兵的女兵方队，以石家庄白求恩医科大学的女学员为主。卢天祥被请去指导女兵方队训练，一个名叫邱淼的女学员引起了他的注意，邱淼是山东青岛姑娘，吃苦耐劳的精神特别强，有一股永不服输的劲头，大家都被她的顽强气质所打动。

在卢天祥的建议下，邱淼被选为女兵方队的主领队。

但是苦练了几个月之后，有一天，别人突然发现，邱淼好像变高了。她去卫生室测量，医生发现她身高比加入编队前竟然高出了两厘米！

好奇怪啊，她都二十岁了，身高还在增，眼看着由一米七六变成了一米七八。

那么问题来了。方队的领队有三个人，除了她，还有两个副领队，分别着海、空军服装。她比她们高出三四厘米，怎么看都感觉别扭。

面对领导们闪烁不定的眼神，邱淼情知不好，脑子乱了，但她强忍着不让别人看出来。

白求恩医科大学的领导——一位大校跑来找卢天祥取经。卢天祥专程去看女兵编队训练，下来后，忍了好一会儿，才道："只有两个办法。"

"哪两个？"大校迫不及待地问。

"第一，选两个和她身高差不离的副领队。"

"选不出。"对方直摇头。

"第二——把邱淼拿下来。"

这话卢天祥不想说，但又不得不说。

只能这样了。学院领导决定另行挑选一人担任主领队，通知邱淼改为预备领队。领导和她谈话时，她脑子里一片空白，感觉天都要塌下来了，欲哭无泪。几个月来，她吃了那么多苦，仅仅因为这两厘米，就要让她遗憾终生吗？

虽然领导们反复耐心地开导，可她无法接受这个残酷的现实，晚上熄灯后，她躲在被窝里，紧紧咬着被角，轻轻地啜泣，满脑子都是引领女兵方队走过天安门的情景。她反复问自己，就这样放弃了吗？不！这不是她的性格，她心中永远没有"服输"两个字。

一个人可以有多种痛，而最大的痛叫作——不甘。

虽然努力未必成功，但放弃注定失败。

第二天，她克制着内心的压抑和委屈，像往常一样走上训练场，在一旁独自训练——这看上去像是给领导施压。

以后好几天都是这样，她单独练，不管不顾。

大校无奈之际，只好再来找卢天祥讨主意。好在都住在沙河阅兵村，见面方便。大校琢磨出一个新方案，说："如果她非要上，从第一排面撤下一个，她顶上，这样可不可以？"

"打算撤谁呢？"

"一时拿不准。第一排面的二十五名队员，也是挑了又挑、选了又选的。这时候被顶下来，谁能受得了？"

"所以这个方案未必行得通。"

"但是，邱淼是最好的。把最好的撤下，校领导又都觉得于心不忍……"

卢天祥看他很为难的样子，愣了片刻，说："让我来找她谈一谈吧。"

谈话在帐篷里进行。卢天祥坐在那里不动声色，让邱淼先"诉苦"。邱淼眼里含着晶莹的泪水，说道："几天以前，我的面前是那么美好，现在一片迷茫，不知明天还会有什么……"

"昨天再好，也回不去了；明天再难，也要抬脚继续。"

"我还是想证明自己。"

卢天祥目光炯炯地望着她，"你已经证明了自己，你是最棒的。队伍里牺牲的，往往是最好的。一个人敢于承担牺牲，才能证明他是真正最好的……"

说到这里，卢天祥有点疑惑，有点卡壳——这是在劝说自己吗？……他嗓音哽咽，鼻子一酸，眼泪差点掉下来，假装咳嗽两下，掩饰过去了。

邱淼愣了许久，许久。她在细细品味卢天祥的话——面前这位大男人，大哥哥，曾经是她少年时期崇拜的偶像啊。不知有多少回，在《新闻联播》里看到他。今天和他面对面，才发现，他不仅是个勇者，还是个智者，他讲的话，句句走心……

她终于悟到了什么，低了低头。再抬起头来时，眼窝里已经没有了泪。

她一字一顿地说："我选择退出。"

说罢，她站起来，向着卢天祥，庄重地行了个军礼。

卢天祥欣慰地点点头道："小邱，从现在起，为下一个梦，继续奋斗吧。"

邱淼微笑着走了。

他却再也控制不住，泪流满面。

那边，马磊又遇到了新情况。一天，进行正步练习时，他感觉与往常不一样，右腿很疼。他发现只要脚往地上砸，使劲把腿砸麻，就感觉不到疼了。于是他不跟人讲，天天坚持。但是一到晚上，他便疼痛难忍。在难得的休息时间里，他悄悄来到卫生室找医生，医生安排他拍了个X光片，告诉他说，右腿部有一处疲劳性骨裂，不太明显，正常走路感觉不到，但不能过于劳累，最好卧床休息几天，能住院治疗一下最好。

他一听，有点蒙，牙一咬，偷偷跑了回来，照常训练，幸好发现疼痛没有再加重，只要落地时使劲把腿砸麻就没事了。一天晚上，他忍不住把这事说给林国龙听。林国龙要他报告李振杰。他说要是报告的话，可能就上不了场啦，所以打死也不能报告，反正这点伤不影响上场。林国龙答应为他保密，一直到大阅兵结束。

二〇〇九年大阅兵，从气势上远超一九九九年大阅兵。受阅方队穿上了新式军装，上了很多新装备，场面更震撼，举世瞩目。

十一那天一大早，罗澜抱着一岁多的女儿回了娘家，和父母坐在一块儿等着看大阅兵。她是军区报社的记者，按说可以到现场，但是不能带女儿去，所以她放弃了。

电视里，检阅车率先驶到了三军仪仗队的方队面前，振杰站在方队最醒目的旗手位置上，精神抖擞。罗澜抱着小运运，指着电视上的振杰说："快看快看，这是爸爸。"

这半年，女儿没怎么见到爸爸，她对振杰感到陌生，小嘴张了好几下，才叫道："爸……爸……"

老罗两口子笑得眼泪都下来了。

这个时间，千里之外的沙岗子村，李恒年家的客厅里，塞满了人。房子前年翻盖过了，宽敞明亮；电视机换成了大的，全村第一。昨天晚上，振杰抽空往家打了个电话，跟父亲开玩笑说："十年前挨过爹的骂，这回我扛大旗，你没话说了吧？"李恒年道："骂一骂就是管用，这不应验了？"赵亚梅抢过话筒："振杰，你爹这下厉害大了，胡同子都快盛不下他啦。"振杰问："怎么了？""他横着走呗。乡里乡亲，都让着他，他说鸡蛋是带把的，人家就说，鸡蛋是树上结的。"

李恒年在一旁笑道："守着孩子，净胡咧咧。"

今儿一大早，左邻右舍的，抢着过来，陪老李两口子拉家常。

肖作生和肖土平爷俩不请自到，让老李笑逐颜开。肖土平现在不再是挂职副镇长，而是正儿八经的景芝镇常务副镇长，他爹小算盘腰杆子又硬起来了。话又说回来，肖土平带领全镇苹果种植户改良品种，李恒年家的四亩果园产量明显比往年高，老李越发觉得这个小土豆不简单，比他爹小算盘有水平。

阅兵还没开始，老李兴致高，话就多，豪情满怀地说道："战争年代打胜仗，和平时期看阅兵——这是我家振杰讲的。当年不是我经常敲打他，哪有今天？老话说得对，坏孩子都是惯出来的，好孩子都是敲打出来的，棍棒之下出孝子嘛。"

赵亚梅和他拌嘴道："当年你不让孩子当兵，要不是我，他现在还跟你种苹果呢！你咋不说？"

李恒年道："我还不了解他？我非不让他去，他才死活要去；我要是让他去，没准他还不去呢！这孩子从小犯拧巴，你顺着他就不行。"

赵亚梅难得呛他，瞪他一眼道："龙眼识珠，凤眼识宝，你牛眼只识稻草。人家部队的领导，就比你有眼力。"

众乡亲都被逗乐了。

肖作生插话道："恒年哥，我说句话：振杰有出息，不是在咱沙岗子有出息的，对吧？他是在北京有出息的！你说是谁的功劳？"

李恒年有点犯愣，心想小算盘这是拿话噎自己呢，又不好反驳，脸红了，一时卡在那儿。肖土平出来打圆场道："明摆着，都有功劳！军功章有恒年叔的一半，对不对？"

众人都附和。赵亚梅说："肖镇长，你别老往他脸上贴金抹粉，明摆着是人家仪仗队的功劳，和他八竿子打不着。"

李恒年并不气恼，哈哈笑道："好好好，你说啥是啥。我没功劳总有苦劳吧?"

众人大笑。家里热热闹闹的，老李两口子别提多开心了。

电视里，三军仪仗队方队走过来了。李恒年紧盯着屏幕，又紧张又激动，念叨道:"掌舵的不慌，坐船的稳当。他走得稳，别人才稳……"

振杰的方队走出了电视屏幕，老李夫妇这才放松下来。李恒年喃喃自语道:"现在呀，我这个儿子，你拿个县长给我，我也不换。"

这天上午，川西北大山深处的耿家寨，担任村支部书记的耿长明，特意把村委会的电视机搬到了院子里，招呼父老乡亲过来看大阅兵。三军仪仗队方队走过来了，他指着屏幕上的李振杰，激动地对众人说:"你们快看，这个扛军旗的是我带的兵，他叫李振杰……"

话没说完，他抬腿走到院子角落的一棵柿子树旁，无声地哭了起来。

第二十一章　栽一棵白玉兰

又过了两年，卢天祥、吴青江、李振杰三人的职务都有了变化，先是吴青江，担任了大队政委，接着是卢天祥，接替柳大队长，两人都挂上了大校军衔。随后是振杰，升任一中队中队长，正营职。

三人都为一件事情发愁：为了保留骨干，上级给大队两个超龄士兵报考军校的名额，马磊、林国龙作为第五年兵，都有资格报考。但是，两人最后只能有一个被录取。

振杰非常希望两个人都能上军校，他找吴青江政委请示，能不能向上级反映一下，多给一个录取名额。吴青江道："早问过了，给一个就不错了。现在军校招生管理越来越严，超龄士兵考军校，目前也就仪仗队有这个待遇。"

马磊、林国龙还是摆出"永不服输，永远争第一"的架势，友好竞争。要学习，一块儿学习；要训练，一块儿训练，机会是均等的，谁也不想占谁的便宜。

考试成绩在人们焦灼的等待中公布了出来：林国龙比马磊多考

了一分，林国龙被录取。

林国龙并没觉得有多么高兴，他为马磊感到遗憾，心里挺难过的，总感觉过意不去。马磊反而安慰他道："国龙你没必要，我就是不如你，你去上学，我没一点儿不高兴。"

林国龙摇摇头道："如果重新让我选择，我也许会选择比你少考一分。毕竟我家在城市，回去好赖能找个工作，而你家在农村。"

马磊苦笑道："不对，永远争第一，永远没有错。"

林国龙道："训练争第一，是对的；考试争了第一，把兄弟上进的路子堵上，让人心里怪不是滋味。"

马磊叹口气道："国龙，你是光彩的，不要有心理压力。"

林国龙去石家庄上学，与众人依依惜别。他希望马磊明年还有机会再考一次，或者想办法由士兵转干，他在石家庄等他。

因为年龄原因，马磊已经没有了来年再考的机会，他只剩下士兵转干一个可能。他的一个表姨妈在国家某部门当领导，专门来找他，想帮他托关系，争一个士兵转干的名额。姨妈劝马磊："现在不比以前，什么事都不能凭嘴皮子了，吃豆腐办豆腐事，吃肉才办肉事，得想办法争取，花点钱。傻等着，不行！"

马磊告诉姨妈，三军仪仗队的士兵，干什么都是凭分数，凭表现，很公平。如果用这种手段，把别人挤下来，对别人就不公平。

他拒绝了姨妈的好意。

大队想尽办法，仍然不能从上面多争取一个转干名额，于是马磊打算年底复员。振杰心里挺痛苦，感到特别遗憾：这么好的士兵，为什么就不能把他留下呢？

老兵复员季节来临，振杰询问马磊还有什么要求，马磊道："中队长，我当兵五年，只打过一回枪，还是当新兵的时候。"说罢，苦笑着摇摇头。振杰二话没说，打开手机通信录，划拉一阵，找到军区机关的一位熟人，请人家想想办法，满足一个仪仗兵最后的愿望。

第二天，振杰从大队要了辆车，只带马磊一人来到西山特种兵部队的靶场。靶场领导非常热情，吩咐手下把手枪、机枪、步枪统统都搬过来，子弹抬来三箱，让马磊随便打，过足枪瘾。

可是，马磊只打了一梭子子弹，便泪眼模糊，打不下去，伏下脑袋，哭了。当兵的经历，这辈子就这一次，他原先那么想当特种兵，却阴差阳错当了仪仗兵。好不容易喜欢上了仪仗队，想留下来，却又留不下了。

老兵告别军旗那天，在礼堂里，振杰亲手给马磊摘下了军衔符号。他是中队长，是干部，是大哥，不能当着部下的面流眼泪，就强忍着，不让泪珠掉下来。最后一项内容是大队长卢天祥对老兵们发表临别致辞，振杰怕自己感情上控制不住，于是悄悄溜出来，跑到大门口替卫兵站岗。北风呼啸，卷起了地上的沙粒。他纹丝不动地站立着，像一尊木雕。

大队长致辞完毕，部分老兵直接坐车奔火车站。马磊胸前佩戴着大红花出了礼堂，提着行李上车。他看到宿舍楼一块块带着水汽的窗玻璃上，显出各种"再见"的手迹，窗户里面，很多人在招手。泪水不觉再次模糊了他的双眼。

大客车驶到大门口，振杰举手向车子敬礼。车里面，马磊在泪眼模糊中看到了中队长，于是抬手还礼。大客车出了营门，很快融进了滚滚车流中。振杰感到老兵们带走了他的一份纯洁的战友之情，让他无从寄托。"兄弟，一路走好，如果有机会，希望你们能再回来看看我们……"

这天，振杰一直在大门口站到天黑尽，撵走了两拨来换班的士兵，午饭也没吃，连续站了六个多小时。

马磊复员之后的第二年秋天，老班长耿长明回来了！他亲自押车带来一吨半的猕猴桃，这些猕猴桃是他带领乡亲们种植的新品种，在市场上供不应求，他想让全体仪仗兵都尝尝鲜。大约两千公里的路途，他与别人合伙承包了一辆长途运输车，专程运来，路上走了三天。

退伍后他本来想到成都打工，乡上的领导找上门来，说你堂堂一个走过天安门广场的仪仗兵，不能光顾自个儿，应该想办法带着大伙干。他不好意思再走人，接任了村支部书记，扑下身子带领乡亲们脱贫致富。不到十年，他所在的耿家寨，成了全乡最富裕的村子。

因为经常在电视上看到卢天祥和振杰，所以在耿长明眼里，这两人变化不明显；而在振杰眼里，老班长看上去又黑又瘦，个头似乎变矮了一点，背也微微有点驼，和以前几乎判若两人。他刚下车的时候，振杰差点没认出来。老班长回去种猕猴桃，他却没有回家种苹果——这都是命运的安排。

振杰紧紧握住耿长明的手说："班长，怎么变化这么大？你吃不饱饭吗？"

耿长明呵呵笑道："在农村，天天风吹日晒雨淋。我这个年龄，都有当爷爷的了，能不见老吗？"

振杰摸出随身携带的钱包，从夹层里小心翼翼地掏出那张带有两个洞的大王扑克——扑克已经很陈旧了，磨毛了边，不小心就会弄碎，他用透明胶带固定了一下。

老班长看在眼里，欣慰地笑了。

在食堂吃罢饭，回到中队，休息了一会儿，振杰说："班长，我带你看个东西。"

他让保管员打开武器库，两人一起走进去。振杰从角落的一个枪柜里摸出一支陈旧的礼宾枪。耿长明一眼认出，这是他当年使用的那支，眼圈霎时红了。

这支枪，振杰一直给他保留着，没有送去翻新。他盼着老班长有一天会回来，再摸它一回。

耿长明接过枪，手有点抖，颤声道："550106，你还好吗？"

"班长，这枪号你还记得呀？"振杰故作轻松道。

耿长明定定神，端详着，说："这么多年，一直用它做银行卡密码。这辈子，恐怕忘不掉啦……"

他紧紧握住这杆老枪，心潮起伏，感慨万端，无限深情地吻了吻枪刺。这一刻，他仿佛回到了当年，脸上洋溢着青春的风采。

振杰眼里，恍惚看到当年班长临别亲吻枪刺的那一个瞬间。两次吻枪，枪还是那支枪，人还是那个人，中间却隔着十二年的岁月，既短暂，又漫长。

第二天早晨，大队长卢天祥亲自在操场上主持了一个小型仪式，政委吴青江到场，欢迎耿长明班长退役十二年后重返三军仪仗队。耿长明要求再当一天兵，参加一日军营生活。他手握那支旧枪，身着振杰的训练服，精神抖擞，向在场官兵敬礼。

卢天祥下达口令："耿长明！"

"到！"

"入列！"

"是！"

耿长明健步进入队列。

这天上午进行了三个小时的高强度队列训练，耿长明全程参与，与振杰肩并肩。他浑身湿透，十分疲惫，感叹时光不饶人，但他精神头很好。

晚上，振杰把同屋的中队文书赶去值班室休息，没让耿长明去招待所，两人合住一室。熄灯后，两人躺在床上长谈，有说不完的话。说到未来的打算，老班长突然情绪有点不对，他念叨说，痛苦不是惩罚，死亡不是失败，活着也不是一种奖赏。这辈子当过一回仪仗兵，值了。后来两人都睡着了，振杰做了一个不祥的梦，梦见老班长在大雨中滚下悬崖，不见了。醒来后，他隐约预感到什么，回忆一下见到老班长后的点点滴滴，他感到恐慌。不知不觉，泪水流到了脖颈里。

其实这个时候，耿长明已经查出患有胰腺癌，成都大医院的大夫说，这是一种非常凶险的癌症，他的生命最多还有一年。趁身体尚能支撑，他回了一趟老部队，了却了最后的心愿。

耿长明在仪仗队住了两个晚上。第三天早饭后，卢天祥派车送耿长明去车站，他和吴青江、李振杰三人看着耿长明上车。车子启动了，驶出大门口的时候，耿长明让司机停一下，他从车窗里伸出头来，回望着门廊上方的"中国人民解放军三军仪仗队"那一行大字，热泪滚滚而下……

振杰从后面赶上来,站在大门口,一直望着老班长乘坐的车子汇入车流。他预感到这可能是最后一次见班长,眼窝酸涩,心头一阵痛意。

十二年前,班长复员时,如果算是生离的话,那么这一次,也许就是死别了。振杰回到中队,吩咐保管员把那支旧枪拿去上交。

大约一年之后,耿长明病逝了,年仅四十二岁。振杰和卢天祥过了很久才得到消息。这天晚上熄灯后,整个营院都安静了下来,偶尔可以听到夜鸟的悲鸣。振杰一个人缓缓走到操场上,蹲下来,从钱夹里小心翼翼地掏出那张扑克牌,划一根火柴点燃了它。扑克牌徐徐燃烧,最后化成灰烬,风吹来,星星点点,四散飘零……

这世间再也没有了耿班长。

泪水不觉打湿了振杰的面颊。

二〇一三年,上级决定三军仪仗队招收女兵。据了解,世界上百分之八十的主权国家仪仗队都有女队员,增加仪仗女兵是为了与国际接轨,更好地展示中华民族文化和现代发展的成就,有利于全面彰显国威军威,有利于增强民族凝聚力,有利于国际交往。

但是,刚接到命令时,卢天祥和吴青江都愁眉不展。三军仪仗队以前从来没有女兵,也没有女干部,突然来了女兵,怎么带?谁来带?这下真把他们难住了。

这年十月,开始选拔女兵。严格的条件让选拔变得步步艰难。河北省军区通信连的刘娜,幸运地成为第一批三十个女队员之一。

刘娜来三军仪仗队报到时,经过大门口,看到站岗的卫兵,第一个感觉是:这里的男孩子真帅呀!

往里面走，经过操场，看到六个礼兵抬着一张床，步子缓慢，像电影里的慢动作；令人惊愕的是，床上竟然还躺着一个"死人"！地上一台小录音机，播放着《安魂曲》。迎她进来的干事说，马上要执行一个迎灵任务。

已经有十几个女兵前来报到。她们在老单位都是大个子，脚也大，手也大，鹤立鸡群的样子，有时还挺让人难为情的，一来仪仗队，马上感觉找到集体、找到组织了。

一进屋，看到十张床上的被子都给叠得整整齐齐，可以说极为板正。刘娜算是老兵，在部队叠了几年被子，从来没见有谁叠出过这么好看的被子。晚上休息，大伙都不想盖，怕第二天叠不起来。

走廊里，刘娜遇到一个男兵，好奇怪，他竟然转身面向墙壁，刘娜给他打声招呼，他竟然吓得一哆嗦！等刘娜过去之后，他才转过身子来，可见提前打了预防针。

兵营虽然不是和尚庙、尼姑庵，但必须对男女兵实行极为严格的管理，务必严防死守，防止出问题。大队预先制定了种种严苛的规定，闹出过不少笑话。总之，在这个营院里，男女兵无论什么情况，一律不得有任何形式的来往。为此，各中队经常进行"防腐化"教育，要求大家就连路上遇见，也不能说话打招呼，以至于出现楼道里相遇，男兵"如临大敌"主动背过身去的情况。

招女队员难。更难的，是选调女干部。如果不能招来能胜任的好干部，这兵没法带。

卢天祥想起了一个人——邱淼。

四年来，他一直没忘记那个倔强的青岛女孩。

他来到石家庄白求恩医科大学，找到担任学员队分队长的邱淼。邱淼感到很意外，突然见到卢天祥，不知道该说什么。

卢天祥道："小邱，四年前，我欠你一个债。现在我还债来了，想让你再回阅兵场。"

邱淼问明情况后，沉默了。

过了片刻，她说道："卢大队长，我已经有过那样一种经历，虽然没上场，毕竟经历过一回，我没有遗憾。"

卢天祥道："是的，如果我不来，你可能不觉得有遗憾，但当你知道我们要有女队员，如果你不去，一定是个遗憾。再一次寻找自己想成为的样子，不好吗？"

邱淼陷入了更长久的沉默。

卢天祥让邱淼不要急于回答，一个月后，他等她的消息。

邱淼在犹豫中度日，学校当然不愿放她走，想各种办法挽留她，更令她难以下决心。

一个月之后，邱淼没有让卢天祥失望，真的来三军仪仗队报到了。卢天祥、吴青江亲自带三十个女兵列队迎接她。

那阵势像迎接"女王"一样啊，她久久地感动着……

营院里有了女队员，感觉立马不一样了。从前这里没有女兵，人们突然发现，营院里种的竟然都是不开花的树，一年到头见不到花。吴青江因此提议：栽一棵白玉兰。

种树那天，整个营院都好热闹。男兵女兵围成一个大圈，大队长、政委、男兵代表、女兵代表四个人一齐挖坑、栽树、浇水。

这棵玉兰树，后来上了三军仪仗队的史志。

人员到齐，开始训练。男兵从来队到编队上场需要七八个月，而这拨女兵，只给大约三个月的训练时间，三个月后就要上场，所以每一分钟都很宝贵。

正式开训之前，大队先组织她们观看男队员表演。那些平时看起来貌不惊人的老兵，一换上礼兵服就变得熠熠生辉；一百多号人把动作做得跟一个人一样，太不可思议了！令她们震撼的，还有大队长卢天祥那洪亮的口令和潇洒的操刀动作，那把银光闪闪的指挥刀到了他手里，就像孙悟空的金箍棒一样挥洒自如。

三军仪仗队这支部队的特殊，还在于干部既是领导，又是执行任务的战斗员。卢天祥大队长令她们折服。

她们领悟到，仪仗队的动作并非有多难，而难在同一个时间，同一个节点，要做出同一个动作；难在无数次重复之后，仍要保持那份无人可比的精、气、神。

李振杰转任训练处长，他的大队分工主要是负责女兵训练。一开始他想推辞，说自己从来没有施训女兵的经验。卢天祥把他叫来训了一顿，说，谁有经验？大家都没经历过，不想干也得干。

训练女兵，首先要用男兵帮带，从全大队选出五名老兵担任班长，规定班长在操场上指导训练时，必须离女兵两米开外；纠正动作，不能用手，只能用语言；还有一根小木棍——小木棍可以比画，但不得触碰女兵身体。班长不知道女兵的名字——即便知道了也不准叫名字，只叫第几排第几名。

女兵们也不知道班长的名字，私下里给班长起好了外号，皮肤黑的叫"黑豆豆"，耳朵大的叫"兔兔"，等等。

从开始训练到正式上场执行任务，女兵们需要经历基本动作、连贯正步分解动作、枪法练习、合成练习等步骤。要从最基本的站军姿、转体、齐步和原地摆臂练起。振杰不想过度训练女兵，怕她们受不了。站军姿时，他提出，不要让女兵把胳膊夹得特别死，要做到自然大方，经常让她们想一些高兴的事儿。也就是说，不希望她们死板地站军姿，而是"由内而外地散发出一种挺拔的气质，一种精气神"。

卢天祥和吴青江都很赞同振杰的这个做法。吴青江还为此夸奖振杰，说他终于懂得浪漫了，这是男人成熟的标志。

训练的艰苦困难程度，远超女兵们的想象。她们一来，就听说了《十子歌》——

身体上挺顶帽子

踢腿慢绑沙袋子

练军姿贴墙根子

脚腕无力踢石子

量步幅用尺子

纠正军姿照镜子

练习摆臂拉绳子

脚尖上翘压脚跟子

腰不当家别棍子

头型不正别针子

刘娜的脑袋习惯性地往一侧歪，平时谁也看不出来，但到了三军仪仗队的训练场上，往队列里一站，班长一眼就能发现。她下决心矫正，往衣领上别大头针，有一天，下巴扎了十个洞。没多久，就矫正过来了。

大伙人人都有一种使命感，因为自己是三军仪仗队历史上第一批仪仗女兵，心中只有一个目标：争取早日编队，上场执行任务，给全国的电视观众一个惊喜。

邱淼经常用一句话鼓励大家："我们每天都在创造历史！"

她担任了女兵中队的队长，白天和女兵一起接受训练，同时还要管理女兵。她的队列基础原本最好，业余时间还不放松，在房间对着镜子拔军姿，绑上沙袋练踢腿，借助器械强体能。女兵们看她这么拼，整天个个都像打了鸡血一样，谁都不想落后。

仪仗兵的动作，都是一点点抠出来的。

在连贯正步的分解动作中，原地踢腿是一个重要环节。为了提高女兵的出腿速度和爆发力，振杰特意安排她们和男兵一起练，女兵站在男兵身后，听到口令齐出腿，如果女兵速度比男兵快，就能踢到前面男兵的腿；如果速度过慢，会被身前男兵收回的脚后跟带到。踢到别人，当然开心；但如果被别人带到，就让人十分丧气！

那段时间，女兵的集体荣誉感空前强烈，大家都憋着一口气，不能在男兵面前丢面儿。终于有一次，刘娜踢到了男兵的腿，她特别高兴，越踢越带劲儿，直到前面的男兵忍不住提醒，她低头一看，才发现原来踢错腿了，一直踢在了人家左腿上，闹了个大红脸。

为了能够在最短的时间内完成枪法练习，七斤半的礼宾枪她们一扛就是三四个小时，一练就是成百上千下，胳膊发酸，手腕发抖，指尖发麻，大家都咬着牙、忍着疼坚持。那段时间，晚上看《新闻联播》时，都有人边看边端着枪站军姿。短短半个月，女兵们就做到了肩枪一小时不变形，端枪走百步不松劲。

由于训练量太大，有的女兵爬不上楼，有的睡着后因小腿抽筋而疼醒，有的睡梦中还在喊口令、做队列动作。一天夜里，刘娜迷迷糊糊感觉自己在抬胳膊，醒了一琢磨，原来自己做梦都在练摆臂！她把这事当笑话说给别人听，结果发现她"不是一个人在战斗"，不少女兵都出现过类似情况，真是梦里都在训练啊。

有一阵，她们普遍陷入了短暂的训练疲劳期，情绪变得低落。看谁要崩溃，邱淼便靠上去和她聊点高兴的事，她不希望有一个人哭，因为一个人一哭，就会哭声一片。

振杰特意把吴青江政委请来给大家鼓劲。吴青江激情满怀地说道："人生中总有几件回想起来让自己感动得热泪盈眶的事情，但必须通过自己的努力去争取。"

一句话，让女兵们的神圣感、使命感又被调动了起来。有人把政委这句话当作金句写进了日记。

训练最为紧张的时候，不少女兵腿肿得连马靴都难以脱下来，却没有人主动提出休息，都是在军医的强制要求下，才不情愿地离开了训练场。

大队采取各种措施，保障女兵进行高强度训练。吴青江经常下到炊事班，和老炊事们一块儿研究怎样改善伙食。炊事班为女兵们准备了具有调理功效的艾叶薏仁粥和种类丰富的水果，还把馒头、花卷做成小熊、小兔子和蝴蝶的形状。女兵楼内的形体室也建立了起来，鼓励大家业余时间锻炼健身，培养耐力。

一段时间内，女兵集体脱发，宿舍里满地都是飘动的发丝，像下了头发雨一样。这下把吴青江、卢天祥和振杰都给吓坏了，担心她们身体出问题，没法向上上下下、方方面面交代。吴青江亲自跑到三〇一医院，请专家过来会诊，后来发现，或许是伙食过于油腻的原因，吴青江赶紧又下到炊事班蹲点。这事也就这么过去了。

女兵采用什么样的发型，也是个很重要的问题。卢天祥、振杰他们主抓训练，顾不过来，吴青江就让机关人员上网查资料，发现其他国家的仪仗女兵大部分都是盘发。他们想方设法请发型专家为女兵们设计了几种发髻，征求各方意见后，选定了一种。这种发髻形状扁圆，两侧微微上翘，外面用发网固定，搭配上卷檐帽，显得整齐利落，既体现了东方女性的古典美，又蕴含了现代气息，同时美观、简洁、稳固，盘起来速度很快，两个女兵一组互相盘，两分钟搞定。这种发型也因此很受大家欢迎。

对于普通电视观众来说，三军仪仗队的镜头也许只是一闪而过。但就是为了这精彩的瞬间，大队精心雕琢每一个细节，力求把完美的女军人形象展示在世人面前。

苦练队列的间隙，女兵们最喜欢的事情是被叫去量礼服和马靴的尺寸，这意味着离正式上场又近了一步。

三十个女兵，加上邱淼，经过短短一百天的训练，最后十三个人第一批进入编队。选拔那天，卢天祥把全大队的人员集合起来，让选拔对象逐个在几百人面前走正步，大队领导上检阅台打分。

选拔上的，哭；没选上的，也哭。

刘娜没有选上，哭得很厉害，认为自己不是当仪仗女兵的料——自己训练得好像比谁都刻苦，吃的苦好像比谁都多，怎么就选不上呢？她开始怀疑自己的能力，情绪十分低落，一度萌生了调回原部队的想法。

振杰便又把吴青江政委叫来，做刘娜的思想工作。吴青江说，人生是一场漫长的奔跑，它不在于瞬间的爆发，而在于途中的坚持。很多时候，成功就是多坚持一分钟，只是你不知道，这一分钟会在什么时候出现。所以，即使你累了，也不要轻易停下脚步，因为你放弃的，不只是一个事业，更是一个梦想。过后你会发现，只要经历过了，就不觉得难，还会有新的经历在前面等你，这就是希望。

吴青江一席话，把刘娜打动了，她边哭边发誓，决不半途而废，会咬牙留下来，一定要成为合格的队员。

林国龙从军校毕业后，被确定为旗手——他是仪仗队第四十任外事检阅方队的旗手。庄严的仪式上，卢天祥正式把国旗授予林国龙。但是在男女兵混编的方队里，邱淼被编在空军护旗兵的位置，邱淼个头跟林国龙相差太大，两人站在一起明显不协调，旗组的身高都得往下降一降，这样林国龙只能做出牺牲，让出旗手的位置。

为保持混合编队的枪线整齐，准星的圈套以前对准兵们的眼睛；女兵进来后，因为整体身高下降，男女一块儿编队时，男兵要往下降一点，到鼻子，女兵要往上提一点，到眉心。另外，步幅要小一点，由七十五厘米降到七十三厘米，否则女兵跟不上。别小看这两厘米，由于以前肌肉形成了习惯，出于条件反射，男兵们一下子改不过来，很不适应。为了这个，又得猛练。振杰他们费尽周折，才把问题解决。

二○一四年春天，在欢迎土库曼斯坦总统访华的仪式上，十三名女队员将首次亮相。任务前一天，家里来信，不能拆；电话不能打，不能接，以防止分神和泄密。

上场之前综合演练时，还是吴青江想得周到，让人提前把天安门广场上的二十一响礼炮录下来，在操场上放给女兵们听，免得到了现场，吓坏了姑娘们。

邱淼一边训练一边观察十二名女兵的状况——眼睛红不红，脸色怎么样，会不会紧张——看到所有女兵状态良好，她才放下心来。

坐上开往任务现场的大客车，每个人都抓住扶手，坐得笔挺，没有人到处看，眼睛一直是向前的，更不能后仰倚靠椅背，要防止礼服上留下皱褶。

振杰担任场上执行队长。他向来宾报告时，风格明显比以前有了改变——以前是高调门儿。领导提出，要体现中国人的温文尔雅，降一下声调。

庄严的迎宾仪式上，听到国歌，女兵们眼圈红了，但还是得克制，不能流下泪来。

振杰眼里的女兵们，精气神一点不比男兵差。

女兵上场之前，所有人都悬着一颗心——她们是三军仪仗队有史以来上场的第一批女仪仗队员，如果头一回演砸了，以后，女兵还能不能继续上，谁也说不准。

这下，大家都放心了。

刘娜虽然没上场，但她真心为队友们高兴。没多久，她就进入第二拨编队，到天安门广场执行任务了。

第二十二章　换一种活法

连续从部队选拔了两批女队员之后，上级批准三军仪仗队直接从地方特招女队员。

边雨嫣是首都师范大学二年级学生，她是学校业余模特队的著名模特，身高一米八。她这个身高在女生中间特别显眼，加上她貌美如花，无论走到哪儿都是吸睛的目标。从初中到大学二年级，边雨嫣经常参加各类模特大奖赛，拿过好几回名次。她是河北保定人，母亲年轻时是保定剧团的舞蹈演员，父亲是一名医生。

最近这段时间，女仪仗兵频频在央视《新闻联播》露面，成为大众眼里一道独特亮丽的风景和话题焦点。边雨嫣的同班同学高飞对她说："雨嫣，我觉得，你比女仪仗兵漂亮多了。"

她摇头道："不，她们更美。"

高飞从一入校就开始追求她，从默默追求到半公开追求，现在已是公开追求了。高飞家在上海，据说是高干家庭，他身高一米八八，是学校有名的帅哥，属于时下正走红的类型——"小鲜肉"一枚，对他感兴趣的女同学得有一大堆，但他只钟情于边雨嫣。然而边雨嫣总感觉他缺少男子汉气概，不喜欢，时常对他不冷不热。但他不计较，不退缩，依然是鞍前马后地效力。

这天在校园里，边雨嫣突然与两个人迎面相遇——一男一女，男的高大帅气，挺拔异常，好酷好酷，看上去尤其面熟；女的飒爽英姿，独具风韵，好美好美，也有点眼熟。那二人一见她，也都眼前一亮。

这两人便是李振杰和邱淼，他们来首师大特招女仪仗队队员，不期与这位高个儿姑娘擦身而过。两人希望这一趟不要白跑，学校对接的同志听他们描述那位高个儿姑娘的长相，脱口道："边雨嫣嘛。"

有人去通知边雨嫣。没多久，她来了。振杰和邱淼问了问她的基本情况，振杰道："小边，想换一种活法吗？"

她仿佛有点不好意思地笑笑，脸微微红了，问道："我行吗？"

振杰道："只要基本的体检指标没问题，我看准行。"

她兴奋了，冲口道："是吗？那我报名，现在就报！"

邱淼提醒她，最好给父母打声招呼。她道："不用，自个儿的事，我自个儿说了算。"

听说边雨嫣报了名，要去三军仪仗队，高飞有点傻眼。他学习很好，性格也好，就是身体有点柔弱，在别人眼里，像一棵长豆芽。高飞请边雨嫣到学校外面吃韩国烤肉，有意扯到这事上，说道："我反对。女孩子没必要去吃那个苦。"

她不屑道："我当模特，吃的苦还少吗？怕吃苦的人，一边儿去！"又道："我就想换一种活法。"

一看拦不住边雨嫣，高飞一咬牙，也想去报名。他不愿和边雨嫣分开，跑到三军仪仗队问情况，林国龙分队长接待了他，告诉他，男队员三军仪仗队年年都招，大学生如果想入伍，要从所在学校报名，参加区武装部组织的体检。林国龙认为他身高没问题，眼睛虽然有点近视，但在要求范围内，问题不大；他的缺点是身体太瘦弱，不强壮，这恐怕有点悬，如果抓紧时间锻炼一下，增强一下体质，还有点希望。

高飞一边琢磨着林国龙的话，一边往回返，下了出租车，路过学校附近的一处建筑工地，他灵机一动，一咬牙走上前，对一个包工头模样的人说："大叔，我是首都师范大学的学生，想锻炼身体，练练劲儿。我来帮你们扛水泥，行不行？我不要一分钱。"

包工头头一回遇上这种稀罕事，见这孩子一脸单纯，面相善良，就说："想干你就干吧，但要注意身体，搞出毛病来，自己负责，不要怪我们。"

高飞道："我给你立个字据好不好？"

此后，只要有空，他就过来扛水泥、搬砖，感觉身体有劲儿多了，一顿能吃四个大馒头，胸肌也鼓起来了。

同时进入仪仗兵队伍的，还有这样几个人。

在张家口，有一天，余虹回家对父母说，她报名参加三军仪仗队的体检，过关了。余虹的父母都是普通职工，两口子常年吵架，闹离婚闹了十几年，一直没离掉，不过也快了。余虹从张家口学院毕业后，主动报名到北部山区的一所农村小学当代课老师，那里只有十几个学生，冷冷清清，不知道哪天就散伙了。她教课很认真，孩子们离不开她。她想去当兵，一来自己崇拜仪仗兵；二来想离开家——母亲嫌父亲没本事，父亲嫌母亲不温柔，家里就没一天清静过，让她感觉不到家的温暖。她要逃离，最好走得远远的。

余虹话刚说完，父母亲意见倒少见地一致起来，都反对余虹去。母亲尤其反对，道："现在的社会，人家都看你有没有能力，看你有没有技术，说到底，看你有没有钱。当兵的有什么？我看你有时挺傻的。"

她接着怪丈夫没能耐，无用，不能帮女儿安排个好工作，耽误了孩子前程。为此，两口子又发生了一场战争，互相指责，父亲气得把饭桌掀了，母亲把一个碗甩到了他头上。

家里待不下去了，余虹执意要走人。离开学校前，她想给孩子们买点儿文具当纪念品，身上没钱，又不愿跟父母要，只好把教室后面自己种的菜拉到市场上卖掉，换回一些笔记本和笔，一一发给孩子们。孩子们恋恋不舍，拉着她的手不愿松开。余虹俯下身子对孩子们说："乖，以后想老师了，就到电视上看我。"

无锡房地产大亨周岩昌夫妇生意兴隆，家里豪车都有十多辆，他们最担心的是宝贝儿子周凯学坏。周凯高中毕业，考上了一所外地大学，不想去，嚷着要出国；他整天和一帮富二代混在一起，开豪车，喝洋酒，追求高级享受。有的富二代已经吸上了毒，这更让周岩昌夫妇感到惊恐。周岩昌提出送儿子去当兵，妻子苏金萍不同意，怕儿子受不了那个苦。周岩昌打听到三军仪仗队要来征兵，动了心思。他当年就曾差点进仪仗队，因为父亲生病，才放弃入伍，学起做生意，留下了遗憾。他耐心做通了妻子的工作，又连哄带劝加上"骗"，把周凯送到了三军仪仗队。

边雨嫣拿到了入伍通知书，快乐地向高飞道别。不承想，高飞也把自己刚收到的入伍通知书亮给她看，他们去的是同一个地方。这让边雨嫣吃了一惊。她不得不改变一下对高飞的看法。但她并不知道，他的父母不同意他停学入伍，他完全是为了她才走这一步的。他能够勇敢地选择入伍，像一个真正的男人那样接受挑战，让边雨嫣开始对他刮目相看。他们乐观地约定，到了三军仪仗队，虽然同在一个院子里，但是应尽量减少见面，一周最多见一次。他们还约定，要互相比试一下，看谁先上场执行任务。

　　来报到前，听说部队要求留短发，边雨嫣咬牙把自己秀美的长发剪短了。来了后才知道，女队员必须留长发，盘发髻。这弄得她哭笑不得，只能先搞了个假发对付，等待头发再长起来。

　　六十多名女兵，一百多名男兵，成了仪仗队的新鲜血液。其中有百分之二十多的大学生士兵，这可是空前的。

　　每年新兵来队，都是营区最热闹的时候，就像一个大家庭，添了新丁，把老兵退伍时候的伤感，一扫而光，使人感觉到，新的一页又开始了。

　　吴青江又有事情干了。为了记住每一个士兵，他喜欢把他们的照片放进手机，一有时间就翻看，牢牢记住谁长什么模样。担任一中队教导员时，平时队里点名，他从不拿花名册，一百多号人，他张口就来。从担任大队副政委那时起，每年入伍、退伍，战士们换了一拨又一拨，不论新兵老兵，他没有一个叫不出名字的。训练场上，几百名战士编队训练，哪个人动作稍有点问题，他都能直呼其名，进行纠正；不论谁在他办公室门外喊"报告"，他准能听出是谁。即使你退伍多年，他也能把你记住。不久前他去深圳出差，几个退伍后在深圳工作的仪仗队老兵喜出望外，来酒店看望他，大伙商定，非得考考政委是否忘了他们。到了他住的房间门外，只喊报告，不报姓名，结果，五名老兵轮番上前，吴青江个个猜得中。

真让人不得不服气。

正因为吴青江记得每一个兵，张口就叫得出他们的名字，让普通的士兵深受感动，倍觉温暖。

边雨嫣和余虹分在一个班，刘娜是这个新兵班的班长。此时的刘娜，已经成熟起来。

训练时，女兵排面老是不齐，振杰发现一个重要的原因是，女兵有的胸大，有的胸小，造成胸线不齐，大家一时都束手无策。这种话题很敏感，振杰没法跟邱淼直接交流，他把问题汇报给吴青江。吴青江打电话把爱人叫来商量，他爱人提出，最好在胸罩上想办法，胸大的，戴薄的；胸小的，戴厚的。他爱人还把振杰的一些想法转给邱淼，请她平时注意纠正女兵们的动作：队列里边，胸小的，头往后多仰一点，胸往前多挺一挺；胸大的，胸往后收一点。保持一种习惯，时间一长，就能做到排面整齐。

吴青江让后勤处想办法搞来了各种胸罩，花花绿绿的，女兵们过来挑选适合自己的，都非常开心。

周凯刚来部队时，感觉新鲜，各项工作还能凑合着跟上，时间一长，就受不了了，落在了全班最后。在家时，什么样的馆子都下过，说不清哪样饭菜好吃，但到了部队，老觉得饿，泡一碗方便面加根火腿肠都感觉像过年。有时偷偷从食堂带一个馒头出来，熄灯后，趁班长不在，拿出来，几口就吃掉了，真的好香啊！

队列里，周凯偷懒，全班都跟着挨批评，大伙儿都埋怨他。林国龙担任了新兵排的排长，他批评周凯，没想到周凯竟然敢当众顶嘴。周末，周凯不愿动手洗衣服，想花钱请高飞帮他洗。高飞不计较，帮他洗袜子，刷胶鞋，当然也没收他的钱。

林国龙知道后，连带着高飞一块儿批评，罚两个人互相驮起对方，做下蹲起立，每人做一百次。两个人都累得瘫倒在地。

林国龙还对振杰发牢骚道："新兵一年不如一年，兵员质量下降得厉害。"

振杰不同意，道："没有带不好的兵，只有不会带兵的干部。干部怪兵差，其实是自己不行。只有爱兵才能做到兵在心中，心在兵中。带兵的主旨就在于爱兵，用爱的力量去感召他们建功立业，因为爱的原始力量是无穷尽的。"

吴青江政委也提醒林国龙，想想当年李振杰是怎么带你和马磊的？现在的兵，大多是独生子女，来自不同家庭，个性都很强，来到仪仗队，要成为一个集体，而不是一个个个体。要想有凝聚力，需要培养个人的荣誉感，然后是集体的荣誉感，进一步是国家的荣誉感。要让他们产生斗志，产生上进心，然后你会发现，流汗算什么？命都可以拿给你。

政委的话让林国龙感到羞愧，至此转变了对周凯的看法。晚上，林国龙陪着周凯练习踢正步，鼓励他道："周凯，你记住：人争气，火争焰；船怕没舵，人怕没志。"又给他讲仪仗队永远争第一的传统，说："第一虽然只有一个，但我们应该永远保有一颗争第一的心。"

周凯渐渐上了道，晚上练习后，累得爬楼梯有点困难。林国龙过来说："来，排长背你上楼。"他不好意思，林国龙上前一弯腰，他只好伏在林国龙背上，不知不觉，眼睛湿了。

又一天，在队列里，周凯满脸是汗，大队长卢天祥走过来，用粗糙的大手替他抹去汗珠，和蔼地说："孩子，擦擦脸上的汗。"

一个动作，一句话，差点让周凯没绷住。

高飞和边雨嫣入伍后才发现，根本不可能见面。新兵训练的半年时间里，二人虽然在同一个操场训练，天天打照面，但没能说上一句话，也不敢打招呼，甚至不能用眼神交流。即使在去食堂的路上相遇，也得装作不认识。没有人知道他们的关系。邱淼、刘娜只是略略有些怀疑。高飞也逼着自己暂时把边雨嫣忘记。

周凯开始和高飞摽着干，这让振杰和林国龙放心了。在仪仗队，只要摽着劲干，只要怀有一颗永远争第一的心，这个兵就差不了。

儿子走了才两个月，周岩昌、苏金萍夫妇就开始想念儿子。他们没打招呼，从无锡开车来到三军仪仗队，非要见儿子。振杰和林国龙出面接待，委婉地告诉他们，按照大队的规定，新兵训练期间，家长最好不要来队，因为会影响孩子成长，就好比刚断奶的孩子，他刚学会适应，刚刚上道，刚刚不想家，你们又来给他喂奶，好还是不好？周岩昌夫妇担心儿子娇气惯了，受不了这里的苦。他们想好了对策——见一面，儿子如果受不了，就想法把他强行带走，不当这个兵了。他们还担心老兵打周凯。振杰请他们放宽心，说，吃苦耐劳的品格，是一笔终生受用不尽的财富，只有淬过火的钢才是最硬的。林国龙拿出九百块钱，说这是周凯攒下的津贴，另有一张存有五万块的银行卡，是入伍时他从家带来的，一分没花，让一并转给父母。另外还有一张周凯穿军礼服的照片，也请他们夫妇收下。

苏金萍接过钱和照片，意识到了儿子的巨大进步，不由得哭了起来，表示这回不见儿子了，马上离开。振杰让他们夫妇给孩子留几句话，他负责转达。

高飞非常想引起边雨嫣的注意。在操场上被大队领导点名表扬，是引起别人注意的最好方式。高飞拼命表现自己，以求受到大队值班领导的点名表扬。他身单力薄，别人用八分力气做好的，他得拿出十分、十二分。腿肿了，他打了封闭针坚持上场，终于受到了卢天祥大队长的点名表扬。队列里的边雨嫣，早已从内心里认可了高飞，心间都洋溢着幸福的感觉。

春节到了。除夕之夜，振杰代表大队领导向全体新兵拜年。他把周凯父母的视频留言用大屏幕放给全体新兵看。这个留言代表了全体新兵父母的嘱托，让所有新兵热泪涟涟。

余虹一闲下来，就牵挂那对闹腾不止的父母亲，还有那些她教过的可爱的乡下孩子。她只想用刻苦的训练把自己的时间填满，最好往床上一躺就能睡着，啥也顾不上想。有一阵，她得了舌下腺囊肿，肿得好像长出了第二个舌头。吴青江政委亲自派人派车，送她去医院治疗。切开引流、缝针之后，医生规定她一个星期不能训练，结果邱淼发现，第四天，她竟然一个人在楼道里踢正步。

新兵连最后一个月。男女兵分设"金靴奖"，高飞、余虹得了奖，余虹还被评为十佳标兵。按照大队规定，十佳标兵的父母由大队发函，并且报销往返车票钱，请到部队来和儿女团聚。

余虹父母一边争吵一边坐上张家口到北京的火车，扬言从北京一回来就到民政局办离婚。

十佳男女标兵的父母们从全国各地来到仪仗队参加活动。有的父母给儿子颁奖，有的儿子给父母戴红花；全班站一块儿，齐声叫爸爸、妈妈，感动得爸爸妈妈们又哭又笑。

余虹的父母受到感染，在部队的四天时间，难得没有争吵。他们终于明白，女儿就是想用自己的表现，用这样的方式促使他们和好。队里给了半天假，余虹带父母来到王府井，用自己的津贴给父母买了一对情侣表。她用眼睛的余光看到，父亲和母亲的眼圈红了，彼此深情地给对方戴上表。一家三口走进一家照相馆，和和美美地照了一张全家福。

振杰建议大队，重点培养林国龙担任执行官，接自己的班。林国龙深感重任在肩，于是加紧练习。

边雨嫣、高飞进入了编队。操场上，男女兵混编演练，准备迎接下面的司礼仪仗任务。二人在队列里紧挨着，高飞忍不住偷瞄了边雨嫣一眼，被卢天祥发现，下来猛批了高飞一通，差点拿下他。高飞只承认自己和边雨嫣是大学同学，以前就认识。卢天祥让人查了查，这二人来队后没有过任何交往，这才稍稍放宽心。

高飞惦记着边雨嫣的生日。她生日那天，虽然住楼上楼下，自己却很难能给她送上一份祝福。中午休息时间，他到营院墙根边上采集了一束各种颜色的小野花，鼓起勇气找到振杰，想托他转交。振杰对他和边雨嫣的关系已有所察觉，他只得和盘托出实情，心中忐忑不安。振杰仿佛受到了触动，和蔼地对他道："你把花儿放下吧。"

这天晚上，女兵一班的房间里，战友们向边雨嫣送上了祝福，场面温馨又火爆，边雨嫣却有些失落。这时，邱淼陪同振杰进来，振杰把那一束小小的花朵献给她，声称这是一个牵挂她的人特意送的。她明白过来，幸福地笑了，还在众人的要求下，表演了一段时装模特秀，引来了满堂喝彩。

这拨新兵第一次走过天安门广场，任务完成得还算圆满，高飞和边雨嫣虽然紧挨着，但他们绝对做到了目不斜视，身旁有他，心中无他。此次任务，还发生了一件不大不小的事故：回来路上有人在队员们乘坐的大巴座位底下，发现了一条礼服绶带！一查，是周凯的。刚才上场时，竟然谁也没发现周凯着装不整！

这种事情以前从未发生过。卢天祥、吴青江、李振杰都感到十分后怕。外交场合无小事，今天不当回事，明天就会出大事！大队决定当成事故整顿，卢天祥、吴青江、李振杰带头做了自我批评。

处理过一个问题，又一个问题接踵而至：边雨嫣已有两个多月没来例假。这让邱淼感到问题很严重。女兵搞训练，月经不调是常事，但是边雨嫣两个多月不来，而且还呕吐过，高飞就在楼上，着实让大队、中队都感到很紧张。振杰喊住邱淼，着急地问她到底是什么原因。

邱淼红了脸，回道："我又没结婚，咋知道这个……"扭头走了。

调查来调查去，边雨嫣和高飞并没有见面的记录。就按生病治吧，吴青江亲自跑到三〇一医院找熟悉的医生开中药——此时的他，变得像个老保姆一样，事无巨细，有着操不完的心。

吴青江回到大队，叮嘱炊事班长每天准时把药熬好。药太苦，邱淼像哄小孩子一样哄着边雨嫣喝了下去。

过了没多久，边雨嫣在路上遇见吴青江，羞涩地上前道："政委，我、我来那个了……"话还没说完，她的脸通红，眨眼间跑远了。

第二十三章　病了真好

二〇一五年五月九日，俄罗斯将举行红场阅兵，纪念卫国战争胜利七十周年，中国仪仗队获邀参加。同时还要加紧准备中国自己的"九三"大阅兵，三军仪仗队一派忙碌。

卢天祥亲自带队去莫斯科，振杰被确定为国旗手，林国龙等二人担任护旗手。高飞、周凯进入了编队。红场的场地情况不好，它纵深狭长，地势中间高、两头低，地面青石凹凸不平、十分光滑，和天安门广场没法比。面对这样的场地条件，卢天祥、振杰都很担心。

四月下旬，全体人员抵达莫斯科，立即展开了适应性训练。为了适应红场阅兵道，他们特意在五米宽的碎石路上训练，专挑高低不平的上坡路段练习，哪里不平就往哪里踢。

训练中另一个难题是对音乐节奏不适应。红场阅兵进行曲选用《喀秋莎》，节奏每分钟一百二十步。中国仪仗队正步行进速度是每分钟一百一十六步。别看只多了四步，但对肌肉形成记忆、动作早已固化的中国仪仗兵来说，调整起来太难了。第一次踩着红场阅兵进行曲合练时，方队刚开始还能保持整齐，可随着节奏越来越快，走了不到五十米，仪仗兵们的腿就感觉越来越沉，踢不起来，队伍一下子变了形，排面的"六线"一条也没有了。

为了尽快适应俄罗斯阅兵曲的节奏，他们在训练场上反复播放，以求增强乐感、找准节奏，分排面、分小组踩乐纠正。小小的四步之差，不知让他们流了多少汗，练了多少遍。

最后一次训练时，周凯在队列中不慎滑倒，紧挨着他的高飞急忙伸手去扶他，没料想周凯重重地砸在高飞身上，周凯自己无恙，高飞却因此崴了右脚，造成脚骨错位，痛得直叫唤。

高飞不能上场了，遗憾不已。周凯心有愧意，向高飞表达了深深的歉疚。高飞鼓励他放下包袱，自己却背上了沉重的包袱——担心伤情影响他回国参加"九三"大阅兵，这让他心情不佳。

莫斯科红场，中国仪仗队作为受邀国阅兵方队压轴出场。振杰高擎着鲜艳的五星红旗，引领方队行进，他们军容严整、精神饱满、步伐铿锵有力。通过观礼台时，一片掌声庆贺。

方队经过一个弯道，振杰脚下突然一滑，右膝盖剧烈地一震，他受伤了！但这时候没有任何其他选择，就是腿断了也得坚持走完全程。

中国仪仗队的完美表现赢得了全场欢呼。

这一刻，罗澜和七岁的女儿运运一块儿看电视。女儿指着电视上的振杰，兴奋地叫："快看，爸爸！"运运居然想趴到屏幕上亲吻爸爸。罗澜笑道："你这个臭爸爸，都把我们娘儿俩忘了，回来揍他。"

没想到女儿不干了，朝罗澜身上扔玩具砸她，嚷道："不许骂爸爸。"

罗澜有些愣了,又好气又好笑:"这么小就偏心眼儿,白养你了!"

呆愣了好一阵,罗澜叹道:"女人这一生呀,什么叫幸福?我的理解是:不图手上有金,只图心上有人。有一个你时时牵挂的人,就是你的福……"

女儿当然听不懂,她这是说给自己听的。

这一刻,沙岗子村的乡亲们像以往一样,把李恒年家的客厅塞得满满的。赵亚梅看到一半,忍不住跑到院子里抹眼泪。李恒年追出来劝她,她道:"这都好几年没见儿子、媳妇、小运运的面了,想儿子时只能电视上看看他,越看越想……"

李恒年答应老伴,等到秋天咱中国搞完大阅兵,就带她上北京,多住些日子,啥时候住烦了,啥时候再回。

红场阅兵结束了,听说振杰受伤,从观礼台下来的卢天祥一下子愣住了。看情况伤得不轻,连医生都束手无策。振杰被人搀扶着上车,然后去机场,随大部队回国。八个半小时的航程,卢天祥尽管疲惫不堪,但他没有睡一分钟。振杰的伤,让他忧心忡忡,因为回国之后,马上就要准备"九三"大阅兵,时间非常紧迫,卫戍区首长已经内定,振杰是大阅兵旗手的第一人选,他如果不能上场,就会打乱大队的整个计划。

下飞机时,卢天祥小声对振杰道:"如果重新选择,我不会让你来莫斯科,现在真后悔了。"

一落地,顾不上回家,卢天祥亲自陪同振杰直接奔三〇一医院检查伤情,当场留下住院。第二天下午,医生就对他的膝盖部位进行了手术，植入钢钉。医生告知，恢复期十分漫长。

手术过后，上上下下都为振杰的伤情着急，他自己却显得没心没肺，呼呼大睡，睡了一天一夜都叫不醒。卫戍区首长亲自来医院看他，希望他早日康复上场。

相反，振杰却并不着急，难得逍遥自在。

听说大阅兵振杰有可能无法上场，罗炳鑫跑到医院，他急得不行，对振杰道："我的一帮朋友，中国的、美国的、其他各国的，都等着看我女婿上场呢！我都吹出去了，你不上，我面子往哪儿搁？你需要什么，我都给你办。我去美国给你请最好的大夫，可不可以？"

振杰摆摆手道："谢谢爸爸，中国医生能解决，您就甭操这个心了。"

把唠叨个没完的岳父送走后，振杰向罗澜念叨："病了真好。"

罗澜抚摸着振杰的伤腿，竟然哭了。她最清楚，自己的丈夫太累了，他真想就这样一直躺下去，在病床上看阅兵。这些年来，他执行了大大小小二百多场任务，承受着常人难以想象的压力，经常十天半个月不进一次家门，老家更是四五年没回了，把父母什么模样都快忘记了。

卢天祥着急，恨不能把振杰从病床上拖到训练场去。振杰道："全大队，能当旗手的人，十个八个还是能挑选出来的。"

卢天祥道："这不假，但我要上最好的！"

振杰向大队郑重推荐林国龙当军旗手。卢天祥一声没吭。振杰说起二〇〇九年阅兵卢天祥把旗手位置让给他的往事，卢天祥淡淡地说："该让的不让，不对；不该让的瞎让，也不对。"

他是大队长、三军仪仗队的掌舵人，他不发话，这事就得搁着。

林国龙来医院看望振杰。振杰不想隐瞒自己的想法，把推荐他当军旗手的事情透露了一点，鼓励他抓住这个历史性的机遇。林国龙却感到责任太过重大，信心不足，压力倍增。

振杰又找机会向卢天祥推荐林国龙，卢天祥终于有了一点态度：国龙还太嫩，恐怕压不住阵，先考察一下再说吧。

回国后，高飞右脚打上了石膏，落选"九三"大阅兵编队，情绪十分低落。他回到大队卫生室休养，周凯有空就过来陪他，买来好多营养品。高飞表面上装作无所谓，反而安慰周凯想开点。他越是安慰周凯，周凯越觉得对不起他，天真地向中队领导提出，大阅兵之前如果高飞伤好了，他愿意把自己在方队的位置让给他。林国龙过来安慰周凯，不要想那么多，先把自己的事情做好。

"九三"大阅兵方案中只有男仪仗队员参加，没有女队员的份。卢天祥把这个消息告诉邱淼时，邱淼非常失望，半天没吭声。女兵们听说后，也都很失落，精气神一下子不见了。看着男队员在训练场上刻苦训练，她们心里痒痒的，总想加入他们的行列。

男队员进驻沙河阅兵训练基地，操场上冷清了许多，女兵们都有些无精打采，邱淼不干了，她有点急，头一回发火，样子挺吓人。她担心这件事会挫伤女孩子们的积极性，于是告诉她们，只有永远保持仪仗队员的精气神，才能赢得机会，就现在这个落魄样子，想去阅兵，大伙儿还不够格！女兵们受到触动，手拉着手围成一圈，大叫三声，打起精神继续训练。

这天晚上九点，卢天祥突然打电话告诉邱淼，上级决定，女兵参阅。幸福来得太突然！邱淼放下电话，在走廊里激动得大喊大叫，全体女兵闻讯后，都拥到走廊上，群情激昂，尽情欢呼。邱淼决定晚十分钟熄灯，让大伙高兴个够，激动个够。

这是新中国成立以来阅兵史上首次组建男女混编仪仗方队。时隔六年，两千多个日夜，邱淼的阅兵梦终于可以实现了。

女兵进驻阅兵村前的头天晚上，邱淼突然带边雨嫣来大队卫生室看望高飞。邱淼给了她三分钟时间。她闪身进去之后，躺在床上的高飞大吃一惊。

两人终于在入伍一年半之后，说上了第一句话。

由于较长时间的封闭式管理，他们都变得有点木讷。边雨嫣挤出一个不太自然的微笑，说："高飞，我在村里等你。"

高飞眼圈一红，微微摇下头，说："谢谢……大阅兵，我参加不上了……"

边雨嫣说·"以后还会有机会嘛，别泄气。"

高飞的眼角霎时泅出了泪，他把脸别了过去。谁都清楚，错过这次机会，就再也没机会了，按照规定，到年底入伍满两年，他们得复员回学校继续学业。此刻，边雨嫣热辣辣的鼓励，令他有点不能自持……他意识到不能在她面前流泪，咬咬牙，止住了眼角泅出的泪水。

此时的高飞在边雨嫣眼里，比过去强健多了，像一个真正的男子汉了；高飞恍惚看到，边雨嫣的脸蛋又黑又亮，身板也明显比以前结实了。

虽然长时间无法接触，但他们在心中的联系，不仅没有中断，反而更加紧密了。这就是爱的力量吧？彼此的心跳和呼吸，那么清晰，那么动听……

这样很好。

三分钟，胜过往昔三年。

振杰的上场依然遥遥无期，卢天祥从全大队选拔了林国龙等三人作为预备旗手，一边训练一边考核。林国龙暗暗发誓，要夺下军旗手的位置。但他越是有想法，压力越大，动作和表情越是僵硬，让卢天祥看了直摇头。卫戍区首长惦记着军旗手的选拔，专门来观摩林国龙等三人的表演，看后不满意，再次问起李振杰。

听说此事后，振杰再也躺不住了。膝盖内的钢钉取出来后，他要求提前出院。医生不同意，他跟医生急了。院方打电话给卢天祥，叫他过来处理。卢天祥从阅兵村往医院赶，顾不上吃午饭，肚子饿得咕咕叫，胃疼难忍，中途让司机下车帮他买了三个汉堡包，他就在车上吃，吃完就睡着了。

到了医院，本想阻止振杰出院，观察两天再说，当面看他踢了几下腿之后，卢天祥心中有数了。于是振杰提出，他不上场，只给林国龙等三个预备旗手当教练，尤其是国龙，他担心那小子旧病复发，重压之下心理出问题。卢天祥皱着眉头不表态。他以前不这样的，当了大队长，成了领导，嘴巴突然变严了，经常不表态，让人摸不着头脑。

振杰"威胁"道："如果大队不同意，那么我就继续住院。"

卢天祥嘴上同意，和医生交涉之后，办了出院手续，当下就想把振杰带去阅兵村。振杰不干，提出回趟家陪老婆看场电影。卢天祥这回倒痛快，二话没说，让司机先把振杰送回家。

那天下午三点，振杰和罗澜手挽着手走进了家门口的万达电影院。结婚八年，这是他们夫妻第一次结伴看电影。影院里，刚开映三分钟，他好像连片名都没看清，脑袋一仰，竟然靠在罗澜肩膀上睡着了，一直睡到散场。夫妻俩依偎在一起，让罗澜感到很受用，她尽量不动弹，怕弄醒他，自己也一脸幸福的样子，电影演的啥，她也没怎么在意。

　　出了影院，罗澜道："要是我不叫醒你，你准在里面睡一宿。"

　　振杰嘿嘿一笑，伸了个懒腰："这一觉睡得真爽啊，又该到训练场上出出汗了。"

第二十四章　震撼

　　第二天一大早，振杰来沙河阅兵村报到。令他意想不到的是，仪仗兵方列队迎接他，而且军旗手位置赫然空着！他刚一走近，卢天祥大声吼道："军旗手李振杰，入列！"

　　振杰始料未及，愣在那里，一动不动。卢天祥连喊三遍。全体队员都用期待的目光望向振杰，尤其是林国龙，像盼到救星似的，满含期待。振杰知道，这种情况下自己没法退却，同时也感受到了沉甸甸的责任，只得抖擞精神，站到军旗手的位置上。

　　这天上午的训练全程录像，结束后提交上级审看。

　　对于卢天祥的突然变卦，振杰有些不满。傍晚，身旁没人时，他向卢天祥表达了这层意思。卢天祥解释道，他不过是尊重全体队员的意见，先让振杰试试。还说，下午一上班，卫戍区首长审看了上午的录像，让秘书打来电话，说比较满意，这下各级领导心里总算踏实了一些。首长指示，李振杰、林国龙两人同时作为军旗手选拔对象，最后选一人上场，二人互为替补。

　　面对这一决定，振杰无条件接受。

由于养病，振杰的体重增加了，卢天祥命令他减肥。他一边坚持训练，一边减肥，只吃很少一点东西。当年他竞选执行队长时，要增肥，现在又要减肥。实在饿极了，他就悄悄溜到炊事班摸一根黄瓜吃。因为经常饿着肚子训练，腿部时常作痛，他需要付出更多。罗澜来阅兵村采访，怕她看到自己的样子难过，他故意躲开不见她。

　　阅兵村里，女兵们的训练总是引人注目。空前严酷的训练让女兵们都脱了一层皮。马靴里全是汗水，随时都能倒出水来。她们的裆都磨破了，血肉模糊，被汗水杀得厉害，像往伤口上撒盐。刘娜、边雨嫣和余虹几个人把旧床单撕成一条一条，绑在大腿上，再用透明胶带粘上，防止训练时滑落。

　　女孩子平时最在乎自己那张脸，怕晒黑，但又不可能不晒黑。她们第二个在乎的是体重，害怕自己练成大象腿。有的女兵天天拿绳子量，结果发现腿又粗了。唉！不管它了！

　　女兵上场要着裙装，脚蹬马靴，大腿中间有一截无保护，晒久了，中间那一截黑得耀眼。后来，就有了一个说法，叫"阅兵腿"。

　　选拔进入阅兵方队的女兵进村后，都还算顺利，唯独边雨嫣遇到了大麻烦：她以前当模特，走猫步，晃动腰肢习惯了，腿软、腰软、不协调、溜肩、肩枪行进时枪带下滑，这些使她持枪走正步"先天不足"。以前不太明显，来阅兵村编入大方队训练，问题便充分暴露了出来。为了纠正过来，她上场拼命练，右脚脚后跟打了一个很大的血泡，而且已经红肿溃烂。邱淼发现后，让余虹强行把她送回宿舍。一会儿她又跑了回来，原来她把右鞋后跟剪了个洞，血泡刚好可以露出来，这样又可以练了。

看着她走向排面的那一刻，邱淼的眼睛湿润了。尽管这样，卢天祥还是打算把她拿下来。

边雨嫣要被淘汰的消息，暂时没通知她本人。但她从邱淼、刘娜、余虹等人的眼神中看出了端倪。她有些慌，老想打听结果，别人都躲着她。终于有一天，大队来了正式通知：边雨嫣结束编队训练，回城休息。

邱淼负责传达，话没说完，边雨嫣便捂着鼻子跑出了房间，躲到屋后面哭，刘娜和余虹过来劝，劝着劝着，两人陪着她一块儿哭。

这一幕让邱淼想到自己二〇〇九年被拿下来的情形，琢磨来琢磨去，不敢找卢大队长，于是去找振杰求情，说："李处长，不让她上场，大家都觉得对不起她，她太能吃苦了。"

振杰安慰道："先别急，我来想想办法。"

这天，一个久未露面的人出现了——已经担任炳鑫集团办公室副主任的陆纪超，代表罗炳鑫董事长前来阅兵村慰问，还带来了好多慰问品，吃的用的，应有尽有，把仪仗队的姑娘小伙高兴坏了。

去年，差不多这个时候，陆纪超经历过一场生死之劫——一天晚上，他送参加完一个重要应酬的罗炳鑫回富成花园，当天罗家别墅里没有人，夫人于素琪到欧洲旅游未归，保姆和厨师回老家收麦子了。目送有点摇晃的罗总进屋之后，司机开车走了，陆纪超步行回家。他在小区对面租房住。

这时一辆车开过来，车灯一闪，陆纪超恍惚看到罗家别墅门口上方的监控探头有点异样，但也没想太多，就往家走。他爱人怀孕八个多月了，下个月就要生，他有点不放心。

走着走着，他脑子一转，突然一个惊怔——不对！罗家门口上方摄像头的电线好像是裸露的——会不会被人蓄意破坏？

意识到不好，他拔腿往别墅跑去。他有罗家大门的备用钥匙，但从未用过。来不及想别的，他直接掏钥匙打开屋门进入客厅，就见三个人正拿刀逼问已被捆绑起来的罗炳鑫，面前茶几上有一堆银行卡。

陆纪超顺手抄起门后的一根木质衣架，他以衣架当枪，力敌三个持刀歹徒，经过一番惨烈的搏斗，把三个歹徒打到不能动弹，他自己也被刺成重伤，右胸、后背和小腿各中了一刀。

警察赶来，押走了三个身负数条命案的凶恶歹徒。原来，这三个人是在下午以疏通下水道的名义进入小区，提前开锁进入罗家潜伏蹲守的，如果不是陆纪超机警勇猛，罗炳鑫十有八九要送命！

陆纪超在协和医院住了三个月，振杰、罗澜多次去探视他，卢天祥、吴青江也来过。罗炳鑫对三军仪仗队感激不尽，说仪仗队给他培养了一个好女婿，又给他送来一个救命恩人，他从今往后的每一天，都是仪仗队给的，罗家与仪仗队的情分，那是永远也拆不散了。

振杰陪同老陆到男兵宿舍转了一圈，看了看内务，老陆不太满意，道："老李，不如我们当战士那时候被子叠得好。"振杰想起来，老陆可是叠被子整理内务的高手，有心想让他给大伙表演一下，突然又想到另一件事，便作罢。振杰拉他来到训练场边上，趁他不留意，猛地出拳捣了他胸脯一下，他身体微微晃了晃之后，稳稳站住。

振杰笑道："身体没事了，我就放心了。"

老陆道："早好利索了，干啥都不碍事。"

振杰想把他留下来住几天，专门训练边雨嫣，又担心岳父离不开他。老陆笑道："你那个老岳父啊，现在你只要说为仪仗队办事，他都丝毫不打折扣。"

怕振杰不信，陆纪超当即掏出手机给罗炳鑫打电话，话没说完，就听罗炳鑫高声道："纪超啊，你记住，以后凡是牵扯到仪仗队的事，你做主就行，不用跟我说。"

陆纪超当天留了下来。有他这个经验丰富的老班长单独开小灶，边雨嫣进步明显。他发现这姑娘的问题主要还是出在腰上，腰杆容易像柳条一样晃来晃去，虽然不太明显，但是个头大，破坏力"惊人"。他安排她每天别上T形架训练、紧贴墙根练军姿，每晚睡前至少做两百个仰卧起坐练腰肌，睡觉时去掉枕头练平肩，绑上绳子固定双腿。仅用一周多，她就基本改掉了原有的"孤僻"动作，跟了上来。陆纪超安排她当众表演，头顶一碗水走路，果真一滴不洒。

卢天祥收回了自己当初的决定，同意边雨嫣重新进编队。陆纪超也仿佛回到了当年，都有点舍不得离开阅兵村了。

高飞砸掉了腿上的石膏，回到中队留守，整天无所事事，心烦意乱。中队派他到阅兵村炊事班帮厨。这天中午，他蹬着三轮车给女队员送饭，正赶上女队员们高兴地把重新进入编队的边雨嫣抬起来庆贺。他为雨嫣高兴，更为自己遗憾——错过了红场阅兵，又要错过去天安门，太背运了。

他远远看到，边雨嫣冲他做了个"V"形手势。那一定是在安慰他，仿佛在说，伤好了就有希望，永远等着你归队！

"狼牙山五壮士"英模部队方队的领队、某集团军副军长高志亮找卢天祥要人，希望派个有经验的老兵给他的方队做指导。卢天祥让振杰给派一个，振杰想到了不能上场的高飞。

振杰送高飞来高志亮的方队报到。高飞和高志亮一见面，都愣了愣，但都没说什么。高志亮把振杰拉到一边，要求把高飞给退回去，换一个过来，他道："同志呀，你们派个新兵蛋子给我，不是糊弄我吗？我的部队前身可是从井冈山下来的，总不能落到别的方队后面吧？我给军长、政委打过包票，除了不跟你们仪仗队争，其他方队，我们都要盖过，你们拿第一，我们争第二！"

振杰不同意换掉高飞，说："首长，先让高飞给你们上一课试试，不行我再换人。"

振杰陪同高飞来到高志亮的方队前。高飞是大学生学霸、学生会的骨干，他不怯场，先讲理论，从容说道："有这样两句话：打不尽的战术，练不好的队列，意思是说队列训练看似简单，走走步，甩甩臂，但要想练好练精，却永无止境。你们这支部队是信息化、机械化部队，很牛，以前有人看不起我们仪仗队，是吧？仪仗兵不就是抬抬腿，走走正步吗？有什么了不起？我告诉你，其实不是！来阅兵场你就知道，走正步同你们信息化、机械化练兵一样，做好不容易！"

振杰满意地点点头，主领队位置上的高志亮却撇撇嘴，满脸不高兴。高飞又道："阅兵训练的四条标准是：听起来足音如鼓无杂音，看起来上下分明一条线，量起来步幅准确无差错，走起来步速整齐不紊乱。队列里每个人都要做到'坐似泰山岿然，站似青松挺立，走似铁流滚滚，喊似雷鸣震耳'。我要求各位战友，先从基本养成做起！"

听到这儿，高志亮才点了点头。

高飞最后大声吼道："九月三日那天，只要你上了阅兵场，哪怕你腿断了，你也得走下去！哪怕你死了——你死了也要走到头！听明白了没有？"

整个方队的人，都被高飞一席话激得热血沸腾。

下来之后，振杰问高志亮："首长，还换他吗？"

高志亮哈哈一笑道："别，我就要这一个。"

振杰归队后，林国龙压力锐减，动力也不足了，有说有笑，"永远争第一"的心气儿似乎泄了，认为自己反正不是振杰的对手，怎么也争不过振杰的，他甘愿认输，提前缴械。振杰拿话激他，真心希望他抓住机遇，放手一搏，超过自己，就像当年他超过耿班长那样。他给林国龙讲耿班长的事情，讲耿班长当年怎样鼓励他超过卢天祥。又说，仪仗队正是靠着后来者的一次次超越，才有了今天。国龙的心气儿又回来了，重拾永远争第一的雄心。振杰对卢天祥道："国龙动作上已经完全没有问题了，他年轻，形象佳，力量大，没有伤病，这一次的军旗手，希望尽快定下他，我心甘情愿退出，而且谁都知道我有伤在身，退出也不丢情面。"

卢天祥认为，林国龙的进步的确很大，但还欠缺一点点儿——他缺少那种舍我其谁的霸气！

正式确定旗组成员那天，卫戍区首长亲临坐镇。振杰出场，全套动作做得干净利落，无可挑剔。林国龙出马，整套动作做得也很顺畅，但有一个细节人们注意到了：甩旗时，一阵风猛地吹来，旗角几乎扫到了他的脸。

人们都盯着卫成区首长。

首长思考片刻，遗憾地微微摇头道："如果没有那个小失误，那么我选林国龙。"

最终还是决定振杰来扛大旗。振杰为林国龙感到遗憾，然而林国龙却并不难过。他还是那句话：甘愿认输。因为他还没达到超越振杰的境界，他期待下一次可以超越振杰。他相信，下一次，并不太远。

林国龙最后被确定为海军护旗手。

一次合练时，刘娜、余虹所在的女兵第二排面，出现了明显的排面不齐现象，受到了卢天祥的批评。下来后，她们加练。然而不知怎么搞的，从这以后第二排面老是不齐。大伙越着急，越是不齐，私下里互相埋怨，闹情绪。卢天祥生气了，扬言把这个排面都拿下来，全上替补。一个排面的姑娘都急得哭鼻子，饭也不怎么吃了。振杰、邱淼等卜来做工作，使大家认识到，只有心往一处想，劲往一处使，才能改正缺陷，变不齐为整齐。

这天，高飞发现他负责指导的方队变得不稳、乱晃。以前的训练中，这个问题常有，但给纠正得差不多了，现在又突然冒了出来。这也是正常现象，因为长期的训练，人都有疲劳期，方队也有不稳定期，似乎人人都没了感觉。高飞把队伍停下来讲道，一个方队，它是移过来的，不是走过来的。头顶上的帽子，应该是一个平面，像一块钢板移过来。头不能晃，腰不能晃，屁股以上，都不能晃。要感觉你的整个身体是吊起来的，不能塌下去。

高飞让所有人把帽子反过来扣头上，踢正步，看谁的帽子先掉下来。结果，主领队高志亮的帽子先掉了，队列里有人忍不住笑出声来。高飞不问三七二十一，上前训斥高志亮没带好头。高志亮脸上挂不住，但又无可奈何，只有苦笑。

有个干部看不下去，上前理论，说："教官同志！不允许训首长啊。首长毕竟年龄偏大，哪能跟年轻人比。"

"队列里没有首长，都是兵！"

干部给他噎得不轻，还想理论。高志亮发话道："教官同志说得没错，大家都是兵，都得听教官指挥。请教官继续指导！"

训练结束，队伍解散，人都走开了。高志亮这时候来了劲儿，气哼哼的，上去踢了高飞一脚——原来他俩是父子。

高志亮道："兔崽子，敢收拾老子，看老子收拾你！"

高飞一动不动。高志亮踢了一脚，第二脚没踢出去。

高飞不服，振振有词道："爸，别以为你是个将军，就了不起，阅兵场上，你就是个新兵，必须从新兵做起！"

高志亮转而央求高飞，让他好好训练自己的方队，该批评批评，不要留情面，绝不能落到兄弟方队后面。

高志亮往前走了，高飞望着他背影，得意扬扬地嘟囔道："以前在家老训我。嘿嘿，风水轮流转，老头儿，现在轮到你了吧……"

副领队黄永强看出了门道，问高志亮："老高，我看你们两个，怎么长得像爷俩呀？"

高志亮只好承认了。

黄永强道："你儿子不是在上大学吗？怎么跑仪仗队来了？"

高志亮道："这是我家的秘密。以前我不同意他弃学入伍，他妈也反对。现在可以解密了。哎，老黄，对别人，暂时还得保密啊。"

女兵方队第二排排面不齐的问题终于解决了。训练间隙，为活跃气氛，边雨嫣在场边给大家走猫步，引来了阵阵喝彩。

高志亮看到了，问高飞："她是谁？"

高飞有意不告诉父亲。高志亮自顾自赞许道："这个小姑娘真不错。"

以往搞阅兵训练，阅兵村都是封闭的，生怕别人拍摄到。"九三"大阅兵临近之际，专门举办开放日，各国记者都可以来，随便拍，显示出中国的自信。

开放日上，振杰作为军旗手，身边围满了记者。日本共同社的一个女记者问道："李先生，这次阅兵，你希望安倍晋三看到吗？"

振杰回答："当然。我们搞阅兵，是缅怀先烈，珍爱和平。我们希望全世界的人都能看到，就怕安倍晋三先生不敢看。"

众人大笑，现场一片热热闹闹的气氛。

那边，卢天祥回答美国《纽约时报》一位男记者的提问，他说："中国的抗日战争是世界反法西斯战争的东方主战场，阅兵是为了展示中国人民解放军的强大实力和必胜信念，对那些贼心不死、抵赖罪行、妄图死灰复燃的法西斯余孽，会是极大的震慑。"

不少记者竖起了大拇指。

仪仗兵方队有一个队员患病退出，卢天祥和振杰都想到了高飞，把他编入方队。这就好比天上落馅饼，高飞简直乐坏了。入列时，恰好他和周凯同一排面，并且肩并肩。二人互相竖了一下大拇指，一副成熟帅哥的神气，兼有霸气。

高飞和高志亮方队告别时，高飞把高志亮拉到一边，问道："爸，还记得那个模特姑娘吗？"

"记得呀，怎么了？"

"如果不出意外，她将来是您儿媳妇。"

高志亮愣了愣，笑了，用力拍着儿子肩膀道："你小子，行啊！好！这一下，咱家有三口人上场，百分百创历史纪录了吧？来来来，我得给你敬个礼。"

父亲向儿子庄重地敬了一个礼。

儿子郑重还礼。

父子二人开心地笑了。

这一年，李恒年明显见老了。他对赵亚梅唠叨，阅完兵，就带你去趟北京看儿子、媳妇、孙女，带两箱刚摘下来的新苹果，今年头茬果子比去年的好。

他天天念叨这句话，也不嫌烦。

但就在大阅兵前一天，李恒年突然晕倒在苹果园里，事后医生判断是突发心梗。如果不是肖土平镇长发现得早，及时把他送到村卫生所服上药物，并且呼叫120把他紧急送往县医院，进ICU病房抢救，当场他就没命了。

醒过来后，他费力地叮嘱老伴："孩他娘，不要告诉儿子……如果你不听话非要声张，我死得更快。明天要阅兵了，他不可能回来，况且他回来也没用。我在电视上看他，不一样吗？"

赵亚梅道："你放心吧，我不吭声。"

那天深夜，受阅大军浩浩荡荡进城。

"九三"大阅兵的盛大场面，荡气回肠，气贯长虹，无与伦比。李振杰、林国龙、邱淼、刘娜、余虹、边雨嫣、高飞、周凯、高志亮等人，在各自的方队里，接受检阅。

分列式开始，各路大军似滚滚洪流，震撼着中国大地。

这一刻，李恒年躺在病床上，用最后的力气瞪大眼睛，注视着面前小电视机屏幕上的儿子走过天安门——他也像是在检阅儿子和他的方队。几分钟后，他平静地、永远地闭上了眼睛。

此时，走过天安门的李振杰，仿佛看到了父亲期待的目光。他久久地注视着远方，眼眶里的泪水转动几下，终于滚滚而下……

十月底，振杰带罗澜和女儿运运开车回沙岗子村，打算把母亲接到北京长住。到家头一件事，就是到东山坡上的祖坟地给父亲上坟。

振杰走在前头，他缓缓地走向父亲的坟墓。新鲜的黄土，让他们父子俩阴阳两隔。到了坟前，母亲把父亲临走前特意录下的一段视频拿出来放。

视频里，父亲断断续续地说："振杰，是我不让你回来的，不要怪你娘……我是个笨人，一辈子没啥出息，唯一骄傲的，是给咱国家生养了一个好儿子……你这样的好儿子多了，咱中国人的腰杆子才能挺起来……"

振杰泪如雨下，向着父亲坟头，庄重地敬了一个长长的军礼。

又过了两年，振杰升任了副大队长，挂上了上校军衔。

元旦过后，又一拨新兵来队。这天下午，林国龙把一个腼腆的新兵领到振杰面前。振杰感觉这孩子好面熟，刚想开口问，突然意识到，他是老班长的儿子耿锁！

此时，耿锁在振杰眼里，变成了当年的耿长明——那是他和耿班长第一次见面，二十年前，在他的家乡，耿长明穿着合体的绿军装，在他面前出现。两人走近、驻足，然后对望着，都笑了……

晚上，振杰提着一大桶开水来到新兵宿舍，在新兵们的注视下，为耿锁洗脚。振杰对一群满脸稚气的新战友说："当年我来仪仗队，老班长就是这样为我洗脚的。"

2022年12月17日　完稿

后记 感谢生活的赐予

二〇一六年春天，我幸运地得到了一个走进三军仪仗队的大好机会。当时，我虽然已经是一个有着三十多年军龄的老兵，比仪仗队任何人的资历都要老，但我却像一个新兵那样，怀着异样的心情、别样的感觉，有点战战兢兢、有点不知所措地驻扎进了北京西四环外的那座神秘的兵营。

这样一来，前前后后加起来大约有两个月的时间，我几乎每天都和可爱的仪仗兵们接触，看资料、做采访，在同一个食堂就餐；正课时间，兵们在操场上挥汗如雨，我有时就在操场边转来转去，近距离感受他们的一举一动。每天傍晚和早晨，我都要围着操场散步，耳边久久回荡着歌声、口令声、脚步声、军号声；鼻端嗅到的是火热的、浓郁的、飞扬的、青春的气息……

两个月下来，我感觉自己成了仪仗队的一员，虽然无法上场，但与他们却是心心相印、血脉相通的。在这之前，虽然我从军多年，但对仪仗兵的了解，和全国人民一样，仅限于《新闻联播》——天安门广场上，外事活动时那几十秒的精彩亮相，以及多少年一次大阅兵的盛大场面；但是从这之后，不夸张地说，我已成为全军，乃至全国作家里面，最了解仪仗兵的那一个！

在中国人民解放军的编制序列里，陆海空三军仪仗队是一个独特的存在。如果说解放军是一部厚重的历史大书，那么，三军仪仗队就是这部大书的精美扉页，在这张扉页上镌刻着共和国的风采和中华民族的尊严，毫无疑问，仪仗队是"国家的门面""中国的名片"。半个多世纪以来，她与我们国家、军队一同成长，见证了共和国一个又一个光辉的历史时刻。

没有隆隆炮火，没有机声轰鸣，只有枪刺闪闪，只有脚步咚咚。他们的对面，没有敌人。他们的"对手"，除了战友，就是自己。训练场上，日复一日，年复一年，千万次地重复同一个动作——正步走，向右看。也许单调、枯燥，但这个动作发出的排山倒海般的气势，让无数中国人热血奔涌，血脉偾张。他们的舞台，那么小，就一个操场；他们的舞台，又是那么大，从天安门广场这个祖国的心脏，辐射到世界各地。他们一抬手，一投足，甚至一个眼神，都能代表国家的形象。威武之师铸就血色军魂，他们是中国军队里最美的士兵，他们身上，彰显着永不服输的精神。一代又一代仪仗兵，堪称军中骄子，时代楷模……

二〇一六年的那个春天，确切地说，在三军仪仗队体验生活的日子，每一天都能令我感动，让我经常眼眶湿润，情不能已。大队先后几次组织座谈会为我提供素材，记忆中我采访了李本涛、韩捷、朱振华、李强、范建军、程锋、张洪杰、李金柱、张天龙、李晓武、程诚、门佳慧、王惠安、李娴、赵颖、娄楠等数十位杰出的仪仗官兵。在各个中队，面前的这些士兵，在我眼里，都是孩子，他们中的多数，比我女儿年龄还要小。可是他们吃过的苦，受过的累，绝不是一般人所能承受的，更是你所想象不到的。当时我就暗下决心，一定要写一部对得起他们的作品，否则良心不安。

采访和体验生活结束之后，一直到今天，我再也没有迈进仪仗队的大门。刚刚过去的三年里，我曾经想再找机会去一次仪仗队，因为疫情，难以成行。说好的写一部作品，也因为种种原因，迟迟没有动笔——是因为题材重大，不好驾驭；还是因为杂事缠身，腾不出手来？理由有不少，似乎都站得住，又似乎都站不住。那些经过整理后的采访素材、当时随手记下的心得体会和感受，久久沉睡在我的电脑里。我中间几次想动手写作，却又因为种种原因搁置下了。

我当然清楚，自己不是个食言之人，许下的愿，下过的决心，一定会落实。

咦，竟然过去了六年之久！

我越来越感觉到：我若不写，寝食难安。

二〇二二年春天，抑制住疫情期间烦躁不安的心情，我终于能够静下心来构思和写作《仪仗兵》。仪仗队的历史很漫长，延安时期就有了雏形，难以面面俱到，我打算撷取最具光彩的一段，从一九九七年香港回归写起——香港回归仪式上中国仪仗兵的精彩亮相，在主人公李振杰的心中，播下了当一名仪仗兵的种子，这是他一生最重要的起点。然后是浓墨重彩地书写一九九九年的世纪大阅兵，再到二〇〇九年新中国成立六十周年大阅兵，以及纪念反法西斯战争胜利七十周年、参加莫斯科红场阅兵等海外活动，最后写到二〇一五年的"九三"大阅兵。中国仪仗兵，在每一个历史节点上，都给世界留下了波澜壮阔、精彩纷呈的历史画卷。二〇一四年，仪仗队又迎来首批女队员，女兵们华丽亮相，使仪仗队的生活更加丰富多彩，穿插日常的训练生活和外交司礼场合的重大活动，几茬仪仗兵的成长与奋进，构成了小说的主体框架。

找到感觉之后，写作进度很快，一个多月，我写了六七万字，作为一个大中篇，投给了湖南的《芙蓉》杂志。该杂志很重视这部作品，很快在第四期以头题发表，杂志责编杨晓澜后来告诉我，他读稿时几次落泪。殊不知写作过程中，我亦是禁不住数度潸然泪下——这样的创作经历，以前少见。

时隔不久，北京十月文艺出版社的总编辑韩敬群先生和总编辑助理张引墨女士注意到了它。他们认为，如此独特的、稀有的一个好题材，仅写作一部中篇，有点可惜，应该下决心扩展成一部有点分量的长篇小说。其实这也正是我所思所想的——前期投入创作的那一个多月，既感觉写得荡气回肠，又感觉力气没用尽，漏掉了不少好细节和想法，留下了些许遗憾。在与韩、张二位交谈过一次之后，我再次鼓起勇气，把它当作一部长篇重新进行构思和布局，吸收进他们的想法要求，务必要把仪仗兵最独特的那一面展现出来，因为它具有很多别的部队所不具备的气质、故事、细节和人物。军队作家、老战友余之言也提出，原作中没有一位政工干部，作为中篇可以，但作为长篇，出于这部作品的实际需要，它需要传统文化的揭示，也就是要把仪仗魂写出来。他认为，写仪仗兵，主要展现的并不是脸面，而是这支"独生子"部队独特的精魂和战斗作风，建议增加一个政工干部，从他身上把这支部队的传统作风、基因传承发掘出来，把历史和现实巧妙地融合起来，而不能搞成两张皮；要写出人生哲理，写出军人的血性，写出真正的兄弟情、战友情……

他们的意见何其重要！

秋天到来之际，我再度投入创作。写作过程中，我常常想起一部前些年影响很大的电视剧《士兵突击》。《士兵突击》如泥土一般厚实、坚韧，士兵脸上是泥水和油彩，各种武器齐开火，让人觉得酷、激烈。而我笔下的仪仗兵，不能是苦哈哈、脏兮兮的，他们是干净、纯粹、纯净、帅气、漂亮、明亮的士兵。礼服一穿，阅兵场上一站，那眼神，那整齐划一的动作，传达的是中国士兵最具画面感的精气神，是汗水浇灌出的浪漫、洒脱、唯美、凝重、血性、担当、大气、辉煌。《士兵突击》的主题是"不抛弃不放弃"，是对弱者的拯救；而仪仗兵则是"永不服输，永远争第一"，是对强者的赞美。永远争第一，这也是最积极的人生态度。

仪仗队的动作场面整齐划一，具有高品质的画面感；仪仗队的士兵，有全军最高的颜值；这里有最浓烈的战友情、兄弟情；这里还有最酷最烈的青春。他们是一群有性格的兵，也有各种各样的毛病和各种各样的家庭背景。他们怀着各种各样的个人目的，来到这里，最后百炼成钢，经历大场面，成为一代年轻人的青春偶像……

生活是文学创作的源头活水，这是一个颠扑不破的真理。我二十九岁成为军队创作室的专业作家，几十年来无数次上高山、下海岛、赴边疆、走基层，仔细回想一下，每一次下去，几乎都是浮光掠影、走马观花，很少像这次这样沉得这么深，这么久。这是我三十多年军旅创作生涯中最重要的经历之一，会长久地活在我的记忆之中。

因此可以说，如果没有七年前的那一次深入生活，肯定不会有这部《仪仗兵》。可见，作家走出书斋，到火热的生活中去见识，去体察，去感悟，在当今时代，愈发显得重要。由于资讯的蓬勃发达，读者通过新媒体所掌握的信息并不比作家所知道的少，这时候你再躲起来编造故事，拼凑文字，只是自以为高明，有眼力的读者是不会买账的。你只有深入生活的底层，多接触地气，多呼吸新鲜空气，你的作品也许才会有鲜活的魅力，才会像清晨草木上的露珠，闪耀着异样的光彩，你从它身边路过，不经意间目光便会被它吸引。

衷心感谢中国人民解放军仪仗大队对这次创作的鼎力支持。《仪仗兵》不是纪实文学，而是一部小说。当然，它的很多细节、故事来自真实的生活，里面的很多人物都有原型。这样一部稀有题材的作品，完全靠杜撰肯定是写不出来的。但把各式各样的真实人物，各种各样的故事、背景、细节、素材，进行合理的、艺术性的整合、改造、串联、穿插、取舍、运用，考验着小说家的功力。至于能否写到位，只能到作品出版之后，交由读者和仪仗兵战友们去评判了。

作品中的某些人物——比如一九九七年香港回归仪式上的国旗手、一九九九年大阅兵、二〇〇九年大阅兵、二〇一五年"九三"大阅兵的军旗手，以及仪仗大队每个阶段的领导等等，都很容易对号入座。因为这是一部小说，又不便使用真名实姓——这是小说创作的基本规律——如此一来，似乎"委屈"了几位好同志。在此我想说，作品塑造的两位主人公李振杰、卢天祥，便是他们的杰出代表，是他们形象的化身。仪仗兵永远争第一，不争名和利，相信大家会理解这个做法。

衷心感谢北京出版集团北京十月文艺出版社的总编辑韩敬群先生、总编辑助理张引墨女士对这部作品的倾情付出。二○○六年我从济南调到北京，在总装备部政治部文艺创作室担任创作员，工作场所与十月文艺出版社只隔一条胡同。远亲不如近邻，多年的邻居如今终于有了一次合作，也是一种命定的缘分。

最后想说，能够有机会写作这样一部独特题材的作品，我要再一次地感谢伟大生活的赐予！